BASTEI
LÜBBE

Über den Autor:

Michel Birbæk.
Tankwart, Torwart, Däne.
Geboren in Kopenhagen, lebt in Deutschland.
Ex-Gagschreiber für Harald Schmidt und Stefan Raab. Erfinder der Sit-Down-Comedy. Drehbuchautor und Lachfaltenfan.
In der Verlagsgruppe Lübbe ist außerdem gerade sein neuer Roman erschienen: WENN DAS LEBEN EIN STRAND IST, SIND FRAUEN DAS MEER (editionLübbe).

Michel Birbæk

Was mich fertig macht ist nicht das Leben sondern die Tage dazwischen

Roman

BASTEI LÜBBE

BASTEI LÜBBE TASCHENBUCH
Band 15 229

1. Auflage: November 2004
2. Auflage: Juni 2005
3. Auflage: April 2006

Überarbeitete Taschenbuchausgabe

Bastei Lübbe Taschenbücher in
der Verlagsgruppe Lübbe

Umschlaggestaltung: Bianca Sebastian
Titelbild: Corbis/Anthony Redpath
Satz: hanseatenSatz-bremen, Bremen
Druck und Verarbeitung: Ebner & Spiegel, Ulm
Printed in Germany
ISBN-13: 978-3-404-15229-2 (ab 01.01.2007)
ISBN-10: 3-404-15229-8

Sie finden uns im Internet unter
www.luebbe.de

Der Preis dieses Bandes versteht sich einschließlich
der gesetzlichen Mehrwertsteuer.

0. Ende

Es ist aus. Aus und vorbei. Schicht, finis, Ende, over. Es wird eine Neue geben, na klar, es gibt immer eine Neue. Aber wen interessiert das *jetzt*?

Der Bus rauscht vorwärts, bringt uns zu dem Punkt zurück, wo wir vor zehn Tagen als unbekannte Rock-'n'-Roll-Band aufbrachen, um etwas daran zu ändern. Morgens in den Fußgängerzonen, abends in den Clubs. Neunzehn Auftritte in zehn Tagen. Es brachte ein paar Nachfolgeengagements, ein paar Euro, ein bisschen Werbung und jede Menge Spaß – aber wen interessiert das *jetzt*? Die Tour ist zu Ende.

Die weißen Mittellinien ziehen vorbei wie ein einziger Strich, und während der letzten zweihundert Kilometer ist kein Wort gefallen. Durch das offene Fenster brüllt der Fahrtwind rein und übertönt fast das Tapedeck, das bis zur Verzerrung aufgerissen ist. Melissa Etherigde verspricht mir: *Baby, you can sleep, while I drive.* Schön wär's, denn ich bin müde. Zehn Tage Tour, zehn Tage Kur.

Über den Autobahnbrücken türmen sich grüne Ghostbusters-Monster. Sie schlagen nach mir, versuchen, den Bus vom Kurs abzubringen. Ich folge stur der Kokslinie auf dem Asphalt und träume von einem Bett. Für mich alleine.

Das Tapedeck springt um. Luka Bloom verstärkt die Depression: *I will be there, when you need me ...*

Schimanski greift an mir vorbei und killt das leere Versprechen.

»Bier ist alle.«

»Leg dich wieder hin.«

»Bier ist alle.«

»Leg dich wieder hin.«

»Bier ist alle!«

»Es sind nur noch zweihundert Kilometer. Das schaffst du.«

»Sind wir Männer oder Mäuse?«

»Fiep, fiep«, macht Max neben mir.

»Wie ihr wollt ...«

Schimanski verschwindet wieder nach hinten. Ich höre, wie er seinen Gitarrenkoffer öffnet und das Brett grob durchstimmt.

»S-S-Sind wir s-schon da?«, kommt es schlaftrunken aus der Ecke, wo sich Brunner ausgestreckt hat.

»Ja, wir sind schon wieder da«, sagt Schimanski. »Schon wieder an dem Punkt, wo nur ein Protestsong hilft.«

Brunner stöhnt.

»Und d-dafür w-weckst du m-mich?«

»Halt's Maul und sing!«, erwidert Schimanski.

Logik war noch nie seine Stärke.

Passend zur Lage schlägt er einen Moll-Akkord an und fängt an zu singen.

»Wir fuhren durch Bremerhaven und hatten kein Bier an Bord ...«

Er wartet vergeblich.

»Ich will ja nichts sagen ...«, beginnt er.

»Dann lass es doch«, werfe ich ein.

»... und schon gar nicht betonen«, fährt er ungerührt fort, »dass alle in diesem Bus um die dreißig sind und laut Statistik extrem gefährdet, bald *schlagartig* zu verblöden! Wenn wir nicht höllisch aufpassen, werden wir eines Morgens aufwachen und so sein wie die anderen! Lebewesen, deren größter Wunsch ein geregeltes Einkommen, ein fahrbarer Untersatz und die Gründung einer Familie ist!«

»Also mit der richtigen Frau …«, beginne ich, aber er bügelt mich nieder.

»Wenn wir auch nur einen gottverdammten *Zentimeter* Boden preisgeben, werden sie uns *fertig machen*! Zuerst geben sie uns einen festen Job, um uns von der Straße fern zu halten, und um abends nicht alleine vor der Glotze zu hängen, lädt man eines Tages die Nachbarin ein, und *schwupps* – bevor man sich versieht, ertappt man sich dabei, Milchzähne herumzureichen!«

Stille.

Er wartet einen Augenblick, dann spielt er seine Trumpfkarte aus.

»Außerdem darf ich euch daran erinnern, dass ihr einen Eid geleistet habt.«

»Ich *w-wusste*, dass e-er davon a-anfangen w-würde«, stöhnt Brunner.

»Meine Herren, darf ich bitten?«

Schimanski schlägt wieder an.

»Ein bisschen Bier muss sein …«, grölt er falsch und daddelt schräg durch die Tonleiter.

»Okay, schon gut, du kriegst dein Bier«, seufze ich, um einer weiteren Trashattacke zu entgehen.

»YIPPIEE!«, schreit er und baut zur Feier des Tages ein paar Dur-Akkorde ein. »Da vorne kommt ’ne Tanke.«

Wenig später fährt ein voll gepackter Bus besseren Zeiten entgegen. Vier Mann, zwanzig Becks, Gesanganlage, Bassanlage, Gitarrenanlage, Schlagzeug, Iggy Pop voll aufgedreht.

»Was will man mehr?«, brüllt Schimanski durch den Krach.

»NOCH EIN BIER!«, brüllen wir unisono.

1. Und los

Ich hätte es nötig, mal wieder auszuschlafen, und wäre auch noch dabei, wenn Vivis Anlage nicht so verdammt basslastig wäre. Mein Bett vibriert im Takt der tieferen Frequenzen, und das wiederum geht nicht spurlos an meiner Blase vorüber. Also kämpfe ich mich aus dem Bett und mache mich auf den Weg zur Toilette. Jeder Knochen tut mir weh.

Als ich Morgenritual Teil eins erledigt habe, gehe ich in die Küche, um Wasser für Teil zwei aufzusetzen. Auch wenn wir bei Gott verschissen haben und in Sünde leben, die Erfindung des Kaffees müsste eigentlich für ein milderes Urteil sorgen.

Ich will mir gerade die erste Tasse einschenken, als Vivis Tür aufgestoßen wird und ein Heavy-Metal-Konzert aus dem Zimmer knallt. Ein fremder Typ marschiert wortlos durch die Küche und schaut ausgiebig weg. Durch den Krach höre ich, wie er die Wohnungstür zuknallt. Oh, oh ...

Um sicherzugehen, dass er Vivi lebend zurückgelassen hat, werfe ich einen Blick in ihr Zimmer, und wie immer ist der Anblick alles andere als jugendfrei. Sie liegt in einem Schlachtfeld aus verstreuten Klamotten, CDs und Zeitschriften auf ihrem Futon ausgestreckt, und zwischen ihren gespreizten Beinen beugt sich eine weiße Substanz träge den Gesetzen der Schwerkraft. Ich gehe zu ihrer Monsteranlage und drücke die Stopptaste. Die Ruhe ist wie ein Bad im Meer.

Vivi hebt den Kopf und blinzelt zu mir hoch.

»Mogn«, krächzt sie und dreht den Kopf einmal links, einmal rechts, dann schielt sie mich wieder an.

»Weg?«

Ich nicke. Ja, ich war zwei Wochen weg, aber das meint sie sicher nicht. Als ich wegfuhr, versprach sie mir hoch und heilig, dass sie sich um meine Lieblingspflanze kümmern würde. Hat sie auch – erst verdurstet, dann ersoffen, keine Einschüsse. So ist sie. Akzeptieren oder Verstand verlieren.

»Kaffee?«, fragt sie.

Als ich wieder ins Zimmer komme, hält sie sich gerade die Hand dicht vors Gesicht. Sie hat in dem weißen Zeug herumgewühlt und schnuppert jetzt an ihren Fingern, während sie eine nachdenkliche Miene aufsetzt. Ich halte ihr die Tasse hin, und mit einer Was-soll's-Geste wischt sie sich die Finger am Laken ab und schnappt sich die Tasse. Ihren Pupillen nach zu urteilen, wird es das erste legale Aufputschmittel seit Tagen sein.

Sie blinzelt gegen das Tageslicht an, und während sie aus der Tasse schlürft, kann sie es nicht lassen, ihre Brüste weiter als nötig herauszustrecken. Es hat keinen Sinn, sie darauf hinzuweisen, dass ihr geprüfter Mitbewohner vor ihr steht, denn auch der ist ein Kerl, und damit erfüllt er schon alle Voraussetzungen für das Spiel, das sie spielt. Seit einem Jahr wohnen wir jetzt zusammen, und in der Zeit haben wir nur eine einzige Regel nicht gebrochen: kein WG-interner Sex. Himmel! Ein Strahl der Vorsehung muss mich da gestreift haben, denn Vivi ist zwar eine gottverdammte Schönheit, aber gleichzeitig auch das rücksichtsloseste Miststück, das mir je über den Weg gelaufen ist. Auf ihr Äußeres reinzufallen ist der größte Fehler, den man bei ihr machen kann, und die Hälfte der Typen dieser Stadt stehen Schlange, um genau den Fehler zu machen. Dahinter steht die andere Hälfte, um ihn zu wiederholen.

Das Telefon klingelt. Beim zweiten Mal hat sie den Hörer.

»Tacheeeeeles, Teeeelefooon!«

Max ist dran. Er schafft es wieder nicht, mehr als fünf Silben von sich zu geben. Hört sich aber an wie ein Frühstücksdate im Underground.

Ein paar Minuten später schwinge ich mich auf mein nahkampferprobtes Rad. Es ist Wochenende, und als ich mich zwischen den Sonntagsfahrern einfädele, bin ich auf das Schlimmste vorbereitet. WROOAARRRR! Zwei Hirnlose jagen ihre Lieblinge aus dem Stand von null auf hundert. Ein Zwischenspurt bringt mich rechtzeitig vom Zebrastreifen. Sie ziehen hupend und lachend an mir vorbei.

»WICHSER!«

Sofort leuchten die Bremslichter auf, und als ich an ihnen vorbeirausche, öffnet der Beifahrer die Tür. Kaaanapp! Ich gebe ihm den Effenberg, muss aber die Hand sofort wieder runterreißen, um beidhändige Bremskraft zu entwickeln, weil eine Zombiemama im Jogginganzug ihr geliebtes Balg blind auf den Fahrradweg hinausschiebt.

Zehn Zentimeter vor dem Kinderwagen komme ich mit jaulenden Bremsen zum Stehen. Zombiemama glotzt mich böseblöd an. Ich glotze zurück, und für ein paar Sekunden bricht das große Schweigen aus. Da wir uns gegenseitig den Weg versperren, befinden wir uns in einer klassischen Konfliktsituation – einer muss nachgeben. Aus solchen Situationen sind schon Weltkriege entstanden, und uns bietet sich hier die Chance, den Kriegstreibern zu zeigen, wie mündige Bürger Konflikte lösen: auf einer Basis der Nächstenliebe, mit Achtung vor der Persönlichkeit des anderen und einem vernünftigen Maß an humandemokratischem Denken, Diskussion statt Eskalation, das Thema erörtern, die Fakten herausstellen und dann das Problem aufgrund einer logischen und für alle Parteien nachvollziehbaren Rechtsprechung zu einer befriedigenden Lösung bringen. Den Gründern des Grundgesetzes ein Lächeln entlocken, würdiger Vertreter der Demokratie sein, Vorbildfunktionen erfüll ...

»KANNS NICH FAHRN!«, kreischt Zombiemama und schiebt den Kinderwagen gegen mein Vorderrad.

Manno.

»EY!«, kreischt sie weiter.

Ich halte mir demonstrativ die Ohren zu und verschiebe meine Vision auf ein anderes Jahrhundert.

»Geben Sie mir 'n Zehner.«

»W'RUM?«

»Bremsbeläge.«

»WAH?«

Ein junger, adretter Bengel fühlt sich berufen. Er bleibt neben uns stehen und richtet Papas Autoschlüssel auf mich.

»Dafür sind die Bremsen doch da, oder?«

Ich lache ihn freundlich an.

»Es gibt auch Notärzte, und trotzdem muss man sie nicht aufsuchen. Oder?«

Er macht sich schleunigst aus dem Staub.

»Zehner, sonst Lippe«, sage ich im Zombiedialekt, um kein Missverständnis aufkommen zu lassen.

Zombiemama grummelt böse und schaut sich dann nach jemandem um, den sie um Beistand bitten kann, aber schließlich leben wir in einer Großstadt.

Als sie die Konsequenz dessen begreift, wühlt sie einen fettigen Schein aus ihrer Jogginghose und hält ihn mir hin.

»SEHEN UNS!«, droht sie.

»Bringen Sie Geld mit«, rate ich ihr und mache den Weg frei.

Das Kind fängt an zu weinen. Zombie tritt gegen den Kinderwagen.

»SCHNAUZE!«

Das Kind heult noch lauter. Ich starre sie an.

»Soll ich Sie auch mal treten?«

»MEIN KIND!«, ruft der Berg.

Ja, leider. Ich steige wieder in die Pedale, bevor ich mich in Sachen einmische, bei denen es nur Verlierer gibt.

Max ist schon da. Ich setze mich zu ihm und winke der Bedienung, die im Vorbeigehen fröhlich zurückwinkt. Es könnte ein Tag wie all die anderen sein, und er scheint es tatsächlich auch zu werden, denn nach zwanzig Minuten habe ich immer noch kein Frühstück, und Max hat auch noch nicht geredet. Ich kannte ihn schon Monate von Kneipen und Partys, als ich ihn zum ersten Mal etwas sagen hörte. War echt ein Schock.

Gerade neigt er den Kopf leicht in Richtung Nachbartisch. Ich schiele hinüber und sehe Karin S. mit ein paar von ihren Schmarotzern in einen Monolog vertieft. Da wir außer Hörweite sitzen, erfahre ich nicht, ob er ausnahmsweise mal Sinn ergibt. Würde mich aber wundern, denn Karin S. labert und labert und labert und labert und labert und labert und labert, bis sie sich selbst unterbrechen muss, um mal zu Wort zu kommen. Es ist mir ein Rätsel, wie sie es schafft, gleichzeitig Gerüchte aufzuschnappen, aber es gelingt ihr immer wieder, Dinge zu wissen, von denen sie keine Ahnung hat.

Gerade wirft sie einen Blick zu unserem Tisch rüber, zieht eine Grimasse und wendet sich wieder ab. Nein, wir sind nicht die dicksten Freunde, und wie das Leben so spielt, ist sie Kulturredakteurin beim wichtigsten Veranstaltungsblatt der Stadt. In ihrer Freizeit spielt sie Orgel und hat daher ein fundamentales Gespür für zeitgenössische Musik entwickelt, dementsprechend kritisiert sie. Sie hat schon mehr Bands auf dem Gewissen als sämtliche Plattenfirmen dieser Stadt, dennoch gibt es drei gute Gründe, warum sie für den Job als Kulturredakteurin geradezu prädestiniert ist:

1) Ihr Vater ist Hauptaktionär.
2) Ihr Vater ist Hauptaktionär.
3) Ihr Vater ist Hauptaktionär.

Und drei, die dagegen sprechen:

1) Sie kann nicht schreiben.
2) Sie kann nicht schreiben.
3) Sie kann nicht schreiben.

Das ganze Viertel rätselt, was das S. hinter ihrem Vornamen bedeutet, und einmal fragte ich Max nach seiner Meinung. Nach einer halben Stunde plus zehn Camel ohne beugte er sich zu mir rüber und sagte:

»Schande.«

So viel dazu.

Die Bedienung marschiert zum fünften Mal an uns vorbei. Ich starte eine Offensive.

»Frühstück?«

Sie hält erst gar nicht an. Wahrscheinlich denkt sie, es war eine Anmache.

Die Sprachlosigkeit senkt sich über den Tisch, und als die Bedienung nach einer Stunde, aus einer spontanen Laune heraus, an unserem Tisch stehen bleibt, um eine Bestellung aufzunehmen, kann ich sie nur noch anknurren. Eine Woche mit Max, und man wird zum Neandertaler.

Die Bedienung schließt aus dem Ganzen, dass wir Hunger haben, und dreißig Minuten später bringt sie uns folgerichtig ein Frühstück. Käse gibt's nicht, die Eier hat sie vergessen, den Milchkaffee auch.

»Sag mal, hat dir heute jemand schon gesagt, dass er dich liebt?«

Die Bedienung schaut mich verblüfft an, dann schüttelt sie den Kopf. Ich schweige viel sagend und widme mich meinen Marmeladenbrötchen.

Irgendwann brechen wir auf. Warum? Keine Ahnung. Wohin? Fragt Max. Okay, okay, ich frage Max.

»Lassunsandensefarn«, sagt er.

»Tolle Idee.«

Wir landen an einem See und richten uns unter einem Baum einen Beobachtungsposten ein. Die relaxte Atmosphäre ist ansteckend. Treiben lassen.

Ich schaue den Pärchen mit Anhang zu, wie sie Lover, Mutter, Kind spielen, während neben ihnen der verdiente Familienvater versucht, sich möglichst unauffällig einen präzisen Eindruck von den Brüsten der Zwanzigjährigen zu verschaffen, die ihrerseits wiederum auf die allein erziehenden Mütter blicken, die damit beschäftigt sind, einerseits das Kind bei Laune zu halten und andererseits einen netten Kerl kennen zu lernen, um Lover, Mutter, Kind spielen zu können. Irgendjemand hat mal gesagt, das Leben wäre ein ewiger Kreislauf. Nicht schlecht. Oder war es nur ein Besoffener, der auf dem Nachhauseweg *Bei mir dreht sich alles* murmelte?

»Klappe«, sagt Max.

Nachmittags haben wir Tourabrechnung in der WG. Ich freue mich, Schimanski und Brunner wiederzusehen. Nachdem wir fast zwei Wochen von morgens bis abends aufeinander gehockt haben, ertappe ich mich den ganzen Tag dabei, mich alle paar Minuten umzuschauen, um zu sehen, was sie gerade anstellen. Reflexe eines Babysitters.

Kaum sind alle da, kommt Vivi wie eine Speedhure aus ihrem Zimmer herausgeschossen. Oh! Sie konnte ja nicht ahnen, dass ich Besuch habe, nicht wahr? Da zieht sie sich ja vielleicht doch besser etwas mehr an, oder? Diese Unterwäsche verdeckt ja nicht allzu viel, wie?

Die Jungs halten sich echt gut. Sie schauen zwar genau hin, aber sie sabbern nicht. Ich bin stolz auf sie. Vivi geht enttäuscht ab. Es gibt Augenblicke, in denen ich das Gefühl habe, dass sie sich entwickelt. Dieser gehört nicht dazu.

Ich eröffne die Konferenz.

»Na gut, erst die Geldprobleme, danach rechnen wir die Tour ab.«

»Wo ist der Unterschied?«, fragt Max.

»G-G-Genau!«, kichert Brunner.

Ich gebe ihm eine halbe Minute.

»Geht's wieder? Können wir?«

»Die Plakate sind alle«, sagt Schimanski.

»D-Die T-Tapes a-a-auch.«

»Telefonrechnung zwovierzig«, sagt Max.

»Die Pressefotos sind scheiße. Wir brauchen neue«, sagt Schimanski.

»D-Die A-Aufkleber haben e-einen F-F-Fehldruck.«

»Proberaumschlüssel abgebrochen«, brummt Max.

»Die Druckerpatrone macht's nicht mehr lange.«

»K-Kein B-Bier mehr da.«

Das scheint es gewesen zu sein. Ich krame meine Belege vor.

»Okay, dann lasst uns die Tour abrechnen.«

Den Bus hat uns ein freundlicher Gönner von *Yello Cab* gratis zur Verfügung gestellt, und da wir in den zwei Wochen nur zwei Mal für Unterkunft gezahlt haben, hege ich die leise Hoffnung, dass wir im Plus landen werden. Ein Plus so zart wie eine Frühlingsbrise, aber immerhin.

Je mehr Quittungen auf den Tisch flattern, desto zarter wird die Brise, bis sie schließlich im Sturm der Belege untergeht.

Benzin, Verpflegung, Bier, Benzin, Unterkunft, Bier, Benzin, Bier, Bier, Unterkunft, Bier, Ersatzreifen, Bier, Benzin.

»Abzüglich der Miete für die Anlage und zwei Tickets für intelligentes Parken ...«

Ich werfe Brunner einen schiefen Blick zu.

»U-Und der M-Mikrofonständer, den S-Schimanski kaputtgetreten h-hat ...«, lenkt er schnell ab.

»Und der Glastisch von der Süßen aus Bremen, wie hieß sie denn noch gleich?«, lenkt Schimanski ab.

»Und das Ticket für überhöhte Geschwindigkeit in einer verkehrsberuhigten Zone ...«

Ich werfe Brunner noch einen Blick zu.

»U-Und ...«

Jedem fällt noch was ein. Ich rechne zusammen. Die Spannung steigt, die Hoffnung sinkt.

»Hm ..., also, abzüglich der Proberaummiete sind wir bei ... wartet mal ... sechzehnhundert Miesen.«

»W-Was?! Wir s-spielen zwei W-Wochen und s-sind trotzdem p-p-p-p-«

»Pleite«, hilft Schimanski nach.

»A-Arschloch!«

»Gut, dass es keine Europatournee war«, sagt Max.

Keiner lacht. Nicht mal Brunner.

»Zwei Gagen stehen noch aus. Falls sie eintreffen, sind wir ... warte ... hm, pleite, aber nicht mehr hoffnungslos.«

Wir verweilen ein paar Minuten still in Armut, dann starte ich durch.

»Es muss sich was ändern. Wir können nicht bis in alle Ewigkeit durch die Gegend gondeln, ohne mal ’n Taler zu machen.«

»Oder fünf ...«, sagt Schimanski.

»O-Oder f-fünfhundert ...«

Max schweigt.

»Fünftausend«, erhöht Schimanski für ihn.

»Beruhigt euch«, versuche ich, sie zu bremsen, denn wenn die beiden erst mal in Schwung geraten, kann man den Tag ruhig zu dem gestrigen legen.

»F-Fünft-t-tausend ...«, flüstert Brunner andächtig.

»Mit fünftausend könnten wir uns 'ne eigene Anlage kaufen«, nervt Schimanski weiter.

»U-Und e-einen eigenen Bandb-b-bus.«

»Und ein paar Becks-Aktien vor der nächsten Tour«, sagt Max.

»G-Genau!«, kichert Brunner.

Ich schaue sie an.

»Wovon redet ihr, zum Teufel? Ich höre immer was von fünftausend. Warum nicht gleich zehntausend?«

»Nicht schlecht«, lacht Schimanski, »dann könnten wir die Hälfte unserer Deckel bezahlen.«

»Ein V-Viertel!«

Ich seufze.

»Ja, toll, ich seh schon, ihr nehmt das Ganze echt ernst. Ich finde es aber bedenklich, dass ihr so versessen darauf seid zu verhungern ...«

Sie kichern.

»... und verdursten.«

Sie verstummen schlagartig.

»Was wir jetzt brauchen, sind keine Spinnereien, sondern eine Idee, und zwar keine gute, sondern eine *ge-ni-ale*!«

»Hey, entspann dich«, sagt Schimanski achselzuckend, »wir arbeiten ja dran.«

»Das tun wir seit Jahren, und was ist dabei rumgekommen?«

»Na, was wohl?«, sagt er und breitet die Arme aus. »Wir sind 'ne Klasseband geworden!«

»Mit kein Geld nicht für'n Hungertuch.«

»M-Mann, g-ganz l-l-locker. Lass u-uns m-mal drüber n-n-nachdenken.«

»Genau! Wir haben keine Probleme, nur Aufgaben zu lösen«, ruft Schimanski. »Dreißig Minuten Brainstorming, und das Problem ist gelöst!«

Eine halbe Stunde später habe ich die Aufgabe noch immer nicht gelöst, und das *ist* ein Problem! Ich überlege gerade, welchen Asi-Job ich nochmal ertragen könnte, als Schimanski auf seine Uhr tippt.

»Die Zeit ist rum.«

Zehn zu eins, dass er etwas vorschlagen wird, was Geld kostet.

»Wir machen 'ne CD«, sagt er. »Dann kriegen wir mehr Presse, bessere Gagen, und es ...«

»Kostet Geld«, würge ich ihn ab und nicke Brunner zu, der schon ungeduldig wartet, seinen Bullshit loszuwerden.

»M-M-Merchand-d-d-«

»Hört mal«, unterbreche ich ihn, »es wäre echt klasse, wenn ihr ein paar Vorschläge machen könntet, die nicht investitionsabhängig sind.«

»A-A-A-«

Ich schaue demonstrativ auf die Uhr.

»A-Arschloch! W-Wir n-nehmen e-einfach einen K-Kredit a-auf!«

Ich schließe die Augen. *Du bist in einem Wald, du atmest tief ein, die Vögel zwitschern, die Luft ist rein, Brunner ist weit weg, die Stille beruhigt dich ...*

»A-Alle G-Geschäftsleute haben S-S-Schulden. «

Bei so viel Insiderwissen gibt meine Meditation den Geist auf. Ich tauche wieder aus dem Wald auf.

»Geschäftsleute«, erinnere ich ihn, »die Schulden haben, brauchen sie, weil sie Einnahmen haben, die sie nicht versteuern wollen, richtig? Jetzt haben wir aber festgestellt, dass wir keine Einnahmen haben, also sei so gut und erkläre uns, wie du das Darlehen zurückzahlen willst. Vielleicht möchtest du die Summe in eintausend Monatsraten abstottern?«

Er schaut mich böse an.

»A-A-A-«

»Hey Mann, ich bin auf deiner Seite ...«, mischt Schimanski sich ein.

Natürlich meint er damit nicht mich.

»... aber das mit der Bank ist, glaube ich, keine gute Idee. Die haben damals die Nazis unterstützt und sind immer noch im Geschäft. Mit solchen Typen sollte man sich nur im Notfall anlegen.«

»A-Aber d-das Bier ist a-alle.«

»NOTFALL! NOTFALL!«, brüllt Schimanski.

»Ich weiß, was wir machen«, sagt Max still.

Unsere Köpfe fahren herum.

»Wir spielen im E-Werk. Wenn's ausverkauft ist, sind wir saniert und zumindest in Köln bekannt.«

Nach ein paar Sekunden schließe ich meinen Mund wieder. Er muss den Verstand verloren haben.

»E-Werk. Ausverkauft. Na klar.«

Ich klopfe ihm auf die Schulter und beginne aufzuzählen.

»Was wir dafür brauchen, sind nur ein paar Riesen für die Miete, zweitausend Zuschauer, neue Plakate, neue Fotos, neue ...«

»Groß denken oder klein bleiben«, klugscheißert er.

»Ja, aber ...«

»E-Werk füllen, Problem gelöst.«

Ich versuche, aus seiner Mimik schlau zu werden.

»Na bitte!«, unterbricht Schimanski meine Bemühungen.

»Na *bitte*?«, fahre ich ihn an. »Was zum Teufel meinst du damit?«

Er gibt mir keine Antwort. Dafür fällt Brunner mir in den Rücken.

»O-Okay, w-wie ist der P-Plan?«, stottert er blöde.

Ich zeige ihm den Finger. Er grinst befriedigt.

»E-Werk füllen«, wiederholt Max stumpf.

Ich warte ab, welchen Blödsinn Schimanski vertreten wird, aber Wunder über Wunder, er scheint sein Gehirn wieder eingeschaltet zu haben.

»Die Idee gefällt mir«, sagt er, »aber wir haben keine Kohle, um die Halle anzumieten.«

Hammererkenntnis! Ich bin beeindruckt!

»Man müsste eben den Booker überreden, einen Risikodeal einzugehen«, sagt Max.

Ich hebe schnell die Arme.

»Halt! *Überreden* kommt *überhaupt* nicht infrage!«

Max schaut mich undurchdringlich an und schweigt. Ich warte. Schimanski wartet. Brunner wartet. Das Leben zieht an uns vorüber. Tolle Szene.

»Okay, gehen wir einfach mal davon aus, dass du überreden im Sinne von reden meinst. In dem Fall willst du dem E-Werk-Booker also einen Deal auf Kasse vorschlagen, ja?«

Max senkt seinen Kopf einen Millimeter.

»Darf ich dich in diesem Zusammenhang fragen, was du ihm sagst, wenn er wissen will, wo da für ihn ein Deal sein soll?«

»Das wird er nicht«, sagt Max.

»Aha, so, so, na, da bin ich ja mal gespannt ...«

»Weil du das machst.«

»Ich?«

»Du spielst doch mit dem Typen Fußball«, wirft Schimanski ein.

»*Gegen* ihn«, berichtige ich unseren Mann für Logik, »du kennst doch den Unterschied, oder?«

»Wär trotzdem einen Versuch wert«, beharrt er.

»G-G-Genau!«

Ich schaue wieder in die Runde.

»Verstehe. Und was haltet ihr davon, wenn wir uns in *Shit, es ist ansteckend!* umbenennen?«

Keiner lacht. Ich versuche es anders.

»In der Kneipe von diesem Typen liegt ein Deckel, den sein Geschäftsführer aus dem einzigen Grund noch nicht eingefordert hat, weil er ihn nicht *glauben* kann!«

»A-Aber ...«

»Schnauze. Und nur mal angenommen, er sagt Ja, was dann?«, unterbreche ich Brunner. »Dann müssen wir das E-Werk füllen, und da passen mehr als zweitausend Leute rein. Das ist ungefähr zehnmal so viel Publikum, wie wir sonst so haben.«

Brunner formt ein tonloses Wort mit den Lippen.

»Du hast ja gar nicht gestottert«, lästere ich zurück.

Ich schaue mich um, sehe nichts als blanke Flächen, über die Projektionen von ausverkauften Hallen und gedeckten Schecks huschen ... Ich weiß, wann ich geschlagen bin.

»Verdammt ... Aber ich will nichts hören, wenn's schief geht.«

»Geht es nicht«, versichert Max mir.

Ich werfe ihm einen Blick zu.

»Also, wir brauchen Plakate, Pressefotos und etwas Geld, um den Druck anzuzahlen. Vorausgesetzt, wir finden noch einen Laden, der uns Kredit gibt.«

»Wie viel?«, fragt Schimanski.

Ich rechne hoch.

»Fünfhundert müssten es tun.«

»Okay, du machst den Gig klar, und ich kümmere mich um die Scheine.«

Ich mache nicht den Fehler, ihn zu fragen, was er vorhat.

2. Die Tänzerin

Es ist kurz vor Mitternacht. Ich betrete die Party von Hanne und Hanno und bin fünf Minuten später bemalt, gefilmt und abgeleckt worden. Nicht einmal die Aufnahmerituale des Vatikans sind so verbissen wie die der alternativen Künstlerszene.

Schließlich werde ich in den erlauchten Kreis aufgenommen. Ein luftig bekleidetes Mädchen in einem Häschenkostüm nimmt mich an die Hand und führt mich zu den Gastgebern, die auf einem Podest thronen und salmvolle Begrüßungen aussprechen. Hat was. Hätte noch mehr, wenn es nicht ernst gemeint wäre.

Irgendein Witzbold hat den beiden mal den Spitznamen HaHa verpasst, seitdem nennt sie jeder so, obwohl sie so witzig sind wie ein Kurzschluss im Massagestab. Sie haben kein Interesse an irgendetwas oder irgendjemandem, es sei denn, der, die oder es bringt HaHa einen Schritt weiter auf ihrem langen Weg zur Unsterblichkeit. Klatschspaltomanie vom Feinsten.

Was sie allerdings haben, ist Geld, Aktien, Geld, Grundstücke, Geld und ein großes Haus, und all das nutzen sie gezielt, indem sie jeden Monat eine Party für Künstler und andere Verlierer geben, denn die sind ja immer für ein Skandälchen gut und damit gut für die Presse und damit gut für HaHa und damit gut für sich selbst. Der ewige Kreislauf und so.

Vor knapp einem Jahr veranstalteten sie eine Feuer-Performance, und dabei fingen ein paar Bäume Feuer. Statt zu löschen, hackte der Künstler das Gartenmobiliar zusammen und warf es in die Flammen. Die Feuerwehr kam gerade rechtzeitig, um die Flammen daran zu hindern, auf das Haus überzugreifen. Wer jetzt denkt, HaHa hätten den Irren danach einsperren lassen, der hat es noch nicht begriffen – *sie waren glücklich*! Auf der einen Seite die Blutblattfotografen, auf der anderen die Flammen. Hurra, endlich nicht mehr unterbelichtet! Ich denke, dass es den meisten Gästen bewusst ist, wofür sie sich hergeben, dennoch gehen alle hin und versuchen, sich möglichst teuer zu verkaufen. Ich auch.

Gerade komme ich an einem Schlafzimmer vorbei und sehe, wie ein Typ aus dem Fenster hängt und kotzt. Die einzige Art, sich vor solchen Typen zu schützen, ist die, schlimmer zu sein, also halte ich an der ersten Bar und lasse mir einen doppelten »GIBS« einschenken. Das ist irgendwas mit Gin und Bananen. Ich kippe ihn runter, lasse mir einen weiteren geben und gehe damit in die Küche, um den kulinarischen Teil des Abends einzuläuten.

Unterwegs stolpere ich über einen Typen, der halb nackt und stocksteif mit weit aufgerissenem Mund auf dem Boden liegt, während zwei krakeelende Mädchen ihm von einem Tisch aus Oliven in den Mund kullern. Ich checke seinen Puls – er lebt. Ich drängele mich weiter, während ich nach einem bekannten Gesicht Ausschau halte, doch das einzige, das ich entdecke, winkt mir von der verspiegelten Decke zu. Ich proste dem Herrn im Himmel zu, leere mein Glas auf sein ganz Persönliches und nehme dann Kurs auf die Salattheke, um dem Abend die nötige Unterlage zu verschaffen. BAFF! *Ein bekanntes Gesicht … schweres Herzflimmern.*

Sie sieht mich, winkt mir zu und tippt gleichzeitig dem Typen, der neben ihr steht, auf die Schulter. Er dreht sich um und wirft mir einen kurzen Blick zu, um mir dann verschwörerisch zuzublinzeln. Ach, du Schande! Die *Und-trotzdem-können-wir-Freunde-sein-Tour!*

Instinktiv bahne ich mir einen Weg in die entgegengesetzte Richtung, bis ich schließlich an einer Theke stehen bleibe, um zu verschnaufen. Die Barfrau schaut mich kurz an, dreht sich um und beginnt, etwas zusammenzupanschen. Zehn Sekunden später schiebt sie mir wortlos ein Glas rüber, und ich erkenne das Ausmaß ihrer Qualifikation. Es ist ein KIKO. Der volle Name lautet *Kippundkotz*, und er wird normalerweise erst ausgeschenkt, wenn den Gastgebern gar nichts mehr einfällt, wie sie die letzten Gäste vertreiben können. Mein Gesichtsausdruck scheint den Bruch der Etikette zu rechtfertigen.

»Noch einen.«

Der zweite schlägt voll ein. Ich spüre, wie das Zeug sich sofort mit den Bananen zusammenrottet, um mein Gleichgewicht zu sabotieren, aber das ist eh schon dahin. *Warum hat mir niemand gesagt, dass sie wieder in der Stadt ist?*

Als der erste Schock sich gelegt hat, verziehe ich mich in den Garten, um mich zu sammeln. Alle Gartenbänke sind mit Pärchen belegt, die sich gebärden, als wären sie in den Flitterwochen. Ein paar Halbnackte meditieren um ein Feuer herum und atmen den Rauch in tiefen Zügen ein, während um sie herum Hände und Zungen um die Plätze kämpfen. *Sie ist also wieder da. Und einen neuen Typen hat sie sich auch mitgebracht. Aber, verdammt noch mal, was will sie ...*

»EY!«

Ich zoome zurück ins Jetzt und starre in zwei schwarze Augen, die zu einem finster aussehenden Typen gehören. Er sitzt mit einem Mädchen auf einer Bank und hat ihr seine Hand ins T-Shirt geschoben. Aus einer abgeschnittenen Jeansjacke schauen zwei tätowierte Oberarme hervor und verraten mir, dass alle Frauen Fotzen sind, außer Mutti. Oh, oh ...

Mittlerweile hat seine Hand eine Knetpause eingelegt, weil er seine ganze Energie dafür braucht, mich böse anzuschauen.

»Wat guckste 'n so, du Wichser?«

Ich zeige ihm meine leeren Handflächen und verziehe mich. Ist die Welt so, weil es solche Typen gibt, oder gibt es solche Typen, weil die Welt so ist?

Meine Suche nach einem sicheren Standort führt mich zu einer Theke, von der man den ganzen Garten überblicken kann. Ich checke die Fluchtwege und lasse mir einen Teller füllen. *Will sie wieder in ihr altes Leben abtauchen? Und wenn ja, gehöre ich noch dazu?*

Dieses Mal lässt mich mein Instinkt nicht im Stich, und ich hebe rechtzeitig den Kopf, um zu sehen, wie sie mit ihrem weltmännischen Begleiter den Garten betritt und ihren Blick über das Areal schweifen lässt. Sie hat mich noch nicht entdeckt, bewegt sich aber langsam in meine Richtung. Es kann nur eine Frage von Sekunden sein, bis sie mich hier stehen sieht, und dann ... was zum Teufel passiert dann? *Entspann dich! Vielleicht will sie ja nur ein bisschen plaudern, dich fragen, wie es dir so geht. Wäre das wirklich so schlimm?* JA! Nicht sie. Nicht hier. Nicht so.

Neben mir ist ein Gebüsch, dessen Äste fast bis zum Boden runterhängen. Ich hebe einen Ast an und hocke mich drunter. Besetzt. Zwei Stimmen wünschen mich zur Hölle, aber der Preis ist okay, also bleibe ich stur und harre der Dinge.

Hinter mir legt sich die Aufregung wieder, und so kann ich mich in Ruhe auf die beiden paar Schuhe konzentrieren, die an meinem Versteck vorbeigehen. Sie hat immer noch die Angewohnheit, auf den Außenseiten der Füße zu gehen ...

Mein Herz schlägt nach ihr, aber die Schuhe gehen, ohne zu zögern, vorbei, und ich fange wieder an zu atmen. Wieso gehe ich nicht einfach zu ihr hin und begrüße sie als das, was sie ist: eine Ex. Und hopp. NEIN! Ich brauche Zeit. Und Alkohol. Und Zeit. Und Alkohol.

Das Gebüsch zittert, und ich erkenne an den Geräuschen, dass die beiden Buschmenschen endgültig beschlossen haben, mich zu ignorieren. Kurze Zeit später nähere ich mich in Lichtgeschwindigkeit dem Zustand völliger Unzurechnungsfähigkeit. Es riecht nach Erde und Sex – und dazu die Geräusche ... Noch eine einzige Minute in diesem Gebüsch, und ich kann für nichts garantieren. SENSATION! UNBEKANNTER ROCKSÄNGER WILD ONANIEREND IM GEBÜSCH ANGETROFFEN! GERTRUDE R. (78): »ER HATTE SCHAUM VOR DEM MUND UND MACHTE ES MIT BEIDEN HÄNDEN!«

Um meine Personalakte auf Diät zu lassen, rolle ich mich im letzten Moment aus dem Gebüsch heraus und richte mich vorsichtig auf. Links, rechts, links – alles klar, die Luft ist rein. Pardon, eine alte Redensart.

Max sitzt auf einer Gartenbank und schaut mich kopfschüttelnd an. Bringt mich echt weiter. Was ich jetzt brauche, ist der Beistand einer speziellen Mixtur aus Alkohol und Früchten sowie ein Platz mit einem Fluchtweg. Beides gibt es hier nicht, also winke ich Max zum Abschied und schwanke Richtung Haus, um eine Gelbfruchtplantage abzuernten.

Als ich endlich ein volles Glas und einen gefüllten Teller vor mir habe, kommt Heike auf mich zugeschossen. Erst im letzten Moment bremst sie ab. Der Inhalt ihres Glases ist träger und vermischt sich mit dem Zeug auf meinem Teller.

»Tacheles!«, ruft sie. »Schön, dass du da bist!«

Ich nicke und lasse die Rituale widerstandslos über mich ergehen. Links, rechts, links, Bussi, Bussi, Bussi.

Heike ist die Mutter jeder Party und eine amtliche Partypädagogin. Sobald sie eine Menschenversammlung betritt, fühlt sie sich für das Wohl jedes Anwesenden verantwortlich. So ist es nicht weiter verwunderlich, dass die meisten Partygänger sich von ihr anstatt von den Gastgebern verabschieden.

»Ist es nicht eine tolle Party?«, jubelt sie und strahlt nach allen Seiten.

Ihre Hände berühren mich immer wieder, und ihr Lachen will mir vermitteln, dass wir alle eine große Familie sind. Sie macht den Eindruck, als wäre sie glücklich, aber ich habe sie noch nie ohne ein Glas in der Hand gesehen.

Sie jubelt weiter. Ich nicke und schüttele abwechselnd den Kopf, und weil sie am schnellsten wieder abhaut, wenn sie nicht gebraucht wird, schenke ich ihr ein begeistertes Lächeln. Sie zischt ab, um anderswo Menschenleben zu retten.

Max winkt mir zu und verdreht die Augen nach links, also schiele ich in den Westen. Die Tänzerin ist wieder im Anmarsch und macht mir laute Zeichen, stehen zu bleiben.

Der Fluchtweg führt mich durch ein Schlafzimmer, wo ich schon wieder einer Vereinigung störend gegenüberstehe. Zwei nackte Leiber erstarren auf dem Bett. Vielleicht wird ihnen ja gerade klar, was sie da eigentlich treiben. Ich meine, in diesem Haus eine Nummer zu schieben und dann noch im Schlafzimmer ... Die müssen ja total bescheuert sein. Ich überlege kurz, ob ich ihnen die Kamera zeigen soll, aber die Zeit drängt.

»Geile Party, was?«, rufe ich ihnen im Vorbeilaufen zu.

Während ich das Fenster öffne, riskiere ich einen Zweitblick. Sie liegen noch immer in derselben Position und starren zu mir rüber. Ich winke ihnen zu und springe im selben Moment ab, als die Tänzerin das Schlafzimmer betritt.

Zwei Meter Freiflug und wieder mal am Boden. Beim Abrollen krache ich in ein paar Gartenstühle, und der Salat klatscht mir aufs Hemd. Sieht aus wie etwas, in das ich neulich getreten bin.

Max materialisiert sich neben mir, schnappt sich meinen Arm und marschiert los. Wohin? Keine Ahnung. Warum? Ich habe letztes Mal gefragt.

Er drückt mich auf eine Gartenbank, gibt mir ein Wartehier-Zeichen und lässt mich dann alleine. In meinem Kopf toben die Erinnerungen, weiter unten die Bananen. Plötzlich überfällt mich eine tonnenschwere Müdigkeit. Ich lasse mich gegen die Rückenlehne sacken und fühle mich wie ein Altachtundsechziger in den Neunzigern – mir wird alles egal.

Der Garten gerät in Schwung. Jemand hat Benzin ins Feuer gekippt, und die Nackten springen kreuz und quer drüber und brüllen dabei. Die Unsportlichen am lautesten. Ein paar Vollidioten schreien den Himmel an, dass, wenn er Gott beinhalten sollte, sie es echt irre toll fänden, wenn er sich mal zeigen würde. Wenn ich Gott wäre, hätte ich seit ein paar Jahrtausenden ein Date auf einem fernen Planeten.

Vielleicht hat er das tatsächlich, denn vor mir taucht plötzlich der tätowierte Knetkünstler von vorhin auf. Als er mich sieht, verzieht sich sein Gesicht zu einem glücklichen Lächeln. *Ich bereite ihm Freude!*

Ich bin eindeutig zu besoffen, um wegrennen zu können, und bluffen ist auch nicht, denn dazu braucht es einen Gegner mit Verstand, also schließe ich die Augen und versuche es mit dem guten alten Trick. *Erde an Enterprise: Beam me up, Scotty!*

Ich öffne die Augen. Das Arschloch steht immer noch vor mir. Ich setze Scotty auf die Liste und richte mich schwankend auf, um dem Ende wie ein Mann zu begegnen. Meine Beine zittern, und ich sehe, dass ihm so langsam ein Licht aufgeht. Es müsste zwar eine Lichterkette sein, damit er noch

Chancen auf einen Hauptschulabschluss hat, aber es reicht locker aus, um ihm klarzumachen, dass ich die beste Beute bin, die es gibt: eine leichte.

Er dreht sich kurz zu dem braunhaarigen Vakuum um, das auch in diesen schweren Zeiten wie ein Kaugummi an seiner Seite klebt, und murmelt etwas wie *Kaploplem*, dann kommt er lässig auf mich zugerollt.

Ich versuche, tief zu atmen, keinen Schmerz zu empfinden, mich auszubalancieren ... Nichts geht. Na gut. Dann werde ich das tun, was jemand schon vor langer Zeit hätte tun sollen – *ich werde um Hilfe rufen*!

Ich hole gerade tief Luft, als ich zu meinem Erstaunen sehe, dass Einstein ein paar Meter vor mir stehen bleibt und die Fäuste sinken lässt. Er glotzt zwar weiterhin böseblöd aus der Wäsche, macht aber keinerlei Anstalten, näher zu kommen. Das braucht er auch nicht, denn er ist schon so nah, dass ich ihn riechen kann. Himmel! Die Genfer Konventionen haben mal wieder versagt.

Plötzlich gibt er ein Knurren von sich, rotzt einmal kräftig in meine Richtung, dreht sich dann um und haut dem braunhaarigen Hohlraum ansatzlos eins in die Fresse.

Zusammen beobachten wir, wie sein Punchingball die Hände vors Gesicht schlägt und hintenüber kippt. Dann wirft er mir einen Blick zu, ob ich ja auch mitgekriegt habe, wie böse er sein kann. Ich nicke ihm anerkennend zu, und er macht das, was er für einen coolen Abgang hält.

Das braune Hohl rappelt sich benommen wieder auf und wirft mir einen Blick zu, als wäre *ich* ihr Problem, dann hechelt sie hinter ihrem Meister her. Frauenhauskandidatin. Wenn sie Glück hat. Apropos Glück, wieso zum Teufel hat er *sie* geschlagen?

Während ich mich noch wundere, höre ich hinter mir ein seltsames Geräusch.

»Zisssch ...«

Kann Einsteins Spucke sein oder eine echt paranoide Finte à la Rockford, also bleibe ich einfach stehen und warte. Ist es Rockford, wird mir gleich jemand auf die linke Schulter tippen. Ist es die Monsterrotze, bin ich geliefert.

»Zisssch ...«

Schwankend drehe ich mich um und sehe Max lässig auf einer Bank sitzen. Neben ihm sitzen hundert Kilo fieses Fleisch und starren stumpf vor sich hin. Zwei Arme, zwei Beine. Könnte ein Mensch sein.

Max winkt mir freundlich zu und macht eine Wisch-und-weg-Bewegung vor dem Gesicht des Fleischbergs. Ich schaue genauer hin. Kenn ich nicht, will ich nicht kennen.

Max winkt mich näher. Ein paar unsichere Schritte bringen mich in die Todeszone. Aus der Nähe wird der Anblick auch nicht besser. Fast frage ich, wer das ist, kann mich aber gerade noch korrigieren.

»Was ist das?«

Max zuckt die Achseln und grinst schief. Er scheint irgendwie auf ein Lob zu warten.

»Du kennst ihn nicht?«

Er schüttelt den Kopf.

»Und wieso sitzt er da?«

Max zuckt die Achseln.

»Das heißt, er hätte mir gar nicht geholfen, falls ...«

Max schüttelt den Kopf.

»Eine Bluffer-Nummer?«

Er nickt.

Ich starre ihn böse an. Er seufzt resignierend, dann steht er auf und geht wortlos weg. Wohin? Scheiß drauf! Ich meine, echt klasse, seinen besten Freund als Einsatz in einem Bluffer-Spiel zu bringen.

Es fängt an zu regnen, und das Feuer verwandelt sich in

eine Rauchbombe. Vielleicht ist Gott ja doch vorbeigekommen und hat beschlossen, dass es mal wieder an der Zeit ist, aber dieses Mal ohne Arche.

Mit einem Schlag ist der Garten wie ausgestorben, und ich beschließe, mich lieber in die Reichweite der Tänzerin und ihres weltmännischen Begleiters zu begeben, als das Risiko einzugehen, Wasser zu schlucken.

Im Haus gerate ich vom Regen in die Traufe, denn zwischen mir und der Bar sitzt Karin S. und hält ihren ewigen Monolog. Als ich mich an ihr vorbeiquetsche, summe ich, so laut ich kann, komme aber nicht umhin festzustellen, dass sie wieder bei ihrem Lieblingsthema ist: Karin S.

Sie sieht mich, und ihre piepsige Stimme schwillt an, um mir klarzumachen, dass sie a) am längeren Hebel sitzt und b) diesen Hebel auch betätigen wird, wenn ich mal so unvorsichtig sein sollte, ihr vor die Mündung zu stolpern.

»He, da ist ja unser unbekannter Rockmusiker. Kommt, Mädels, lassen wir den Hut rumgehen!«, keift sie schrill.

Ich rümpfe im Vorbeigehen die Nase. Zu mehr Understatement fühle ich mich momentan nicht in der Lage.

»Aber lästern wir nicht«, gackert sie unbeeindruckt weiter, »viele unbekannte Musiker haben es geschafft, und er ist mit Abstand der unbekannteste!«

Mitten in dem Gelächter wirbele ich herum, mache einen wackligen Schritt und bleibe vor ihr stehen. Sie reißt die Arme hoch und presst sich tief in die Polster. Jemand drückt die Pausentaste.

»Der war gut«, sage ich in das Standbild hinein.

Sie duckt sich noch mehr.

»Wirklich ... der war gut.«

Sie lockert die Deckung ein bisschen, linst mich zwischen den Fäusten misstrauisch an. Ich lache sie freundlich an. Ihre Deckung sackt etwas ab. Manche lernen es nie.

»Miauuu ...«

Sie kneift die Augen zusammen. Ich schmatze ein paarmal mit den Lippen, lege den Kopf schief und warte. Es dauert ein bisschen, aber das Warten lohnt sich: Sie reißt die Augen auf und wird kreidebleich. Ihre Arme sinken kraftlos in die Polster.

»Du?«, flüstert sie erstickt.

Ich schmatze noch mal genüsslich, dann lasse ich sie mit ihren Erinnerungen alleine und kämpfe mich zur Theke durch, wo mich Max kopfschüttelnd erwartet.

»Hm?«, macht er.

»Nein.«

Die Barfrau wirft mir einen abschätzenden Blick zu und beginnt sofort wieder, etwas zusammenzupanschen.

»Hm?«, macht Max wieder.

»Was.«

Er macht eine Kopfbewegung zu Karin S.

»Keine Ahnung«, lüge ich und nehme einen langen Schluck vom Ende.

Gegen drei artet die Party aus. Ein Teil der Stereoanlage hat sich verabschiedet, und irgendeine kreative Kreatur beschließt, Livemusik zu machen, also trommeln alle auf irgendetwas herum, und die elektrischen Gitarren lassen das Haus in seinen Fundamenten erzittern. Die Bullen lassen nicht lange auf sich warten, aber sie wissen natürlich auch, wer der Schirmherr ist, daher geben sie ihre Ansage friedlich an der Tür ab und verschwinden wieder. Kaum sind sie weg, pegelt sich die Geräuschkulisse wieder auf Flughafenniveau ein, und ich verziehe mich an das andere Ende der Bar, um mein verbliebenes Gehör zu retten.

Heike kommt vorbei und verrät mir, dass die Tänzerin gegangen ist, und da von Einstein ebenfalls nichts zu sehen ist, konzentriere ich mich auf die Show, die vor mir abläuft. Flirts, Eifersüchteleien und jede Menge hyperinnovatives Schulhofgehabe. Ein Crashkurs in Verhaltensforschung.

Am Fenster gegenüber steht eine Frau, die mir seit Monaten immer wieder über den Weg läuft. Sie ist eine von diesen Frauen, die man aus irgendwelchen bescheuerten Gründen nie anspricht, um sich dann anschließend zu wundern, dass man ausgerechnet *die* nie kennen gelernt hat. Ich winke ihr zu. Sie hebt eine Augenbraue und lächelt. Hm ... Vielleicht ist es der richtige Zeitpunkt für einen ganz schmalen Talk, aber irgendwie bin ich schon zu sehr hinüber, um etwas Belangloses sagen zu können, also verschiebe ich es auf später.

Plötzlich nimmt der Geräuschpegel ab, und ich tippe, dass die Bullen ihren zweiten Alibiwarnschuss abgeben kommen. Die Türklingel schellt nochmal, und da es heute noch keinen Skandal gegeben hat, steige ich auf einen Stuhl, um nichts zu verpassen.

Die Haustür schwingt auf, und Vivi betritt den Raum. Ein Stöhnen geht durch die Menge. Sie trägt nichts als eine hautenge schwarze Seidenhose und ein völlig durchnässtes weißes T-Shirt, auf dem steht: *Du kannst nicht der Erste, aber der Nächste sein!* Sogar von meinem Platz aus kann ich ihre steifen Brustwarzen unter dem T-Shirt erkennen. Oh Mittelpunktsucht ...

Atemlose Stille. Die Hengste im Stall halten ehrfürchtig die Luft an, und die Stuten blähen kämpferisch die Nüstern. Jemand lässt sein Glas fallen, das Geräusch klingt in der Stille wie ein Kanonenschlag im Sarg. Vivi nimmt das als Signal und schwebt mit anmutigen Schritten in die Mitte des Raumes, dreht sich einmal wie ein Model auf dem Laufsteg, breitet ihre Arme zu einer allseitigen Umarmung aus und bringt ihre übliche Begrüßungsnummer:

»Hi, ich bin Vivi. Mit zwei Vaus, wie fischen und ...«, sie macht eine kleine Kunstpause, »... vögeln.«

Niemand bewegt sich. Irgendwo stöhnt jemand gequält. Vivi lächelt zufrieden, stemmt die Hände in die Hüften, legt den Kopf schräg und zündet die Bombe.

»Kann mir irgendjemand ein volles Glas irgendetwas besorgen?«

Die Hölle bricht los! Alle Singles sind in rasender Bewegung, und die Liierten stöhnen machtlos. Der ganze Raum ist eine einzige Kettenreaktion, und mitten im Hormonschlachtfeld steht Vivi und hat mal wieder das, was sie für Erfolg hält. Sie entdeckt mich und winkt mir fröhlich zu. Ich verdrehe die Augen und mache, dass ich abtauche.

Die Frau von der Fensterbank ist nicht mehr auf ihrem Platz. Irgendwann werde ich mich fragen, warum ich sie nie kennen gelernt habe, aber bis dahin richte ich mir einen Beobachtungsposten an der Front ein und arbeite mich mit Hilfe meiner Lieblingsbarfrau durch die verschiedenen Kombinationen. Gesichter und Geschichten ziehen an mir vorbei und hinterlassen eine breite Spur aus Oberflächlichkeit und Lügen. Zwischendurch kommt immer wieder jemand vorbei und redet. Ich nicke von Zeit zu Zeit, lasse mein Glas nachfüllen und meinen Blick durch das Chaos wandern, während ich versuche, mich zu erinnern, wann ich das letzte Mal geweint habe.

3. Dealen

Jemand hat meinen Kopf mit Blei gefüllt. Die Sonne knallt rein, und die Einrichtung tanzt vor meinen Augen. Weiße Wände, ein Tisch, zwei Stühle, ein Bett, ein Fenster, eine tote Pflanze. Trautes Heim, Glück allein.

Ein Blick auf die Uhr sagt mir, dass ich noch einen zweiten Blick darauf werfen muss, denn der große Zeiger steht zwar deutlich auf der Zehn, aber der kleine ist nirgends zu entdecken. Ein paar Mal zoomen, und das Rätsel ist gelöst. Der Kleine hat sich hinter dem Großen versteckt. Na, der hat es begriffen.

Nach einem weiteren Blick in den Kalender weiß ich, dass mein Frühstück ausfällt, denn in zehn Minuten bin ich mit dem Booker vom E-Werk verabredet, und wer bin ich denn, dass ich den *Messias* warten lasse?

Aber zuerst muss ich kotzen. Ich mach das besser hier als nachher in der Bahn, also schwanke ich ins Badezimmer, knie mich vor die Schüssel und warte. Nichts passiert. Ich warte. Nichts passiert. Ich warte. Nichts passiert. In solchen Fällen hilft nur eins: an Kotze denken. UUULLLPPP! Die Kunst dabei ist, das Ganze nicht persönlich zu nehmen. Aha! Kartoffelsalat. Der war lecker. Aber was ist das da ... Fisch?

Nachdem ich die Speisekarte analysiert und die Spuren mit Zahnpasta, Aftershave und Creme verwischt habe, werfe ich mich in Jeans und Shirt und wanke die Treppen runter, um es hinter mich zu bringen.

Es stellt sich heraus, dass der Booker auch neben dem Fußballplatz ein netter Mensch ist, und unser Gespräch macht einen schönen Alleingang. Die Stunden fliegen nur so dahin, und irgendwann haben wir uns über Heiner Pudelko, der leider gestorben ist, über Rio Reiser, der leider gestorben ist, über einen Produzenten aus Bonn, der leider nicht gestorben ist, über Ulla Meinecke, in die ich mich irgendwann bei einem Interview verknallte, über ihn, über die Welt und über die Frauen unterhalten. Wir haben sogar dem FC zehn Minuten volle Aufmerksamkeit gewidmet. Sollten die Spieler auch mal versuchen. Es wird Zeit, aufs Thema zu kommen, solange ich es ertrage, ausgelacht zu werden.

»Ich wollte dich was fragen ...«

Er nickt mir aufmunternd zu. Ich merke mir das Lächeln. Wird fürs Erste das letzte sein.

»Die Jungs wollen unbedingt bei dir spielen.«

Er nickt.

»Warum eigentlich nicht?«

Ich starre ihn an. Beim Pokern und Geschäftemachen sollte man sein Gesicht unter Kontrolle haben, aber ich konnte ja nicht ahnen, dass er *so* fies sein würde!

»Wann denn?«, fragt er unschuldig und lacht sich ins Fäustchen, dass er mich so sauber erledigt hat.

»Schnell! Bald! Nächsten Monat!«, stolpere ich los.

»Mit wem?«

»Alleine.«

Jetzt stutzt er.

»Hör mal, also nicht, dass ich der Meinung bin, ihr könntet den Laden nicht alleine voll machen ...«

»Gut!«

Daran hat er zu kauen. Der Ausgleich liegt in der Luft.

»Ich hab gelesen, dass ihr diesen Monat schon im MTC

spielt. Ist es denn so schlau, einen Monat später sofort wieder in der Stadt zu spielen?«

Da die Antwort darauf logischerweise nur *Nein* sein kann, antworte ich getreu dem Schimanski'schen Prinzip:

»Yep!«

Er versenkt sich für einen Augenblick, seufzt dann, streckt sich und fährt mit dem Zeigefinger über seinen Wandkalender. Tooooor! Der Ball ist ganz klar hinter der Linie.

Sein Finger verharrt zwischen Selig und den Ärzten.

»Das Datum: der Achtundzwanzigste. Der Deal: vierzig/sechzig. Ich übernehme die Werbung.«

Erschüttert von meiner eigenen Dreistigkeit, hebe ich einen zitternden Finger.

»Ah, das ist ein feines Angebot, aber weißt du, ich denke, wir machen besser die Werbung selber. Und was den Deal betrifft, da wäre siebzig/dreißig besser.«

Er kann eindeutig nicht glauben, was ich hier abziehe. Ich kann es selber kaum glauben. Bevor er was sagen kann, lege ich noch einen drauf.

»Na gut, sechzig/vierzig. Mehr kann ich dir wirklich nicht entgegenkommen. Hab 'ne Band zu versorgen.«

Er starrt mich an. Ich lächele freundlich. Zeit vergeht. Meine Kinnmuskeln beginnen zu schmerzen.

»Schlag ein«, lächele ich und halte ihm die Hand hin. *Du willst es! Du kannst es! Du tust es!*, beschwöre ich ihn innerlich.

Und dann tut er es tatsächlich.

»Wahnsinn ...«

Er nickt und schaut verdattert auf seine Hand, die ich pumpe, als wäre sie der Jungbrunnen.

»Ihr schuldet mir was«, knurrt er.

Plötzlich liegt das zwei zu zwei in der Luft. Ich warte auf den Anschiss wegen des Deckels, aber er sagt nichts. Ich floskele das Ergebnis über die Zeit und schwebe aus dem Büro.

Ein Gig im E-Werk ...! Ich könnte glatt ein paar Bäume ausreißen, aber das erledigt die Industrie schon, also gehe ich brav nach Hause, um meine pochenden Schläfen zu kühlen.

Im Briefkasten liegt eine Karte von meiner besten Freundin Britta. Sie ist seit vier Wochen in Südeuropa unterwegs und berichtete mir bisher in quälendster Weise von dem superguten Essen, dem superguten Wetter und was sie mit mir alles anstellen wird, wenn sie wieder da ist. Auch die heutige Karte macht da keine Ausnahme: *Essen gut, Wetter gut, Saft steigt ...*

Ursprünglich hatten wir geplant, zusammen wegzufahren, aber unsere Gratwanderung zwischen Freundschaft, Affäre und etwas mehr war auch so schon in Unordnung. Und da höre ich eine Stimme: *Mit seinen Freunden bumst man halt nicht!* Tja, wir schon.

Während das Wasser für Morgenritual Teil zwei köchelt, bespreche ich die Maschinen der Jungs. Zu schade, dass ich ihre Gesichter nicht sehen kann, wenn sie die Nachricht abhören. Nicht einmal die restliche Post kann meiner Laune was anhaben. Strompreiserhöhung, Telefonrechnung und eine Anfrage meiner Haftpflichtversicherung, wie zum Teufel ein solcher Schaden entstehen konnte. Fragen ...

Auf der Haben-Seite gibt es einen Brief von meiner Mutter. Sie fragt, warum ich sie so lange nicht mehr besucht habe, und für den Fall, dass Geldmangel eine Rolle spielen sollte, hat sie einen Hunderter für Benzingeld beigelegt. Hey, gibt es was Besseres als mütterliche Fürsorge? Ich muss dringend mal wieder einen Tag mit ihr verbringen. Ah, welch ein Tag ... Ein Auftritt im E-Werk, eine Karte von Britta, ein Brief von Mor und frischer Kaffee auf dem Tisch. Scheint eine Glückssträhne zu werden.

Vivi startet einen Versuch, meine Aufmerksamkeit zu erringen. Sie knallt den Telefonhörer so hart auf die Gabel, dass ich ihrer Meinung nach schon längst berstend vor Neugierde auf der Matte stehen müsste. Ich bleibe sitzen und lausche.

Ein paar ereignislose Sekunden verstreichen, dann tritt Plan B in Kraft.

»Scheißtyp, Wichser, Idiot!«, mault sie.

Funktioniert auch nicht. Ich kann richtig hören, wie sie überlegt, ob sie vielleicht nicht laut genug war.

»SCHEISSTYP! WICHSER! IDIOT!«

Ich gehe seufzend los, um meiner Pflicht als Mitbewohner nachzukommen.

Sie wartet schon ungeduldig am Küchentisch.

»Was'n los?«

»Machst du mir 'n Kaffee?«, fragt sie mit ihrer Kleinmädchenstimme und nagt an ihren permanent runtergekauten Fingernägeln.

»Sag's einfach«, ermuntere ich sie, während ich ihr meine Tasse rüberschiebe.

»Du hast doch einen ...«

Sie zögert.

»Na, wer nicht?«, witzele ich.

»... Aidstest gemacht.«

Ups! *Vorsicht, dünnes Eis!*

»Jahh ...«, räuspere ich mich. »Warum? Willst du einen machen?«

Sie nickt.

»Wie kommt's?«

»Er ist sooo süß«, wispert sie.

Aha.

»Er heißt Marco«, schiebt sie euphorisch nach, dann verdreht sie die Augen, gibt mir die ganze Palette.

»Und was ist das Problem?«

Sie zögert, dreht an der Spannungsschraube, und im richtigen Augenblick, ungefähr eine Nanosekunde, bevor ich aufstehe und sie sitzen lasse, platzt sie mit der Message heraus.

»Er ist *bi-sex-u-ell!*«

Sie spricht es aus wie *a-so-zi-al*. Ich bleibe stumm und warte auf die Pointe.

Sie macht eine dramatische Geste zum Himmel hin.

»Verstehst du denn nicht – *er ist bi!*«

»Ist doch jeder heutzutage.«

»Aber seine Freunde sind schwul und gehen in diese Parks und machen es mit jedem, der vorbeikommt!«, jammert sie.

Ich denke an das Verhältnis Fremde zu Kondomen, das ich bisher in Vivis Zimmer gesehen habe. *Seeehr dünnes Eis!* Okay. Erst beruhigen.

»Dass seine Freunde schwul sind, ist doch das Beste, was dir passieren konnte.«

»Häh?«

»Na, schau, als Aids in den Medien losging, da waren die Schwulen die letzte Rettung. Sie wurden für alles verantwortlich gemacht, um die Massenhysterie unter Kontrolle zu bekommen. Jeder prominente Schwule, der auch nur einen Schnupfen hatte, wurde mit Foto, Lebenslauf und Abschiedsbrief in den Blutblättern abgedruckt. Das alles geschah, um den Leuten einzureden, dass keine Gefahr besteht, solange man Hetero war, ist und bleibt.«

Vivi legt die Stirn in Falten. *Schnell eine Kamera!*

»Verstehe ich nicht«, murmelt sie.

»Aber gleich. Die Schwulen haben damals einen Vorsprung bekommen. Sie haben sich tausend Aktionen einfallen lassen, um ihre Leute über Aids aufzuklären, und als die meisten Heteros sich noch in ihrer Unverwundbarkeit sonnten, da lagen in Schwulenclubs schon lange Kondome und Aufklärungsbroschüren herum.«

Das gibt ihr wieder zu denken.

»Das heißt, ich brauche mir keine Sorgen zu machen, dass Marco Aids hat?«

Zeit für die Wahrheit.

»Lebst du auf dem Mond? Diese Scheiße kann jeder bekommen, der sich nicht schützt.«

Sie überlegt.

»Das würde ja bedeuten, dass man immer mit ...«

»Genau.«

»Immer?«, jammert sie und schaut mich an, als könnte ich etwas daran ändern.

»Oder du vertraust jemandem, der einen Test gemacht hat und dir sagt, dass er seitdem nicht ohne Gummi rumgemacht hat. Oder du praktizierst safer Sex. Oder du nimmst das Risiko in Kauf, infiziert zu werden.«

»Oder?«, fragt sie hoffnungsvoll.

Ich zucke die Schultern.

»Scheiße!«, sagt sie voller Inbrunst.

Na, zumindest mit der Aussage wird sie nie alleine dastehen.

»Machst du es denn immer mit?«, fragt sie.

Weil ich weiß, wie wichtig heutzutage Vorbilder sind, sage ich Ja. Weil ich weiß, wie unglaubwürdig eine unbefleckte Weste ist, füge ich hinzu, dass es da schon mal eine Ausnahme gab. Bei der Gelegenheit beschließe ich auch gleich, ihr zu verschweigen, wie hoch der prozentuale Anteil von homosexuellen Männern bei den HIV-Infizierten ist, sie redet eh von etwas völlig anderem. Was ihr Angst macht, ist etwas, das mit »B« anfängt und mit »Ziehung« aufhört.

Das Telefon klingelt, und Vivi sabbert. Das Pawlow'sche Gesetz mal anders. Von einem Moment auf den anderen ist sie wieder Sklave ihrer Leidenschaften und verabredet sich mit irgendeiner Männerstimme für heute Abend.

Als sie den Hörer auflegt, hat sie unser Gespräch schon vergessen und verschwindet in ihrem Zimmer, um sich zu überlegen, wie viele Klamotten sie *nicht* anziehen muss, um aus einem normalen Menschen ein sabberndes Wrack zu machen. Sie hat soeben ihre Evolutionspflichten für ein ganzes Jahr hinter sich gebracht, und trotzdem hätte Doktor Tacheles ihr gerne noch mitgeteilt, dass sie seiner Meinung nach vielleicht nur Angst hat, dass Marco mal einen seiner schwulen Freunde mitbringen könnte, denn was sollte sie dann bitte schön mit dem machen – *reden* etwa?

Das Telefon klingelt wieder. Ich höre, wie sie in ihrem Zimmer aus den Startblöcken geht.

»Ich geh ran!«, rufe ich und schnappe mir den Hörer. »Hallo.«

Stille. Irgendjemand atmet leise am anderen Ende. Kann nur einer dieser schwachsinnigen Verehrer von Vivi sein.

»HAAALLOOO!«

Nichts.

Ich will gerade zu einer Tirade ansetzen, da erwischt es mich.

»Tacheles ...«

BAFF! Versenkt! Die Stimme der Tänzerin.

»Können wir uns sehen?«

Jetzt bin ich dran zu schweigen.

»Tacheles ...«

Der Hörer vibriert in meinem Ohr.

»Bist du noch dran?«

Krieg keinen Ton raus.

»Magst du nicht rüberkommen?«

Ich räuspere mich ein paarmal.

»Rüber.«

»Ich bin in meiner alten Wohnung.«

»Wann.«

»Wie wäre es mit gleich?«

»Ja.«

Ich schaffe es im zweiten Versuch, den Hörer auf die Gabel zu legen. Ich muss ein gottverdammter Maso sein. Ich bin dabei, einen riesigen, ach, was sage ich ... einen GIGANTISCHEN Fehler zu machen! Ich weiß es, und *ich freue mich darauf*!

Vorsichtshalber springe ich schnell unter die Dusche. In meinem Kopf spielt sich einiges ab. In meinem Lendenbereich auch.

4. Auf zum Tanz

Zehn Minuten später klingele ich an ihrer Tür. Sie öffnet, und bevor ich einen Ton sagen kann, nagelt sie mir ihre kleinen Zähne in die Unterlippe und schiebt mir ihre Zunge in den Mund. Hektische Hände sind an meinem Reißverschluss zugange. Sie zieht mich in die Wohnung, tritt die Haustür ins Schloss und lässt meine Unterlippe los, um eine Frontalattacke auf meine Hose zu starten. Einundzwanzig, zweiundzwanzig ... ich stecke in ihrem Mund.

»Hast du mich vermisst?«

»Halt die Klappe«, nuschelt sie und zieht mich zu Boden.

Wir robben durch die Küche, in unserem Kielwasser eine Gischt aus Klamotten, und mich überfällt wieder dieses alte Gefühl. Ich schwebe, lasse die Erde unter mir zurück und flattere keuchend durch die Stratosphäre. Sauerstoffmangel und Schwerelosigkeit. Wir stöhnen und knurren um die Wette. Ihre Möse tropft, mein Schwanz pocht. Es ist nicht die Zeit der Zärtlichkeit. Die Art, wie sie meinen Schwanz streichelt, ist mir so vertraut wie die hektischen Bewegungen, mit denen sie ihren Unterleib an meinem Bein reibt. Ihre Geräusche, ihr Geruch, ihr Anblick ... Ich glaube mich in einer Zeitmaschine zu befinden.

Wir raufen uns durch die Wohnung, bis wir schließlich an einem großen Spiegel vorbeikommen. Als ich unser Spiegelbild sehe, schlägt es bei mir ein. Herzstillstand, freier Fall, Augen zu und durch. Die Zeitmaschine schleudert mich durch Szenen eines Sommers. Hitze, Nähe und Schwerelosigkeit. Blitze durchrasen mich, erinnern mich an Augenblicke so tief wie die Weltmeere und an Versprechen so leer wie die Augen eines Scharfschützen.

Leises Lachen holt mich zurück.

»Wie egoistisch von dir«, kichert sie und spielt mit den Resten meiner so genannten Männlichkeit.

Ich liege still da und lasse den Film auslaufen. Sie streichelt meine Schenkel, meinen Schwanz, beißt sachte an meinen Brustwarzen herum. Irgendwann werden die Nachbeben zu Vorbeben. Sie steht auf und greift nach meiner Hand.

»Trag mich.«

»Wohin?«

»Ins Bett«, sagt sie und zeigt auf die Tür, durch die ich in einem früheren Leben oft gegangen bin.

In ihrem Zimmer knie ich mich hin und lasse sie behutsam auf das Bett gleiten. Sie legt sich auf den Rücken und spreizt ihre Schenkel.

»Da«, sagt sie und zeigt auf eine Riesenschachtel Kondome, die neben ihrem Bett liegt.

Ich kämpfe mit der Familienpackung. Die Schachtel bricht auseinander. Bunte Ballons hüpfen über den Teppich. Ich nehme die Farbe der Hoffnung.

»Kommschonkommschonkommschon ...«

»Jajaja«, murmele ich und kämpfe mit dem Auserwählten.

Endlich. Ich lasse mich auf sie fallen. Sie knallt mir ihre Hacken in den Rücken und stöhnt, hält meinen Kopf fest, beißt mir in die Lippen, leckt sie, küsst sie, saugt an meiner Zunge, während wir uns so wild aneinander pressen, dass mir die Luft wegbleibt.

»Mach schon!«, flüstert sie rau.

Ich stütze mich auf und ficke sie, so hart ich kann. Ihre Gesichtszüge verzerren sich. Grün in Rosa. Der Anblick jagt

Stromschläge durch meinen Körper. Ich höre ihre Schreie und gehe ab. Farbenattacke, Sturm, Chaos, Stille.

Wieder eine weiche Landung und Augenblicke der Ewigkeit.

Mein Schwanz schrumpft, und ich greife hinunter, um das Gummi zu erwischen. Als ich aus ihr herausflutsche, verzieht sie das Gesicht zu einer Grimasse. Es sieht so komisch aus, dass ich lachen muss. Findet sie nicht komisch.

»Ähem ... Ich wusste gar nicht, dass du die Wohnung behalten hast.«

Sie rollt sich auf die Seite und greift nach den Zigaretten.

»Hier wohnte eine Freundin von mir, aber sie zieht wieder zu ihrem Freund.«

»Bedeutet das, dass du hier bleibst?«, frage ich und bete, dass es sich nicht wie ein Winseln anhört.

Sie steckt mir eine Kippe in den Mund und zuckt mit den Schultern.

»Quien sabe?«

Darüber lohnt es sich, einen Moment nachzudenken.

»Du warst in Mexiko?«

»Unter anderem«, sagt sie abweisend.

»Und wo noch?«

»Nirgendwo.«

Jaja, keine Fragen nach ihrer Vergangenheit, keine Ansagen zu ihrer Zukunft. Sie lässt sich nicht in die Karten schauen, genießt ihre Unberechenbarkeit, lässt mich im Ungewissen zappeln und nennt das Ganze Freiheit. Mann, diese Scheißtour kenne ich sonst nur von Männern, und ich frage mich gerade zum tausendsten Mal, ob ich nicht den gleichen Fehler mache wie all diese bekloppten Sozialarbeiterinnen, die hinter irgendwelchen Gestörten herstürzen, um an ihnen ihr Helfersyndrom auszuleben. Wir leben monatelang wie Mann und Frau zusammen, dann verschwindet sie, ohne ein

Wort zu sagen. Nach einem Jahr taucht sie wieder auf, geht mit mir ins Bett und lässt mich dann auflaufen, wenn ich wissen will, wo sie war ...

»Du denkst schon wieder nach«, sagt sie und pocht mir auf die Stirn.

Versuch es auch mal, liegt mir auf der Zunge, aber ich sage nichts. Was sie betrifft, fahre ich eine gepflegte Dauerdefensive.

»Soll nicht wieder vorkommen.«

Der Sarkasmus perlt an ihr ab.

»Gut«, sagt sie. »Erzähl mir was Schönes.«

Was Schönes ... Dass ich mich damals nicht umgebracht habe, hat sie ja schon mitbekommen. Und dass der FC dieses Jahr schon ein paar Spiele gewonnen hat, wird wohl nichts sein, was sie groß umhaut.

»Meine Mitbewohnerin hat mir vorhin eröffnet, dass sie einen Aidstest machen will.«

Sie schmeckt vorsichtig darauf herum.

»Was ist daran schön?«, fragt sie schließlich und liefert mir die perfekte Vorlage für die Pointe.

»Wenn der negativ ausfällt, wird die halbe Stadt erleichtert aufatmen.«

Kein Lacher.

»Und wie ist es mit dir?«, fragt sie eine Spur zu schnell.

»Was soll sein?«

»Schläfst du auch mit ihr?«

»Nein«, sage ich wahrheitsgemäß.

»Ich habe gestern mit Frank geschlafen«, flüstert sie und kuschelt sich noch enger an mich.

Ich schaue sie an. Was wird das jetzt? Die große Bitte-kämpf-um-mich-Show?

Ich schließe die Augen und horche auf irgendwelche Eifersuchtssignale in mir, aber ich spüre nichts. Muss noch betäubt sein.

»Soso, Frank heißt er also.«

Sie nickt.

»Was Ernstes?«

Sie zögert kurz.

»Ich glaube schon«, sagt sie dann und mustert mich. Bohrt in der Narbe, um die Dicke der Kruste zu prüfen.

»Kommst du damit klar?«

»Wenn ich jetzt Ja sage, werde ich dann offiziell als Affäre anerkannt?«

Sie verpasst mir einen Blick.

»Ich meine das ernst. Kommst du klar damit?«

»Kein Problem«, sage ich in dem lässigsten Tonfall, den ich draufhabe. Klingt ganz glaubwürdig.

»Bist 'n echter Held, was?«

Weil mir dazu nichts einfällt, küsse ich ihren Mund. Sie küsst mich auf die Wange. Ich küsse ihr linkes Auge. Sie küsst meine Nase. Ich küsse ihr rechtes Auge. Sie küsst meine Brustwarze. Ich küsse ihr Haar. Sie rutscht tiefer und kommt gegen meinen Schwanz. Ich ziehe die Luft hörbar ein. Er ist empfindlich wie ein offener Zahn.

»Geht's?«, fragt sie hämisch.

Darauf wetten würde ich nicht, aber solange wir nach Gummi riechen, steht sowieso gar nichts an.

»Lass uns baden«, schlage ich vor.

»Wasserspiele?«, fragt sie in einem Tonfall, in dem andere Leute *sechs Richtige* sagen würden.

Später liegen wir vor dem Spiegel und rauchen. Das war's. Nichts geht mehr. Rien ne va plus. Zeit für die Psyche. Ich schaue sie im Spiegel an.

»Warum hast du mir damals nichts von deinen Abreiseplänen erzählt?«

Sie zieht die Schultern hoch und schweigt, aber in dem Spiel hat mich Max gestählt.

»Warum hast du mir damals nichts von deinen Abreisplänen erzählt?«

Sie seufzt.

»Was hätte ich sagen sollen, was nicht schon tausend Mal gesagt wurde?«

Dazu fällt mir auch nichts ein. Ich versuche es anders.

»Wie geht's jetzt weiter?«

Sie lächelt.

»Sag du es mir«, sagt sie mit einem Vamp-Tonfall und greift nach meinem Schwanz.

Ich versuche, ruhig zu bleiben.

»Ich frage *dich*, weil es *deine* Entscheidung ist. Was *ich* will, weißt du.«

Sie dreht meinen Kopf zu sich.

»Du fängst schon wieder an zu nerven.«

»So bin ich nun mal, die gute alte Nervensäge.«

Pause.

»Bist du meinetwegen zurückgekommen?«

Sie verdreht die Augen und starrt an die Decke.

»Gott, lass mir ein bisschen Zeit, ja?«

Ich will sie gerade daran erinnern, dass sie ein ganzes Jahr Zeit gehabt hat, aber mir fällt rechtzeitig eine sinnvolle Frage ein.

»Wofür?«

»Um anzukommen«, sagt sie und rollt sich von mir weg.

Ich streichele ihren Rücken und warte, ob noch was kommt, aber anzukommen scheint eine längere Geschichte werden zu können, also liegen wir da und schweigen.

Es donnert. Der Himmel verdüstert sich und beschert mir ein Déjà-vu. In einem Gewitter schliefen wir damals das erste Mal miteinander, in einem Gewitter schliefen wir zum letzten Mal miteinander. Die Zeit dazwischen nichts als Sturm, Hitze, Gewitter, Sex, Hitze, Sex, Gewitter, Sex, Sex,

Sex. Zwischendurch hatten wir schöne Gespräche, und das war das Fatale, denn sie vermittelte mir das Gefühl, dass wir auf dem richtigen Weg waren. Bis zuletzt dachte ich, ich wäre bei ihr in Sicherheit. Das Leben ist eine Reihe von Irrtümern. Ich werde nie vergessen, wie ich alle fünf Minuten bei ihr anrief, die Notaufnahmen abklapperte und vor ihrer Haustür Wache schob, bis ich die Tür schließlich knackte, um zu sehen, ob meine Tänzerin in der Wanne ausgerutscht war. War sie nicht. Also machte ich die Runde am nächsten Tag noch mal. Und am Tag danach. Als ich kurz davor stand, völlig durchzudrehen, hatte jemand die Güte, mir mitzuteilen, dass sie nach Südamerika ausgewandert war ... *Was mache ich hier eigentlich?*

Ich stehe auf und fange an, meine Klamotten zusammenzusuchen.

»Ich bin weg.«

Sie nickt und sieht dabei unendlich traurig aus. Irgendwann muss ich lernen, mir nicht ständig ihren Kopf zu zerbrechen, aber noch ist es nicht so weit, also wiederhole ich den letzten Satz, den ich zu ihr sagte, bevor sie damals verschwand.

»Ich will dich. Willst du mich, musst du was dafür tun, okay?«

Sie nickt wieder.

»Okay?«

»Okay«, flüstert sie.

»Komm mal her.«

Sie kommt mal her. Wir umarmen uns. Ein letzter Blick, ein letzter Kuss. Ein allerletzter Blick, ein allerletzter Kuss. Mein Schwanz regt sich leise, prüft das Ausmaß der Verlockungen, aber der Rausch ist vorbei.

»Ich will dir nichts Böses, also spiel nicht mit mir«, sage ich und komme mir dabei irgendwie bescheuert vor. Wieso mache ich mir Sorgen um *sie*? *Ich* bin doch derjenige, dem es beschissen ging, und wahrscheinlich werde ich auch wieder derjenige sein. *The same procedure?* Nein. Diesmal läuft es anders.

»Wenn du nächstes Mal weg willst ...«

Ich drehe ihr Gesicht zu mir.

»... dann sag vorher Bescheid.«

An der Tür holt mich ihre Stimme ein.

»Tacheles ...«

Ich drehe mich nicht um, warte, was kommt.

»Du kannst dich auf mich verlassen.«

»Das wäre schön«, murmele ich zu der Tür und ziehe sie hinter mir ins Schloss.

5. Leben

Heimspiel. Das Publikum singt den Kehrreim mit einer solchen Inbrunst, dass wir ganz leise werden, um den Leuten Platz zu geben, ihre eigene Party zu feiern. Mir läuft es kalt den Rücken runter. Ich bin in Sicherheit. Nichts, wovor ich Angst haben müsste, solange ich hier oben bin.

Irgendwann gebe ich den Jungs das Zeichen, dass ich auf der nächsten Eins wieder reingehe, und beginne, meine Wahrheit zu rocken. Die Band explodiert hinter mir. Ich schließe die Augen, breite die Arme aus und lasse mich von dem Orkan wegreißen.

Nach der Show hängen wir Backstage. Der Raum ist voller Leute, die durcheinander schreien. Fremde drängeln herein, um ihre ultrasubjektive Meinung zum Besten zu geben oder um ein Bier aus dem Catering zu schnorren. Fotos, Autogramme, Telefonnummern. Tipps, Tricks und leere Versprechen. Der Boden ist kniehoch mit Worthülsen der Unverbindlichkeit bedeckt.

Eine fremde Schönheit kommt auf mich zu, drückt mir ihre Adresse und einen Zwanziger in die Hand. Ich lächele ihr zu, sie lächelt zurück, verteilt ein paar Komplimente und verschwindet wieder. Und das geht so: Irgendwann hatte Max die Idee, jeden Gig mitzuschneiden und gleich nach dem Konzert Vorbestellungen für den Live-Mitschnitt zu verticken. Aufwand vor dem Gig: ein entsprechendes Plakat an der Eingangstür, Aufwand nach dem Gig: Anzahlungen einsacken, Aufwand bei der nächsten Probe: nebenbei die Tapes laufen lassen und Aufwand auf dem Heimweg: an einem Briefkasten vorbei. Noch zehn solcher Tricks, und ich kann wieder Miete zahlen.

Der Raum wird immer voller. Ich versuche, Tritt zu halten, indem ich ein Bier nach dem anderen kippe, aber mein Adrenalinspiegel lässt keine Wirkung zu. Wird noch was dauern, bis ich runterkomme. Mit der richtigen Frau hält die Wirkung nach einem guten Gig bis zu zwei Tagen an. Mit der falschen verpufft sie beim Orgasmus.

Als gäbe es einen Gott, quetscht sich im selben Moment die Tänzerin durch die Menge und kommt auf mich zu. Hinter ihr kämpft ein Kamerateam mit den Räumlichkeiten.

»Du wirst immer besser«, flüstert sie und küsst mich.

Sie kennt sich definitiv mit Typen aus, die gerade von der Bühne runterkommen.

»Ich habe ein paar Bekannte mitgebracht«, fährt sie fort und zeigt auf das Kamerateam.

Der Kameramann nimmt das als Zeichen, zielt auf mich, das Lämpchen leuchtet auf – und eine Band sieht rot!

»Männer!«, brüllt Schimanski und schnappt sich seine sechssaitige Waffe.

Brunner schmeißt seine Bierflasche an die Wand und lässt sich heulend zu Boden fallen. Ich springe auf einen Tisch und beginne zu steppen.

Die Herumstehenden lachen, aber als Brunner sich mit gefletschten Zähnen auf ihre Waden stürzt, schlägt es in Gebrüll um. Panik bricht los! Die Leute drängen fluchend und um sich tretend Richtung Tür. Brunner bleibt ihnen dicht auf den Fersen, und den Schreien nach zu urteilen, geht er voll in seiner Rolle auf. Mitten in dem Chaos steht Max auf und beginnt, *Blue Moon* zu singen.

Ich beobachte das Getümmel von meinem Tisch aus, steppe meine vier Figuren und behalte dabei vor allem Brunner im Auge.

Als der Raum fast leer ist und wir gerade zum paranoiden Shoot-out ansetzen wollen, erlischt das rote Lämpchen.

»Klasse«, sagt der Kameramann und nimmt das Gerät runter.

So ist das im Medienzeitalter. Keiner hat Zeit für die Pointe, und das finden sie auch noch klasse.

Ich springe vom Tisch und setze mich auf eine umgekippte Bierkiste. Max drückt mir eine Flasche in die Hand, und zusammen mit Schimanski stoßen wir auf das gelungene Interview an. Nur Brunner rafft mal wieder nicht, dass die Show vorbei ist, er sitzt an der Tür und knurrt böse.

»Aus!«, brüllt Schimanski und kickt einen liegen gebliebenen Schuh in seine Richtung.

Brunner richtet sich auf und grinst.

»D-Denen h-haben wir's a-aber g-g-g- ...«

Die Tänzerin setzt sich auf meinen Schoß und reibt sich an mir. Ich weiß, welche Reaktion sie erwartet, und lange braucht sie nicht zu warten.

»... g-g-g- ...«

»Komm schon, Mann«, ermuntert Schimanski ihn.

»Komm schon, Mann ...«, flüstert die Tänzerin.

Mir läuft es den Rücken runter.

»... g-g-g- ...«

Ich stehe auf, schnappe meinen Mikrofonständer und winke den Jungs zu.

»Klasse Gig. Denen haben wir's aber g-gezeigt.«

»A-A-A ...«

Wir haben volle Fahrt, der Propeller dreht sich wie irre. Es ist heiß, und ich merke, dass die Rakete naht. Ich versuche, auszuweichen, Zeit zu gewinnen, aber das Ding ist mit einem dieser sensiblen Wärmesuchköpfe ausgestattet, und mir wird klar, dass es nur eine Frage von Sekunden ist, bis sie einschlägt und wir in tausend Stücke gerissen werden.

Über mir schwebt das Gesicht der Tänzerin. Sie hat die Gefahr auch erkannt, aber es scheint ihr egal zu sein, denn sie drückt aufs Gaspedal. Gemeinsam rasen wir mit Lichtgeschwindigkeit der Explosion entgegen. Das Letzte, was ich höre, ist ein atemloses *Jetzt*, dann schlägt die Bombe ein.

Ich bin ein Haufen Atome, in dem jemand herumstochert. Nichts ist an seinem Platz. Doppelter Herzschlag in meiner Brust. Farbflash, Luftmangel, Blutrausch. Ihr Hals, ihr Haar und überhaupt alles riecht nach Sex. Das wahnsinnigste Parfüm der Welt.

Sie streckt sich und tastet neben dem Bett herum, um an die verdammten Zigaretten heranzukommen, und mit einem leisen Schmatzen wird die Verbindung unterbrochen. Wir seufzen im Chor und müssen diesmal beide lachen. Ja, wir sind auf einem guten Weg.

Ich küsse sie. Sie küsst mich. Ich küsse sie. Sie schmeißt die Zigaretten weg und saugt sich an mir fest. Mein Schwanz regt sich, und sie greift neben das Bett, wühlt nach einem neuen Gummi. Kurzer Boxenstopp und ab in die nächste Runde. Boden wettmachen.

Fünf Minuten später liegen wir keuchend nebeneinander. Das *Jetzt* hängt immer noch unter der Zimmerdecke und dreht träge seine Runden. Das Schweigen ist wie klares Wasser. Wir schwimmen ein Stück zusammen.

Das Telefon klingelt. Wir schwimmen. Das Telefon klingelt, klingelt, klingelt. Wir schwimmen, schwimmen, schwimmen. Das Telefon klingelt, klingelt, klingelt. Wir schwimmen, schwimmen, schwimmen. Das Telefon klingelt, klingelt, klingelt ...

»Vielleicht solltest du rangehen.«

»Hm ...«, knurre ich und greife nach dem Hörer.

Es ist irgendein Verzweifelter, der auf Vivis Stimme gehofft hat. Ich bin nicht die Telefonseelsorge, aber ich schreibe den Namen auf und unterbreche dann die Verbindung, bevor die unvermeidlichen Fragen nach Vivis Alibi kommen. Wäre ihr Herz ein bisschen weicher, würde die Selbstmordrate dieser Stadt um zwanzig Prozent sinken. Bei dem Thema: Wie stehen meine Chancen auf eine funktionierende Beziehung mit der Tänzerin? *Du denkst schon wieder!*

Ich kuschele mich schnell wieder an sie, presse meinen Verstand an ihren Hintern und schlafe ein.

Irgendwo klingelt ein Telefon. Jemand rüttelt mich. Ich hebe ein Augenlid und sehe Vivi in Großaufnahme.

»Nein.«

Sie rüttelt weiter.

»Zisch ab!«

»Bitte ...«, sagt sie leise.

Ich werfe einen Blick auf ihr Gesicht. Scheiße.

»Verdammt noch mal!«, schnauze ich in den Hörer.

»Haalloo, wer spricht denn da?«, fragt ein Tenor.

»Hör zu, Namenlos. Du hast genau zehn Sekunden Zeit, um deinen Spruch loszuwerden, länger kann ich mich nicht wach halten. Also?«

»Bin ich falsch verbunden?«, kommt es vorsichtig aus der Leitung.

Ich knalle den Hörer auf den Apparat. Vivi schaut mich mit großen Augen an.

»Wer war es denn?«

»Nimm mit«, stöhne ich und halte ihr den Apparat entgegen.

Sie geht wortlos aus dem Zimmer. Alle meine Nervenenden melden negative Vibrationen. Ich begrabe meinen Kopf unter dem Kopfkissen und strecke mich. Wartet mal ... Irgendwas stimmt hier nicht ... Ich breite vorsichtig die Arme aus, bis ich links an die Wand und rechts an die Bettkante stoße. Es ist wie im Zweiten Weltkrieg – viel zu wenig Widerstand.

Nach einer genaueren Inspizierung des Bettes stelle ich fest, dass ich mich in einer klassischen Situation befinde. Ich sollte mich mittlerweile daran gewöhnt haben. Keine Fragen, keine Klagen. Warum spiele ich mit?

6. Fragen ...

Ich muss wieder eingeschlafen sein, denn die Sonne röstet meine Füße. Während ich schlief, hat sie hart gearbeitet, und mich beschleicht ein Gefühl, der Letzte im Bunde zu sein, also kämpfe ich mich in die Senkrechte und nehme die Herausforderung an.

Meine Morgenrituale wickele ich ungestört ab, dann schaue ich zu Vivi rein. Auf ihrem Futon liegt eine der schönsten Rückseiten, die mir seit langem untergekommen ist. Braune Haut auf weißen Laken, endlos lange Beine, lange schwarze Lockenpracht, Tattoo auf dem linken Schulterblatt.

Leise gehe ich los, um meine Kamera zu holen. Wenn das Bild auch nur halbwegs originalgetreu wird, werde ich es *»Reden ...«* nennen. Als ich das dritte Mal abdrücke, klingelt das Telefon in der Küche, die Schönheit dreht sich ein bisschen und SCHOCK. *Sie ist ein Kerl!*

Ich schaue nochmal genauer hin und gehe erschüttert zum Telefon.

»Ja?«

»Morgen, Süßer, hast du gut geschlafen?«

Vivis Stimme, süß und verführerisch.

»Was soll ich tun?«

»Kannst du mal nachschauen, in welchem Zustand mein Bett ist?«

»Belegt.«

»Super!! Schreibst du ihm bitte einen Zettel, dass ich um

sechs Uhr wieder da bin und dass ich mich freuen würde, wenn er auf mich wartet?«

»Du-sechs-warten.«

Pause. Sie will noch was. Ich warte. Sie aber auch. Diese Runde gewinne ich.

»Könntest du ihn ... ähm ... bitten, auf mich zu warten?«

»Bitten?«

»Bitten.«

Ich will sie schon fragen, seit wann sie ihre Typen um etwas bitten muss, aber ich begnüge mich damit zu nicken.

»Und?«, kommt es aus dem Hörer.

»Was?«

»Ja?«

»Häh?«

»Tust du das für mich?«

»Ja, ja.«

»Mein bester Freund«, jauchzt sie.

»Dein einziger Freund«, erinnere ich sie.

»Soll mir was sagen, wie?«

»Denk nicht drüber nach, es könnte dein ganzes Leben verändern.«

»Arschloch«, sagt sie und legt auf.

Wow. Eine Frau, die vor mir aufsteht, eine Frau, die keine ist, und eine Strichlisten führende Nymphomanin, die einen Typen um etwas *bittet* ...

Ein Blick auf die Uhr sagt mir, dass ich wieder einmal kein Frühstück bekomme, denn im Probenraum warten die Jungs seit zwanzig Minuten, also packe ich meinen Kram zusammen und gehe Vivis Eroberer rütteln.

Er öffnet ein Auge.

»Vivi kommt um sechs wieder. Sie bittet dich, auf sie zu warten. Da ist Kaffee in der Kanne. Ciao.«

Im Probenraum bin ich heute nicht zu gebrauchen. Neues Lied, neues Glück? Nicht, solange der Text nicht passt. Irgendetwas läuft nicht rund, und ich bekomme ums Verrecken nicht heraus, was. Die Jungs warten auf einen Geistesblitz, aber je länger ich mich abquäle, desto mieser bin ich drauf, bis ich mich schließlich vor den Probenraum setze, um sie nicht völlig abzutörnen.

Ich zünde mir eine Zigarette an, lehne mich zurück und denke an den letzten Sommer. Die Tänzerin knallte in mein Leben, und ich ging fliegen. Dann verschwand sie, und ich fand heraus, wo unten ist. Und jetzt ist sie wieder da, nicht wahr? Und ich sitze mal wieder hier und bin derjenige ...

Abends komme ich nach Hause. Der Text ist fertig, aber ich habe nicht das Gefühl, als hätte ich mir damit den Grammy für Lyrics verdient, dennoch bin ich mit den Jungs im Underground verabredet, um unseren fünfundzwanzigsten Song zu begießen.

Auf dem Anrufbeantworter blinkt die Fünf. Ich spule das Band zurück und höre, wie es fünf Mal in Folge piepst. Jemand hat fünf Mal angerufen und jedes Mal nach der Ansage wieder aufgelegt, ohne eine Nachricht zu hinterlassen. Juhuuu ... Sie wollte meine Stimme hören und hat nichts draufgesprochen, weil sie es zu unpersönlich fand, sich auf einer Maschine zu entschuldigen.

Aufgemuntert springe ich unter die Dusche. Als ich meinen Schwanz wasche, steigt mir ihr Geruch in die Nase, und die Erinnerung schenkt mir einen Ständer. Ich streichele mich probehalber ein paarmal. Fühlt sich an, als hätte er die Nacht in einem Piranhabecken verbracht. Hindert ihn allerdings nicht daran, im Weg herumzustehen. Mit den lädierten Resten meiner Stimmbänder trällere ich ein Liedchen und drehe das kalte Wasser auf. Das hilft.

Wieder in meinem Zimmer, setze ich mich auf das Bett, um mir die Schuhe anzuziehen. Unter meinem Hintern raschelt es leise. Ha! Ein Brief! Den muss ich heute früh übersehen haben. Eine schöne Nacht, ein neuer Text und die Jungs, die im Underground auf mich warten, um einen Deckel zu machen, den einer alleine nicht tragen könnte. Und jetzt noch das! Scheint eine Glückssträhne zu werden ...

Tach,

ich habe gerade keine Lust zu reden, dennoch gibt es ein paar Dinge, die du wissen solltest. Ich habe mich von Frank getrennt. Er ist gut für mich, aber dennoch fehlt mir etwas bei ihm. Wie bei dir.

Du weißt, dass ich dich begehre, aber ich habe keine Lust, mir von dir Vorschriften machen zu lassen, wie ich zu leben habe. Ich will Spaß, und den habe ich nicht, wenn ich mich ständig rechtfertigen muss. Du sagst, dass du mich gern hast, wieso kannst du mich dann nicht akzeptieren, wie ich bin? Du willst klare Ansagen, und hier ist eine: ICH. BIN. ICH. Und wenn du mich willst, musst du damit klarkommen. Genau das kannst du aber nicht, also lassen wir es besser wieder sein.

Es war schön, dich wiederzusehen. Ich brauchte ein paar unkomplizierte Stunden, um aufzutanken. Die hatte ich.

Danke.
Ernestine

Die Flasche Wodka steht noch immer unberührt im Kühlschrank. Als sie viertel leer ist, lasse ich mich aufs Bett fallen, um in aller Ruhe zu überlegen, was zu tun ist.

Frage eins: Will ich sie?

Antwort: Ja.

Frage zwei: Will sie mich?

Antwort: Jain.

Frage drei: Was zum Teufel bedeutet Jain?

Dr. Tacheles antwortet: Zeit lassen. Keinen Druck ausüben.

Randbemerkung: Scheiße!

Frage vier: Was würde meine Mutter jetzt sagen?

Antwort: Warum hast du so lange nicht mehr angerufen?

Frage fünf: Was würde mein Dad jetzt sagen?

Antwort: Du willst nicht warten? Okay, Junge, dann lass dir was Besseres einfallen. Wozu habe ich dich denn immer mit zum Angeln genommen?

Frage sechs: Wozu, zum Teufel, hat mein Dad mich immer mit zum Angeln genommen?

7. Auf der anderen Leitung

Zwei Tage später sitze ich mit Max im Underground und frühstücke. Die Köpfe hängen tief. Gestern endete wie vorgestern. Ich begegne meinem Spiegelbild in einer Fensterscheibe und muss an einen Ex-Trommler denken, der, egal nach welcher Sauftour, morgens immer einen wunderschönen Teint hatte. Das hatte den Nachteil, dass es im Catering nie Gurken und Joghurt gab, aber seine Eitelkeit hatte auch was Gutes – er pustete jedes Zeug vom Spiegel, um bessere Sicht zu haben.

»Hm«, sagt Max.

Er hält mir die Tageszeitung hin und zeigt auf eine Spalte unten links. FRAU ZERSTÜCKELT IHREN LIEBHABER UND ISST IHN ANSCHLIESSEND AUF!

»Und?«, frage ich ihn.

»Gurke«, sagt er.

»Gurke ...«

Er nickt und sieht mich erwartungsvoll an, aber ich bin viel zu perplex, um zu lachen. Grundgütiger, hänge ich schon so offensichtlich durch, dass Max sich genötigt sieht zu reden? Ich will ihm gerade was dazu sagen, als er das Gesicht verzieht, als würde ihm ein Skinhead seine Lebenseinstellung erklären. Ich drehe den Kopf und sehe, dass Karin S. die Szenerie betritt. Sie wartet am Eingang, bis sie die gesamte Aufmerksamkeit hat, dann kommt sie zu unserem Tisch gestiefelt.

»Die Vögel pfeifen es von den Dächern: Die ach so idealistischen Herren lassen sich jetzt von der Industrie subventionieren.«

Ihre Nägel-über-Glas-Stimme treibt mir Splitter in die Gehörgänge. Ich versenke mich demonstrativ in die Sportseite. Der FC hat schon wieder verloren.

»Was ist aus den Heiligen geworden, die sich nie verkaufen wollten?«, nervt sie weiter.

Mittlerweile schaut der ganze Innenhof zu uns herüber, und man kann ein leichtes Summen hören. Fliegen um einen Scheißhaufen.

Max hebt den Kopf.

»Soll ich sie umlegen?«, fragt er laut genug, dass sie es hören kann.

Ich winke ab und lasse die Zeitung sinken. Keine Ahnung, wovon sie redet, aber was es auch immer sein mag, erst mal draufhauen wird das Beste sein.

»Karin, Schätzchen, es ist ein großer Unterschied, ob man *nicht käuflich* oder *unverkäuflich* ist. Das verstehst du nicht, aber ich wollte es dir immer mal sagen.«

Sie schnappt nach Luft. Max dreht sich zu ihr um. In der Linken ein Brötchen, in der Rechten ein Messer.

»Ich schmier mir nur 'ne Stulle ...«, flüstert er heiser und hat diesen spezialfiesen Blick drauf.

Es spricht für ihren Überlebensinstinkt, dass sie die Antennen einfährt und sich zu ihrer Arschkriechercombo verzieht, die ein paar Tische weiter ihren Auftritt verfolgt.

Kaum hat sie sich hingesetzt, schon stecken sie flüsternd die Köpfe zusammen und lachen laut und falsch. Max rammt das Messer in den Tisch und steht auf. Alles verstummt. Er streckt sich einmal und setzt sich dann langsam wieder hin. Totenstille. Max wirft mir einen Blick zu und *Scheiße!* – ich bekomme Gänsehaut!

Mit diesem irren Flackern in den Augen zwinkert er mir

kurz zu, dann schmiert er sich seelenruhig sein Brötchen weiter, und der Innenhof findet sein Summen wieder.

Max nickt zum Scheißhaufen rüber.

»Hm?«

»Keine Ahnung.«

Als ich ein paar Stunden später nach Hause komme, löst sich das Rätsel. Auf dem Anrufbeantworter ist eine Stimme, die mir zu dem tollen Konzert gratuliert und anfragt, ob man sich nicht in den nächsten Tagen mal unverbindlich zusammensetzen sollte, um zu sehen, ob man nicht einen gemeinsamen Weg findet, wie man der Band zu dem Erfolg verhelfen kann, der ihr gewiss zusteht, und so weiter und so unendlich fort.

Der Name des Anrufers ist mir unbekannt. Das hat den Vorteil, dass mir noch nichts Schlechtes über ihn zu Ohren gekommen ist, und da das Showbiz morgen auch nicht besser sein wird, schnappe ich mir das Telefon. Großes Hallo! Er würde ja gerne mit mir reden, aber ich müsste ein Sekündchen in der Leitung bleiben, da er gerade L. A. auf der anderen hat. Mit diesem obligatorischen Gruß unter Musikfreunden schickt er mich in die Warteschleife. Als ich vor fünfzehn Jahren anfing, mich im Musikgeschäft rumzutreiben, war ich ein vertrauensseliges Kerlchen und hatte von nichts eine Ahnung, daher fragte ich jeden, der mir über den Weg lief, wer denn nun der Beste in diesem Geschäft sei. Ich brauchte nicht lange, um herauszufinden, dass *ICH!* keine Firma ist.

L. A. ist durch – der Typ spricht wieder mit mir. Wir schaffen es, ein Date für nächste Woche auszumachen, dann hat er London auf der anderen Leitung. Tss ...

Auf der Maschine ist auch eine Nachricht von Britta. Sie ist wieder da und lädt mich heute Abend auf einen Wiedersehenstrunk ins Connection ein. Bis dahin erteilt sie mir strengstes Onanierverbot. Oh, oh ...

Zwanzig Uhr. Eine Tür knallt, dann noch eine. Vivi kommt in mein Zimmer gestürmt.

»War er hier?«, jammert sie.

»Wer?«

»Argghhh!«, schreit sie, reißt mir das Telefon aus der Hand und verschwindet in ihrem Zimmer.

Im selben Moment klingelt es an der Tür. Bevor ich da bin, stürmt Vivi mit dem Telefon in der Hand an mir vorbei und reißt sie auf. Ein kurzes Surren ist zu hören.

Als Britta sichtbar wird, gibt Vivi wieder so ein seltsames Geräusch von sich und stürmt in ihr Zimmer zurück. Britta schaut ihr hinterher.

»Was ist mit der los?«

»Frage ich mich seit Jahren.«

Ich ernte ein Lächeln. Aus Vivis Zimmer ist wieder ein klagender Laut zu hören. Britta zieht die Augenbrauen hoch.

»Und was war das?«

»Sie ist mit dem Telefon zur Tür gelaufen und hat gerade festgestellt, dass das Kabel dafür nicht lang genug ist. Jetzt ist sie von der Außenwelt abgeschnitten. Allein gelassen, hilflos und ohne eine echte Überlebenschance.«

Britta presst sich an mich.

»Allein gelassen?«, flüstert sie. »Vielleicht im Sinne von *einsam*?«

Ich erinnere sie schnell daran, dass wir uns vor ihrer Abreise darauf geeinigt haben, nur noch im Notfall zusammen ins Bett zu gehen. Das mag normalerweise schon eine umschiffbare Formulierung sein, aber heute gibt es definitiv nichts zum Umschiffen: Britta hat vier Wochen nicht gevögelt – Britta *ist* ein Notfall!

Um sie abzuschrecken, fasse ich unsere Streitpunkte nochmal kurz und bündig zusammen. Sie hört sich den Vortrag in aller Ruhe an, nickt hier und da, lässt ihre Hände aber gleichzeitig über meinen Hintern gleiten.

»Oje …«, seufzt sie.

»Okay, lass uns abhauen«, lenke ich ab. »Vivi wird gleich ankommen und herumschreien, dass ich das Telefon reparieren soll.«

Sie lässt sich nicht stören.

»Ja, und? Die paar Minuten …«

»Sie hat Liebeskummer.«

Brittas Hände erstarren. Sie schaut mich spöttisch an.

»Vivi? Liebeskummer?«

Ich nicke.

»Ihr Auserwählter ist bisexuell, und sie überlegt sich gerade, ob sie Kondome benutzen sollte. Außerdem hatte sie gestern einen Transvestiten im Bett. Willst du mit ihr drüber reden?«

»Lass uns schnell abhauen!«, lacht sie.

Ich lege einen Arm um ihre Taille und führe sie erst die Treppe runter, dann die Straße rauf. Wie immer benehmen wir uns wie die Kinder. Sie war zwar nur einen Monat weg, aber ich merke, wie sehr ich ihre Power vermisst habe. Sie ist eine von den Frauen, in die man sich entweder sofort verknallt oder vor der man so Schiss kriegt, dass man sich auf der Stelle aus dem Staub macht. Wir kichern und lachen über alles und ganz speziell über nichts, und als wir an einer Ampel warten, soll die heitere Fragerunde losgehen. Aber ich bin schneller und hebe eine Hand.

»Dieser Abend ist ein Abend unter Freunden, die sich so gut kennen, dass sie nicht mehr über alles zu reden brauchen. Das bedeutet im Klartext: keine Fragen zum Gefühlsleben!«

Sie schaut mich schief an.
»Es ist grün«, sage ich und ziehe sie weiter.
»Ich war ein halbes Jahrhundert weg, und jetzt willst du nicht mal mit mir *reden*?«, regt sie sich auf.
»In deinen Briefen stand nichts von reden.«
Darüber denkt sie ein paar Meter nach. Dann zuckt sie die Schultern.
»Okay«, sagt sie leichthin.

Im Connection bestellen wir Longdrinks. Es gibt senkrechte und waagerechte. Die einen stellen dich hochkant, die anderen legen dich flach. Wir bestellen waagerechte. Britta lässt eine Hand unter den Tisch gleiten, und nach dem dritten Cocktail sind wir kurz davor, ganz darunter zu verschwinden. Der Typ hinter der Theke beobachtet uns schon eine ganze Weile. Ignorieren oder mitmachen, das ist hier die Frage.
Bevor es so weit kommt, machen wir uns wieder auf die Socken und landen in Rekordzeit in Brittas Bett. Es lässt sich ganz gut an, aber als wir nackt sind, fällt meine Lust auf den Nullpunkt. Sie streichelt, küsst und neckt, aber was sie sich auch immer einfallen lässt, es bringt uns nicht weiter. Nun ist sie keine Frau, die sich durch solche Kleinigkeiten aus dem Konzept bringen lässt. Nach einer kleinen Aufwärmphase setzt sie sich auf meinen Oberschenkel und bewegt sich erst sachte, dann immer heftiger. Von dem Anblick und ihren Geräuschen kriege ich doch so etwas wie einen Ständer, aber es ist eine rein körperliche Reaktion. Sie anzuschauen und zu berühren ist schön. Nicht mehr, nicht weniger.
Als es ihr kommt, lässt sie sich auf mich fallen.
»Was ... ist los?«, fragt sie atemlos.
»Nichts«, lüge ich und drücke ihr einen Kuss auf die Nase.
»Ach, komm, so kenne ich dich gar nicht ...«

Sie nimmt meinen Schwanz, der sich in Rekordzeit wieder abgeregt hat, in die Hand und hält ihn, als wäre er ein Mikrofon.

»Mayday! Mayday!«, blödelt sie und macht so lange Faxen, bis ich einen Lachanfall bekomme und sie anständig durchkitzele.

Als wir uns beruhigt haben, küsst sie mich und sagt, ich solle mir keine Sorgen machen und ihr einfach alles erzählen, weil: Wir-wären-doch-Freunde-und-sie-würde-schon-auf-mich-aufpassen-und-daher-könnte-mir-jetzt-gar-nichts-mehr-passieren-denn-sie-wäre-ja-wieder-da-und-würde-mir-zuhören ...

Während sie redet, wird ihre Stimme immer leiser, und bevor ich was sagen kann, ist sie eingeschlafen.

Ich bleibe noch ein paar Minuten neben ihr liegen, höre ihrem Geröchele zu und überlege, wie ich es ihr am besten beibringe, dass die Tänzerin wieder in der Stadt ist. Mir fällt nichts ein.

Irgendwann dreht sie sich um und presst sich an meinen Bauch. Das Gefühl ihrer weichen Rückseite an meiner Vorderseite macht das Unmögliche möglich: Mein Schwanz entwickelt sich. Toll, ein Musiker ohne Timing ...

Eine Bewusstlose zu vögeln ist keins der Dinge, die auf meiner Liste stehen, wecken will ich sie aber auch nicht, also ziehe ich mich an und schreibe im Dunkeln einen Zettel. Ich befürchte, sie wird ihn nicht entziffern können, aber die Absicht zählt, oder?

8. Tod und Moral

Eine Woche später habe ich von der Tänzerin immer noch nichts gehört. War zwar nicht anders zu erwarten, aber die Hoffnung ist der Wein der Träumer. Britta nennt mich nur noch *Euer Impotenz.* Ich würde ihr gerne alles erzählen, aber irgendwas sagt mir, dass sie sich die Leier mit der Tänzerin nicht noch mal anhören möchte. Sogar Vivi ist es aufgefallen, dass ich durchhänge, und sie hat versucht, mich auf die einzige Art aufzumuntern, mit der sie näher vertraut ist. Sie bot mir sogar an, dass ich sie dabei anders nennen könnte. Ich erinnerte sie daran, dass sie verliebt ist. Sie fragte, was das damit zu tun hätte ... Stattdessen bat ich sie, mir einen Kaffee zu machen. Ein Fehler, den ich nicht wiederholen werde.

Ähnlich wie Vivis Kaffee hinterlässt es einen seltsamen Nachgeschmack, dass Karin S. in der Stadt herumrennt und lauthals verkündet, dass die Idealisten von gestern die Arschkriecher von morgen sein werden. Keine Ahnung, wovon sie redet, aber sie scheint sich da ja auszukennen.

Es gibt auch Anlass zur Freude. Der Musikverlag hat uns ein ziemlich gutes Angebot unterbreitet, und die Jungs stehen Kopf. Wir stecken fast täglich im Probenraum und werkeln an den Titeln herum. Ja, es gibt gute Gründe, warum es mir momentan gut gehen sollte:

1) Die Frau, die ich liebe, ist wieder in der Stadt.
2) Die Frau, die ich begehre, ist wieder in der Stadt.
3) Die Band steht bald auf den Brettern, die die Stadt bedeuten.

Und drei, die dagegen sprechen:

1) Ich warte.

2) Und ich hasse Warten.

3) Und ich hasse mich, wenn ich warte.

Ich rufe Max an. Keine Laune von mir, die ihn noch erschrecken könnte.

»Hm?«

»Ich bin's.«

»Hm.«

»Haste Zeit?«

»Hm?«

»Nichts Bestimmtes.«

»Lassunsindistatfarn.«

»Tolle Idee.«

Wir landen in einem Café auf dem Ring und erwischen Galerieplätze. Um uns herum tobt der Konsumkrieg, und je hektischer es zugeht, desto ruhiger werde ich. Großstadtmeditation.

Am Nebentisch reden zwei lila Frauen über Männer und das Problem an sich. Ich versuche, aus dem, was sie von sich geben, schlau zu werden, aber anscheinend bin ich zu blöd, denn jedes Mal, wenn sie Gleichberechtigung sagen, kommt bei mir Rollentausch an. Okay, wäre ich als Frau zur Welt gekommen, würde ich es vielleicht auch so sehen, ja, die Chancen ständen nicht mal schlecht, dass ich als die größte Kastriererin aller Zeiten in die Geschichte eingehen würde. Aber auch wenn ich jeden Scheißvergewaltiger und die ganzen hirnlosen kriegsgeilen Säcke – von den beschissenen Kinderfickern ganz zu schweigen – gerne persönlich in den Arsch treten würde, ist es Fakt, dass Machtmissbrauch und Dummheit geschlechtsübergreifend sind. Und Männer hatten in den letzten Jahrtausenden einfach öfter Gelegenheit, in diesen Sparten zu glänzen, und daher ... Rollentausch? Ach, scheiß drauf – wieso eigentlich nicht? Schlimmer wird's nimmer.

Ich habe mich wohl zu weit rübergelehnt, denn die eine schnauzt mich an, ob ich ihr nicht noch in den Ausschnitt kriechen will. Ich versuche, ihr zu erklären, dass mich das Thema an sich interessiert, aber ich ernte nur ein empörtes *Ha!*, und da die andere gleichzeitig anfängt, hektisch in ihrer Handtasche herumzuwühlen, rücke ich schnell einen Stuhl weiter, bevor ich mir eine Ladung Senfgas einhandle.

Max schaut mich still an und verzieht keine Miene, aber ich weiß, dass er unter seinem Stein resignierend den Kopf schüttelt.

»Was meinst du, gibt es eine Möglichkeit, auf Dauer glücklich zu sein?«

Er hebt eine Augenbraue einen Millimeter.

»Für dich?«

Ich nicke.

Fünf Camels später lehnt er sich zu mir rüber und sagt:

»Halte dich dem Showbiz fern, such dir einen Job mit Festgehalt, ignoriere die Nachrichten und hör auf, dein Glück von einer funktionierenden Beziehung abhängig zu machen.«

Ich starre ihn an.

»Ist das alles?«

»Könnte funktionieren.«

»Arschloch.«

»Gern geschehen.«

Wir hängen noch ein paar Gin Tonics herum und machen Frontberichterstattung. Die Fußgänger werden zu Zivilisten, die Radfahrer zu Selbstmordkommandos, die Rolle der Heckenschützen übernehmen die Autofahrer, und die UNO tritt in grünweißen Uniformen auf.

Eine kleine Stunde später haben wir außer ein paar toten Friedenstauben keine Verluste zu beklagen, aber doch genügend Verletzungen der Menschenrechte notiert, um die Sache an Amnesty International weiterzuleiten. Außerdem sind wir mittlerweile ziemlich angeknallt und verlieren immer häufiger den Faden. Glaube ich zumindest.

Die lila Frauen sitzen noch immer am Nebentisch und praktizieren den Rollentausch, denn mittlerweile strecken *sie* die Lauscher aus, um ja nichts zu verpassen. Wo wir uns schon mal so nahe sind, lade ich sie an unseren Tisch ein und bestelle eine Runde Sekt.

Zehn Minuten später weiß ich Bescheid. Die eine ist geschieden, die andere arbeitet dran. Halbtagsjob & Singlepartys. Ich versuche, mich in ihren Alltag hineinzuversetzen, aber es deprimiert mich zu sehr, also verlege ich mich aufs Trinken und Zuhören.

Die Geschiedene erzählt, dass ihr Onkel letzte Woche gestorben ist. Nach einem Autounfall hätte er monatelang im Koma gelegen, und so lange hätte sein Zustand keine Operationen zugelassen. Als er eines Tages aufwachte, begann der wirkliche Horror, denn da fingen die Ärzte an, seine schief zusammengewachsenen Knochen neu zu brechen, um sie richtig zusammenzusetzen. Zwei Jahre später verließ er das Krankenhaus zum ersten Mal aus eigener Kraft, und einen Monat später diagnostizierte man bei ihm Zungenkrebs im fortgeschrittenen Stadium. Das war vor zwei Monaten.

Während sie erzählt, hat Halbtagsjob & Singlepartys Löcher in den Tisch gestarrt. Jetzt hebt sie die Augen und das Glas.

»Auf das Leben«, murmelt sie.

»Überleben ...«, erwidert die Geschiedene.

Ich mustere sie. Noch so ein Ding, und ich frage sie nach ihrer Telefonnummer.

Wir lassen die Gläser ausklingen und sitzen kurz da wie die vier Musketiere, bevor wir die Waffen an die offenen Wunden setzen, um die Schmerzen zu lindern. Halbtagsjob & Singlepartys trinkt in einem Ruck aus und lässt ihren Gefühlen dann freien Lauf. Die Tränen machen sie fast schön. Während sie weint, halte ich ihre Hand und denke daran, wie mein Dad mich eines Tages zur Seite nahm und mir eine Ansage zum Tod machte: *Wenn ich einmal tot bin, dann spart euch die Kosten für einen Sarg. Verbrennt meinen Körper und streut die Asche in der Nähe aus, dann spart ihr euch das Busgeld. Und wenn ihr euer Leben verpfuscht, nur weil meins zu Ende ist, dann komme ich zurück und trete euch in den Popo, und glaubt mir – das wird kein erfreulicher Anblick! Also, wenn ihr etwas von mir wollt, dann nehmt es euch jetzt!*

Nach der Ansage war ich total fertig und ließ ihn den ganzen Tag nicht mehr aus den Augen, aus Angst, dass er plötzlich tot umfallen würde. Als ein paar Tage vergangen waren, ohne dass ihn der Schlag getroffen hatte, fing ich an, mich zu entspannen. Und zu verstehen. Das Leben ist Gegenwart, nicht Vergangenheit, nicht Zukunft. Wir sind hier und jetzt.

Keine Zeit zu verlieren, daher halte ich der Bedienung vier Finger hoch und deute auf die leeren Gläser.

»Die Runde zahlen wir!«, rufen unsere Tischdamen.

Alle für einen und noch einen für uns alle. Es gibt noch Hoffnung.

9. Die Wege des Herrn

Dass der Weg das Ziel ist, überdenkt man spätestens dann noch mal, wenn man drei Stunden auf der A2 im Stau gestanden hat. Eigentlich wollte ich nur mal andere Luft schnuppern, aber da habe ich noch nicht geahnt, wie hoch der Kohlenmonoxydanteil sein würde. Wird wohl nicht die letzte Enttäuschung in meinem Leben gewesen sein.

Gerade geht die Sonne unter, und wenn ich an die nächsten Stunden in diesem Auto denke, wird mir auch sonst schwarz vor Augen, denn am Steuer sitzt ein Faschoarsch, der mich vor der Mitfahrerzentrale aufgelesen hat, und das Einzige, was uns verbindet, ist der leidenschaftliche Wunsch, den anderen nie getroffen zu haben. Zehn zu eins, dass er unter seinem Pulli ein: *Juden? Welche Juden?*-T-Shirt trägt.

Wir waren keine zehn Meter gefahren, als er schon eine böse Ladung Harmoniemucke ins Tapedeck schob: *Deutschland ist schön, die Berge sind schön, die Weser ist schön, ach, ist das nicht schön?* Dagegen gibt es erst mal nichts groß einzuwenden, aber ich hab da diese Allergie gegen Nationalkackismus und kriege so schnell Ausschlag. Vor allem in den Händen.

Ich versuchte, mich zu beherrschen, und hüllte mich in Schweigen. Alles ging gut, bis er anfing, mir von der guten alten Zeit vorzuschwärmen. Da er so um die fünfzig ist, meinte er sicher die an der Titte seiner Amme, aber ich ahnte, was kommen würde, und setzte mich vorsichtshalber schon mal auf meine Hände.

Er schwallerte fröhlich weiter, schwafelte von seiner

Wehrsportgruppe, die junge und gesunde Männer brauchte – Männer wie *mich*! Ich brauchte eine knappe Stunde, um mich davon zu erholen. Dann fing ich an, den Widerstand zu organisieren. Als Erstes stellte ich ihn vor die Wahl: Musik aus oder Kotze auf dem Sitz. Das war das Ende unserer Freundschaft, denn einmal in Fahrt geraten, fragte ich ihn auch gleich, ob er in seiner süßen Sportlergruppe noch Platz für einen bisexuellen FC-Infizierten hätte.

»FC-WAS?«, platzte er heraus und warf mir einen misstrauischen Blick zu.

»Komm schon, was wäre das Leben ohne ein bisschen Risiko?«, lächelte ich und legte meine Hand auf seine.

Nur der Gurt rettete ihn vor einer unbedachten Bewegung.

Und jetzt? Jetzt sitzen wir zwei alten Frontschweine hier und starren zackig geradeaus, aneinander vorbei. Ich habe ihn alle halbe Stunde mal gefragt, ob es okay wäre, wenn ich eine rauchen würde, und er hat alle halbe Stunde *NEIN!* geschmettert. Nee, er ist echt nicht mehr so gut drauf wie am Anfang, aber so ist es ja in den meisten Beziehungen. In seinem Fall kann es allerdings auch damit zusammenhängen, dass er zu einer termingebundenen Verabredung in Hannover unterwegs ist, und jede Minute, die wir hier im Stau herumstehen, bringt ihn noch mieser drauf. Wahrscheinlich wird er mich deswegen auch an der ersten Haltestelle in Hannover rauswerfen, und dann kann ich zusehen, wie ich es nachts noch bis zu meiner Mutter nach Wolfsburg schaffe.

Gerade schaut er zum x-ten Mal auf die Uhr. Aus Langeweile beschließe ich, die diplomatischen Beziehungen noch ein kleines bisschen zu belasten.

»Wussten Sie eigentlich, dass Hitler nicht mit Eva Braun schlief?«

Er zuckt zusammen und presst die Lippen aufeinander.

»Und haben Sie in den Filmen mal darauf geachtet, wie oft Hitler Kinder auf dem Schoß hatte? Da kann man ja auf seltsame Gedanken kommen, was?«

Es dauert ein bisschen, dann kriegt er den Faden und etwas Farbe. Himmel, in welcher Zeit leben wir? Die Nazis werden rot ...

»*Was* wollen Sie damit sagen?«

»Nichts, gar nichts, rein gar nichts, wirklich.«

Er gibt mir das, was er für einen überlegenen Blick hält.

»Die Kinder waren zu Propagandazwecken da«, schnarrt er und beißt dann die Zähne mit einem Knall zusammen.

»So, so, Propaganda, ja?«

»JA!«

Oh, oh ... Noch ein kleiner Vorfall an der Grenze, und er gibt Schießbefehl.

»Wenn das so ist, dann war der ganze Arierkram wohl auch nur Propaganda, was? Da fällt mir ein, musste man nicht groß, blond und blauäugig sein, um sich damals fortpflanzen zu dürfen, wie? Und war Hitler etwa nicht klein, dunkelhaarig und braunäugig, wo?«

»Der Herr Hitler nahm uns die Arbeitslosen!«

»Ach, schau an, der Herr nahm sie also zu sich, ja? Fünfzig Millionen Tote sind aber ein verdammt hoher Preis für ein bisschen Arbeit.«

»Wir müssen alle Opfer bringen«, sagt er blasiert.

Verdammt ... Ich setze mich noch fester auf meine Hände, aber gegen meinen Mund habe ich noch kein Mittel gefunden.

»Und was war mit den Millionen Kindern, was? Und den Millionen Frauen, wie? Und den Millionen Männern, wo? Alles Arbeitslose, ja?«

Er lächelt, und ich verliere die Fassung.

»Schwule! Lesben! Zigeuner! Behinderte! Geistliche! Dichter! Maler! Schriftsteller!«

Er verzieht die Oberlippe zu einem arroganten Lächeln.

»Belgier! Niederländer! Russen! Briten! Schotten! Franzosen! Polen! *Amerikaner! Rumänen! Bulgaren! Portugiesen! Italiener! DÄNEN! SCHWEDEN! FINNEN! GRIECHEN! TÜRKEN!*«

»Ausländer ...«, schnarrt er verächtlich.

»SAARLÄNDER! BAYERN! HESSEN! ...«

Mir bleibt die Luft weg. *Mann, jetzt reiß dich verdammt nochmal zusammen! Diese Typen merken eh nichts, also scheiß auf die Moral und den ganzen Quatsch, mach ihn fertig, mach ihn lächerlich, aber, verdammt nochmal – appelliere nicht an seinen Verstand! Hätte er einen, wäre er nicht, was er ist!*

Ich atme tief durch. *Du bist in einem Wald ... die Vögel zwitschern ...* Oh, verdammt, da sitzt er und lächelt, das arrogante, dumme – *ICH SAGTE! Du bist in einem Wald! Die Vögel zwitschern!* Ach was, scheiß auf die Vögel! In der *guten alten Zeit* hätte dieser Wichser mich längst erschießen lassen, meine Familie vergast, meine Freundin vergewaltigt, meine Freunde nach Bergen-Belsen geschickt und meine Lieblingsbücher verbrannt, ALSO, WAS REDE ICH MIT DIESEM ARSCHLOCH WIE MIT EINEM MENSCHEN! ... *So ... Du bist wieder in dem Wald ... Du atmest tiiief durch ...*

Irgendwann fällt mein Magensäurespiegel wieder, ohne dass etwas passiert ist. Ich habe nicht mal was gesagt. Ich habe mir sogar den Einwand gespart, dass Hitler Ausländer war. Aber dieses arrogant-fiese Herrenrassengrinsen in seiner Fresse kann ich so nicht stehen lassen.

»Wenn ich's mir so recht überlege, dann liefen in diesen *Propagandafilmen* auch erstaunlich viele Schäferhunde herum.«

Das gibt ihm zu denken.

»Was wollen Sie damit ...«

Mitten im Satz kriegt er den Faden und bricht ab. Sein Kopf wird etwas röter, und sein arrogantes Grinsen ist verschwunden. Jetzt sollte ich es vielleicht etwas ruhiger angehen, aber irgendwie macht es mich geil, zu beobachten, wie sein Gesicht sich verfärbt. Ich meine, vielleicht platzen ihm ja jedes Mal, wenn er sich aufregt, ein paar lebenswichtige Äderchen. Toi, toi, toi!

Er wirft wieder einen Blick auf die Uhr. Mein Einsatz.

»Kann ich jetzt eine Zigarette rauchen?«

»Nein!«

»Hören Sie, als ich hier einstieg, konnte ich ja nicht ahnen, dass wir eine halbe *Ewigkeit* unterwegs sein würden! Ich meine, wir stehen ja hier schon seit *Stunden* herum ...«

»Ich weiß!«

»Meinen Sie wirklich, es würde Sie gleich *vergasen*, wenn ich nur eine einzige ...«

»Ich sagte Nein!«

»Na, bitte, geht doch ...«

Ich hole die Schachtel heraus, doch bevor ich mir eine anzünden kann, sehe ich, wie seine linke Hand in der Seitenablage der Tür verschwindet.

»SIEWERDENKEINEZIGARETTEINMEINEMAUTORAUCHEN!«

»Zu Befehl, mein Führer«, murmele ich und packe die Schachtel wieder weg.

»Was?!«

Ich drehe den Kopf und schaue unschuldig aus dem Fenster.

Eine Stunde später sind wir keine fünf Kilometer weitergekommen. Neben uns fährt seit geraumer Zeit ein alter Ford Transit. Eine richtige Kifferkarre, mit vor Dunst verschmierten Scheiben. Die Insassen reichen sich Büchsenbier hin und her, und das Beste kommt noch – die Karre hat ein Braunschweiger Kennzeichen. Wenn ich da irgendwie reinkomme, kann ich in Braunschweig Zwischenstopp machen und morgen früh weiter nach Wolfsburg fahren. In Braunschweig zu übernachten ist kein Problem, da mein Freund Roman dort wohnt. Zurzeit weilt er zwar auf Mallorca, wo er den Ort zu finden hofft, an dem sein Schriftstellerspirit gefangen gehalten wird, aber er ist nicht gefahren, ohne mir seinen Zweitschlüssel dazulassen. Wer nichts wagt, der nichts riskiert, also kurbele ich das Fenster runter und mache dem Typen am Lenkrad Zeichen, es mir nachzumachen. Das Fenster gleitet runter, ein vollbärtiger Wuschelkopf blinzelt gegen das Tageslicht an. Rauchschwaden und Led Zeppelin quellen heraus.

»Was'n los, Mann?«

»Habt ihr noch Platz?«

Er schaut an mir vorbei und wirft einen Blick auf meinen Führer. Dann dreht er den Kopf nach hinten und ruft etwas Unverständliches in den Nebel. Anscheinend antwortet der Nebel, denn wenig später nickt er mir zu und kurbelt das Fenster wieder hoch. Ich drehe mich zu meinem Führer um, der den Dialog aufmerksam verfolgt hat.

»Dann gehe ich mal eine rauchen.«

»Zuerst bezahlen Sie.«

»Wie viel macht es denn?«

»Vierunddreißig fünfzig.«

»Was? Wir sind doch gerade mal auf halber Strecke ...«

»Vierunddreißig fünfzig!«, schnarrt er und nestelt wieder an der Seitenablage.

Ich erhasche einen flüchtigen Blick auf eine kleine Dose Gasspray. Gas! Manche Dinge ändern sich nie.

Während ich das Geld zusammensuche, frage ich ihn, ob er einen Schäferhund hat. Er schweigt.

»Ich wusste es«, sage ich und drücke ihm fünfunddreißig in die Hand.

Er geht nicht weiter darauf ein, kriegt aber einen roten Kopf und versucht, das Geld zu zählen, ohne mich dabei aus den Augen zu lassen.

»Gut, damit ist der vereinbarte Betrag beglichen.«

»Ich bekomme noch was zurück.«

»Schmerzensgeld«, sagt er kalt.

Die Schlacht ist verloren. Es gibt keinen Grund, noch unnötige Verluste zu riskieren, also schnappe ich mir meine Tasche, öffne die Tür und drehe mich dann ein letztes Mal um.

»Ist das nicht irgendwie ein bisschen wenig Schmerzensgeld? Ich meine, bei *Ihren* Schmerzen? Kommen Sie, ich gebe Ihnen noch was.«

Ich werfe ihm ein paar Münzen in den Schoß und knalle die Wagentür zu.

»HOFFENTLICH KRIEGEN SIE KREBS!«, brüllt er mir hinterher.

Ich bin schwer versucht, ihm zum Abschied noch den Führergruß mit Effenberg zu geben, aber mittlerweile stehe ich mitten auf der Autobahn, und wer weiß, wie viele seiner Werwölfe-Kameraden mich heimlich beobachten und nur darauf warten, einen Ausländer massakrieren zu dürfen. Daher begnüge ich mich damit, ihm eine Beule in die Seite seines dritten Reiches zu treten und spute mich dann.

Die Schiebetür des Transits öffnet sich zur Hälfte.

»Beeil dich, Mann, der ganze Qualm zieht raus«, sagt eine metallische Stimme.

Ich schwinge mich rein in den Nebel und muss sogleich husten.

»Trink«, sagt Metallstimme.

Ich nehme eine Büchse entgegen und trinke einen langen kühlen Schluck. Wow! Die Dose geht in zwei Zügen matt. Ich fange einen Joint ab, der in dem Nebel orientierungslos herumgeistert. So lässt es sich leben.

Plötzlich wird Led Zeppelin leiser, und die Stimme des Fahrers dringt durch den Smog.

»Mann, dein Kumpel, hat der 'n Problem, oder was?«

Ich wische eine Ecke an der Scheibe frei und werfe einen Blick nach draußen. Mein Führer hat eine Sommeroffensive gestartet und macht sich an der Schiebetür des Transits zu schaffen. In seiner Rechten erkenne ich etwas kleines Rundes und schiebe mich tiefer in die Nebelbänke. Eine Hand legt sich auf meine Schulter, fast springe ich aus den Klamotten vor Schreck.

»Keine Panik«, sagt Metallstimme. »Lässt sich nur von innen öffnen.«

»Gut, gut«, murmele ich nervös und werfe noch einen Blick hinaus.

Adolf rüttelt an der Tür. Er scheint die Gelegenheit nutzen zu wollen, um ein paar Langhaarige auszumerzen.

»Freund von dir?«, fragt Metallica hinter mir, und so langsam erkenne ich in den Nebelbänken einen bedrohlich großen Umriss.

»Sehe ich etwa aus, als hätte ich Freunde?«, kichere ich nervös.

Ein schnaufendes Knarren ertönt. Hört sich an wie Fehlzündungen.

»Dann mach auf«, sagt die Stimme dann.

Ich brauche einen Augenblick. Dann verstehe ich.

»Äh, das ist, glaube ich, keine so gute Idee ...«

»Ach, mach auf.«

»Der hat eine Gasdose.«

Als Antwort kommt ein böses Metallkichern aus dem Nebel. Ich schiebe mich noch tiefer in den Rauch.

Plötzlich setzt sich der Bus in Bewegung, und nach ein

paar Metern folgt ein neuerliches, aber diesmal wesentlich entspannteres Metallkichern.

»Mitfahrerzentrale?«

Ich nicke.

»Trink«, sagt Metallstimme mitfühlend und reicht mir eine frische Büchse.

Als der Bus ein Jahrhundert später anhält, bin ich schwer angeschlagen.

»Endstation«, brüllt der Fahrer.

Na, und wie. Ich torkele auf die Beine und wühle nach meiner Tasche. Sie ist nicht mehr da. Ich werde schlagartig wach.

»Wie wär's mit Spritgeld, Mann?«, fragt der Fahrer.

So breit kann ich gar nicht sein, dass ich diesen Braten nicht rieche. *Traue keinem über drei!* Sagte mein Opa schon. Und weil ich auf ihn gehört habe, trage ich mein Geld in einem Brustbeutel.

»Sind zwanzig okay?«

»Klar, Mann.«

Ich reiche den Schein nach vorne.

»Habt ihr vielleicht eine schwarze Tasche gesehen?«

»Hier is was ...«, sagt Metallica.

Meine Tasche kommt aus dem Nebel geflogen.

Ich fange sie auf und öffne die Schiebetür, während ich versuche, die Nebelbänke im Auge zu behalten und gleichzeitig die Lage zu checken. Hm ... Diese Ecke von Braunschweig ist mir gänzlich unbekannt.

»Wo sind wir?«

»In Langenhagen, Mann«, sagt der Fahrer.

»Wo soll das denn sein?«

»Hannover, Mann.«

Mir geht ein Licht auf.

»Ihr fahrt gar nicht nach Braunschweig.«

Der Fahrer schaut mich an, als hätte ich ein halb volles Bier verschüttet.

»Mann, was soll'n wir in Braunshitschweig? Wir *wohnen* hier!«

Ein Lumpenhaufen in der Ecke bewegt sich plötzlich.

»Will 'n 'r nach Braunsssweig, oder wasss?«, lallt es.

Himmel, da liegt *noch* einer! Eine innere Stimme ruft mir zu, dass es Zeit ist zu verschwinden, ach, was sage ich: *Nichts wie raus hier!*

»Alles klar. Kein Problem. Ich muss los. Lebt wohl.«

Ich wende mich ab und gehe los. Wohin? Fragt nicht.

Zwei Stunden später komme ich am Bahnhof Hannover an. Natürlich geht heute kein Zug mehr nach Wolfsburg, also kratze ich die letzten Scheine zusammen und kaufe ein Ticket zurück nach Köln.

Drei endlose Stunden später rollt der Zug im Kölner Hauptbahnhof ein. Jetzt aber wirklich Endstation. Müde, hungrig, dreckig. Eine echt schwachsinnige Art, die Nacht zu verbringen.

Das übliche Empfangskomitee aus Strichern, Junkies, Dealern, Bettlern, Zivilbullen, Touristen empfängt mich. Obwohl es Samstag ist, ist auf der Straße von Wochenendstimmung nichts zu spüren, und das einzige Mal, dass ich in der Bahn angegrinst werde, ist, als ich bei einer Vollbremsung in eine Plexiglasscheibe knalle. Oh Mann ... Nur mein Kontostand hält mich davon ab, gleich zum Flughafen weiterzufahren, um mir ein Last-Minute-Ticket nach Nirgendwo zu sichern. Keine Beziehung engt so sehr ein wie Armut.

Als die Linie 4 mich ausspuckt, habe ich meine Monatsration mürrische Gesichter gehabt und schwöre mir mal wieder, alleine deswegen so lange wie möglich als Freischaffender durchzuhalten, um nicht jeden Morgen in der Bahn so übel angebürgert zu werden.

In der WG angekommen, rufe ich sofort Max an.

»Hm?«

»Ich bin's.«

»Hm.«

»Hast du Kohle?«

»Hm?«

»Bowle.«

»Hm!«

Zehn Minuten später ist er da, und wir gehen literweise Gin und Sekt und ein paar Kilo Ananasstücke in Büchsen besorgen. Die Ananas im Gin vierundzwanzig Stunden ziehen lassen, dann den Boden der Gläser mit Früchten bedecken, mit Sekt auffüllen, und man hat einen Cocktail, der wie ein guter Lover wirkt – man lässt ihn einfach machen, und irgendwann ist man dann so weit. Aus den vierundzwanzig Stunden wird heute nichts, also füllen wir den Ananassaft separat ab, damit die hohen Prozente pur in die Früchte einschlagen können.

Als die Bombe aktiviert ist, hänge ich mich ans Telefon, und eine Stunde später habe ich mit allen Maschinen der Stadt gequatscht. Bis die Leute eintreffen, machen wir schon mal ein Warm-up in Sachen Ananas und wühlen in altem Vinyl herum.

Als Schimanski und Brunner ein paar Stunden später eintreffen, sind wir schon angeknallt und streiten uns über existenzielle Fragen wie: Spielt man nach *Baby Love* eher *Try* oder *Highway to Hell*? Natürlich ignorieren Brunner und Schimanski die Fragen sowie die mühsam zubereiteten Käsehäppchen und machen sich zielstrebig auf die Suche nach der echten Ware. Eigentlich kann ich es mir nicht leisten, so viele

Künstler zu kennen. Sie haben alle kein Geld, aber jede Menge Zeit, es auszugeben. Kenne ich sie, weil ich arm bin, oder bin ich arm, weil ich sie kenne? Fragen über Fragen, und keine Antworten weit und breit. Ja, ja, das Leben ist hart. Ananas macht es weicher.

10. Ein Hurrikan zieht auf

Vivi kommt um fünf nach Hause, und bei dem Zustand der Wohnung hellt sich ihre Miene sichtbar auf. Wow – Männer *und* Alkohol! Fehlt nur noch, dass das Telefon klingelt, dann kriegt sie stehenden Fußes einen Orgasmus. Sie muss unbedingt duschen und scharwenzelt, nur mit einem schwarzen Nichts bekleidet, an den Jungs vorbei ins Bad und hat dann doch tatsächlich ihr Handtuch in ihrem Zimmer vergessen. Huch-ja-so-was-aber-auch! Scharwenzelt wieder zurück. Ach, nein, da ist es ja auch nicht. Aber vielleicht hier, in der alleruntersten Schublade. Ach, was muss man sich aber auch tief bücken, um da dranzukommen, was? Ich schaue mir das Ganze gelassen an. Einige brauchen das Rampenlicht, andere eine existenzielle Absicherung. Was Vivi braucht, liegt auf der Hand. Oder tiefer.

Auf dem Rückweg vom Duschen rutscht ihr das Handtuch runter. Nicht ganz, nur weit genug, um das untere Bewusstsein in Gang zu setzen, und ich ertappe meinen Körper tatsächlich dabei, gefährliche Blutkonzentrationen in die falschen Bahnen zu lenken. Sie hat nun mal diesen Luxuskörper, und die Ananas macht, dass ich es gerade nicht so eng sehe, daher rufe ich mir schnell WG-Regel Nummer drei ins Gedächtnis, und die lautet:

1) NEIN!
2) NEIN!
3) NEIN!

Es würde mich wirklich interessieren, womit Vivi ihren

Tag verbringen würde, wenn Drogen und Sex verboten wären. Aber malen wir nicht gleich den Teufel an die Wand.

Heike trifft ein. Niemand hat sie eingeladen, aber ihr den Zutritt zu einer Party zu verwehren wäre, als würde man Iggy Pop nicht auf die Bühne lassen. Sie erzählt mir, dass sie die Tänzerin gestern auf einer anderen Party getroffen hat, und scheint auf einen Kommentar von mir zu warten, aber da könnte ich auch gleich ein Rundschreiben rausgeben, also schweige ich. Sie fragt mich sofort, ob es mir damit nicht gut gehen würde ...

Britta trudelt ein und mit ihr ihre ganze WG, die zurzeit ausschließlich aus Frauen besteht. Rote Haare, blonde Haare, schwarze Haare – für jeden Geschmack ist etwas dabei. Die Jungs denken, ich hätte das für sie arrangiert, und stoßen auf meine Fürsorglichkeit an.

Die Räume füllen sich, und spätestens, als die Toilettentür klemmt und man, während sich draußen eine Schlange bildet, von drinnen den Freudengesang eines gerade sehr, sehr, sehr glücklichen Pärchens vernehmen kann, spüre ich es: Es riecht nach Freiheit und Leidenschaft, nach Musik und Drogen, nach Sehnsucht und purem Wahnsinn! Ja, es liegt was in der Luft, die Zeichen stehen auf Sturm, aber nein, hier kommt kein Sturm – *hier kommt ein gottverdammter Hurrikan*!

Irgendein Gestörter erklimmt den Esstisch und fängt an herumzuschreien. Ob er nur näher an das Gemisch heran will, das unter der Decke brodelt, oder ob er nur verzweifelt den Notausgang sucht, niemand weiß es, niemanden interessiert es.

In der Küche steht ein total abgerissener Typ und brüllt in ein Megafon. Er sieht aus, als hätte man ihn in Teer und Federn gerollt, bevor man ihn aus dem Hyde Park jagte.

»Zeit ist relativ und nicht Geld! Wer Zeit hat, *hat* Zeit! Zeitverschwendung kostet nur Zeit! Wer Zeit hat – lebt!«

»Und was ist man, wenn man Zeitdruck hat?«, kommt ein Zwischenruf.

»Allein erziehend«, ruft eine Frau dazwischen.

Mister Hyde sieht seine Felle davonschwimmen.

»Die Zeit ist neutral, sie kann nicht drücken!«, brüllt er. »Es gibt nur *Restzeit*! Carpe diem – nutzet den Tag, nutzet die Restzeit! Treibet keinen Schindluder mit dem Tage, den der Herr euch geschenket hat!«

»Buuuuhhhh!«, kommt es von den billigen Plätzen.

»Zwei zu zwei in der neunzigsten Minute! Ihr sollt nicht begehren eures Nachbarn Weib!«, brüllt er weiter und wirft beim Herumfuchteln ein Tablett Sektgläser zu Boden.

»BUUUUUUHH!«, knallt es ihm entgegen.

»Wir sind verdammt! Wir sind alle verdammt! Heil Hitler!«, schreit er verzweifelt.

Eine Kaskade aus Käsehäppchen und Obst wirft ihn um. Jemand nimmt ihm das Megafon ab, und ich sehe gerade noch, wie es durch ein Fenster hinausfliegt, bevor links neben mir eine Bombe zündet, die mein Trommelfell zerfetzt und meinen Kopf in tausend Stücke reißt. Jemand hat Vivis Monsteranlage auf zehn von zehn Möglichen gedreht, und die revanchiert sich mit Geräuschen, die kein Splatterfan je zu hören bekam, Ian Durys Liveversion von *Hit Me* prügelt auf mich ein, und die Tänzer springen durch den Raum, als hätte man sie unter Strom gesetzt. Ich stopfe mir zwei Zigarettenfilter in die Ohren und wanke zum Ausschank, um die Schmerzen zu lindern.

Eine Stunde später kriege ich kaum noch Luft. Der Hurrikan kommt immer näher und treibt eine Nebelwand vor sich her, die einem die Sicht raubt und jedes Sauerstoffatom im Raum aufsaugt. Meine Augen brennen wie Schürfwunden, und meine Zunge ist in Terpentin eingelegt. So jung und schon so fertig. Was ich brauche, ist frische Luft, also schnappe ich mir eine Jacke, und für den Fall, dass mich unterwegs eine Vitaminschwäche heimsuchen sollte, ein volles Glas Ananas.

Der Sommerabend ist frisch, und die Straßen sind wie gefegt. Der Asphalt hat aufgehört zu flimmern, und das Viertel atmet tief durch und saugt die abgekühlte Luft an, um für den morgigen Angriff der Sonnenenergie gewappnet zu sein. Ich spaziere federleicht schwankend drauflos. Wolken aus Zuckerwatte und das Blau so blau. Welch wunderbare Stille – AHHHHHHHHH!!!! Ein riesiger Schatten kommt aus dem Nichts geschossen und hämmert so dicht an mir vorbei, dass der Luftzug mich taumeln lässt. Verzerrte Gesichter kleben an den Scheiben, schneiden Grimassen und geben mir den Finger. Sie scheinen mich anzuschreien, aber ich höre sie nichts. *Scheiße, ich bin taub!* Kurz bevor ich durchdrehe, fällt mir ein, dass ich noch die Zigarettenfilter in den Ohren habe.

Als ich sie endlich raus habe, bin ich versucht, sie sofort wieder reinzustecken, denn die Kommentare der Fahrgäste sind von der persönlicheren Art. Es scheint eine amtliche Vollbremsung gewesen zu sein, denn sogar der Fahrer macht Anstalten, rauszukommen. Er ist zwar einen halben Meter kleiner als ich, aber ich will trotzdem keinen Ärger. He, der Mann ist *Bahnfahrer* – der hat nichts mehr zu verlieren.

Die Kabinentür öffnet sich, und er setzt einen Fuß auf die erste Stufe. Um den Ärger im Keim zu ersticken, stecke ich eine Hand in die Jackentasche und lächele ihn leer an. Er verharrt unschlüssig auf der zweiten Stufe und scheint das Risiko abzuwägen. Ich nutze die Gunst der Stunde, um in einen Trab zu fallen, der mich flugs vom Tatort entfernt. In der Jacke klappert etwas, und als ich der Sache auf den Grund gehe, fällt mir ein Döschen mit Rauch in die Hände, und wer bin ich denn, dass ich die Zeichen missachte?

An der nächsten Parkbank lege ich eine Pause ein, um mir einen Turm zu bauen. Es besteht momentan zwar wenig Gefahr, dass ich plötzlich wieder nüchtern werde, aber wie heißt es so schön – der kluge Mann baut vor.

Als ich den Stick zur Hälfte durchhabe, überfällt mich ein dringendes Ruhebedürfnis. Das Glas rutscht mir aus den Fingern und mein Körper zu Boden, anscheinend fordern die letzte Nacht und die Wochen davor jetzt ihren Tribut.

Ich versuche, wieder aufzustehen, aber meine Knochen haben sich in Götterspeise verwandelt. Der Blob! Teil zwei. Ich muss kichern. *He, reiß dich zusammen. Das ist ein öffentlicher Park, du kannst hier nicht breit herumliegen. Denk an deinen Ruf. Oder besser noch, denk an einen hartherzigen, frustrierten, gewalttätigen Bullen!*

»Ach, wissen Sie, Herr Wachtmeister. Nach acht Stunden Fließband wollte ich nur den Dackel Gassi führen und dann schnell wieder nach Hause zu meiner geliebten Ehefrau und den entzückenden Kindern. Ich konnte ja nicht ahnen, wie gefährlich der Park nach Einbruch der Dunkelheit *tatsächlich* ist!«

Der Wachtmeister schaut mich scheel an. Mit jeder Faser bereit, mich zu Blutwurst zu verarbeiten, wenn ich auch nur blinzeln sollte.

»Hm. Und wo ist der Hund abgeblieben?«

»Ach, der ...« Ich schaue mich verzweifelt um. »Äh, den hat's erwischt. Da kam ein Rocker in voller Ledermontur auf mich zugestürmt, ich glaube, er wollte mich *vergewaltigen*! Und da hat sich Kohl, so hieß mein Hund nämlich, spontan dazwischengeworfen.«

»So, so, dazwischen ...«

Er zieht genüsslich seinen Knüppel hervor, und ich spüre, wie mir der Schweiß ausbricht.

»Genau! Und wissen Sie, was der Typ dann gemacht hat?

Wissen Sie, was dieser über zwei Meter große, Ketten schwingende Rocker dann *getan* hat?!«

»Schätze, ich werd's gleich erfahren«, sagt er und grinst dabei voller boshafter Vorfreude.

»Er hat ihn *gefressen*! Hat ihn einfach runtergeschluckt!«

»So, so. Möchten Sie mit auf die Wache kommen und versuchen, das meinen Kollegen zu erklären?«

Er macht keinen Hehl mehr daraus, dass er sich auf das bevorstehende Gemetzel freut.

»*Nein!* ... Ich meine ... äh, ich will Ihnen doch nicht Ihre kostbare Zeit rauben. Die Protokolle, der tägliche Papierkrieg – das bringt einen ja noch *um*! Es war ja nur ein Dackel. Kein Problem, einen neuen zu bekommen. Ich würde auch nicht so einen Aufstand machen, wenn der Typ zum Schluss nicht noch gesagt hätte, dass er jetzt losgeht und sich ein paar Bul... Polizisten sucht. Er meinte, er hätte diese Schwuchteln noch nie ausstehen können, und heute würde er ein paar von diesen halbseidenen Sahnehäubchen richtig durchwalken ...«

Sadobulle erstarrt.

»Er hat *was* gesagt?«

»Sagte, er würde sie auf seiner riesigen Kettensäge reiten lassen und sie reihenweise kastrieren. Das würde denen nichts ausmachen, weil sie eh keinen mehr hochbekommen könnten. Läge an der Grundausbildung in der Polizeischule, wo sie sich täglich gegenseitig einen ablutschen, um bei den Razzien im Erotikcenter nicht völlig auszuflippen.«

»*Das* hat er gesagt?«

»So wahr ich hier liege.«

Er schaut auf mich runter, überlegt sich, ob er mich nicht vorsichtshalber schon mal massakrieren soll.

»DAHINTEN IST DER KERL!«

Er zuckt zusammen und wirbelt herum.

»WO?«

Ich zeige auf ein weit entferntes Gebüsch.

»NA, DA! HINTER DEM GEBÜSCH!«

»WO DENN?«

»MEIN GOTT! ER HAT EINEN BLUTIGEN SKALP AN SEINEM GÜRTEL HÄNGEN!«

Der Wachtmeister sabbert vor Vorfreude und hat sich jetzt entschieden: Er will den Kettensägenkiller killen und die Beförderung einfahren. Er stürmt los, um seinen Blutrausch zu stillen.

Langsam gewinne ich wieder die Kontrolle über mich. Noch immer in der Waagerechten, noch immer auf dem Rasen. Junge, Junge ... es wird wohl langsam Zeit, sich mal auszuschlafen. Und vielleicht was zu essen. Ist beides erst ein Jahrhundert her.

Ich kämpfe mich auf die Beine und setze mich dann vorsichtig in Bewegung. Erinnert an die Schlittschuhversuche eines Grobmotorikers, aber Geschichte wird gemacht, es geht voran, und kurze Zeit später wird mir auch klar, wo es hingeht. Unser aller Wege sind vorgezeichnet, und meiner führt mich stracks zum Haus der Tänzerin. Ich meine, sie hat ja nicht *ausdrücklich* gesagt, dass ich sie nicht besuchen darf, oder? Dennoch, vor ihrer Haustür beschleichen mich leichte Zweifel, ob es so schlau ist, ihr in meinem Zustand unter die Augen zu treten.

Neben dem Hauseingang steht eine Betonbank. Ich setze mich darauf und versuche, meine Gedanken zu ordnen. Also, wenn der FC von den letzten Spielen ein paar gewinnt, könnte es reichen, und wenn das E-Werk dreiviertel voll wird, könnte es reichen, und wenn die Tänzerin jetzt zu Hause ist, dann ... ja, was dann? Alles wieder gut? Oh Mann, wenn ich bedenke, welche Meinung ich von den Typen habe, die wegen ein bisschen Möse vor Vivi herumkriechen, dann ... Na gut, die Tänzerin küsst gut und, Himmelherrgottnochmal – sie vögelt phä-no-me-nal! Aber ist das gleich ein Grund, seine Selbstachtung in die Tonne zu kloppen? *Sag jetzt nichts Falsches! Mach dir nichts vor, hier wohnt keine Freundin von dir. Denk an den Brief, denk an letztes Jahr, verdammt nochmal – denk!*

Meine Füße tragen mich zur Party zurück, wo Vivi mich mit der Frage aufmuntert, ob sie sich morgen meinen Farbfernseher ausleihen kann. Sie will Casablanca gucken, und ihre Kiste ist nur schwarz-weiß ... Hätte sie nicht diese Hülle erwischt, würde sie tief in der Scheiße stecken. Das tut sie so vielleicht auch, aber dass ihr ständig irgendwelche Typen unter dem Rock kleben, lenkt sie davon ab. Apropos: Neben ihr steht Marco, die perfekte Rückseite. Er muss eingetroffen sein, während ich spazieren war, und wie ich sehe, hat er einen Koffer mitgebracht. Scheint, dass er bei Vivi einziehen will. Schade, ich fing gerade an, mich an ihn zu gewöhnen.

Die Wohnung platzt mittlerweile aus allen Nähten, und dementsprechend ist der Lautstärkepegel in Führung gegangen. Die Ordnungshüter tauchen auf. Nachbarn, Lärmbelästigung und das übliche Blabla. Ich kann sie kaum verstehen, weil die Jungs die Gesangsanlage aufgedreht haben und ihre größten Hits abjammen, aber ich verspreche artig, die Anlage leiser zu stellen, und gehe dann wieder zurück an den Ort des Verbrechens, wo verbotene Substanzen die Runde machen und man gelegentlich beeindruckend illegale Gesprächsfetzen aufschnappt. Das Paradies eines Zivilbullen.

Der Sturm nimmt zu. Ich muss mein Glas zweimal füllen, bevor es voll bleibt, dann suche ich mir eine windgeschützte Ecke Nähe Ananas und richte mich auf den Hurrikan ein, der im Eiltempo näher kommt und schon erste Küstenstriche verwüstet hat.

Britta wird vorbeigeweht und hält sich an mir fest.

»Na?«

»Was, na?«

»Wo warst du?«

»Draußen.«

Sie zieht eine Grimasse.

»Ach nee. Und?«

»Was, und?«

»Wie war es draußen?«

»Schön.«

Sie greift mir ins Haar und dreht meinen Kopf zu sich.

»Du kannst manchmal so unglaublich blöd sein«, sagt sie und hebt wieder ab.

Heike kommt vorbei und nimmt Kurs auf mich. Bevor sie etwas sagen kann, grinse ich breit von einem Ohr zum anderen. Sie hält erst gar nicht an.

Dann kommt Max.

»Hm?«

»Was, hm?«

»Wie, was hm?«

»Na ja, was hm?«

»Was, hm?«

»Genau.«

»Nichts.«

Lubitsch würde uns erschießen.

»Hm?«, macht Max und nickt zu Britta rüber.

»Ich und Sex?«, sage ich empört.

Er sieht mich schräg an und wird zu Stein. Sex ...? Sex ...? Da war doch was ... Sechs! Die sechste Frage!

Ich stupse den Felsen an.

»Kann ich dich mal was Ernsthaftes fragen?«

Er guckt misstrauisch. Vielleicht aber auch, weil aus der Küche gerade eine ungestimmte Stadionversion von Ideals *Blaue Augen* zu uns dringt.

»Hm?«

»Warum hat mein Vater mich immer zum Angeln mitgenommen?«

Max geht.

»TELEEEFOOON«, brüllt jemand.

»KOMME!«, schreie ich in den Nebel.

Wenn Annette Humpe dran ist, werde ich auflegen, bevor sie mitkriegt, was Brunner gerade mit ihrem Hit anstellt. Künstler sind sensibel.

Ich schnappe mir den Hörer.

»Verein für aktive Sterbehilfe. Hören Sie zwei Minuten zu und vererben Sie uns alles.«

Irgendjemand redet am anderen Ende. Verstehe kein Wort.

»Sekunde ...«

Ich klettere auf die Dachrinne raus und ziehe das Fenster hinter mir zu.

»Okay, das Ganze nochmal.«

»Warum bist du nicht hochgekommen?«

BAFF! Herzrasen ... Diese Frau weiß echt, wie sie mich auf dem falschen Fuß erwischen kann.

»War kein Notfall.«

»Schade.«

Schade?

»Was zum Teufel meinst du mit schade?«

»Ich hab Lust auf dich«, sagt sie so selbstverständlich, dass mir die Sicherungen rausspringen.

»Ach, sieh an! Soweit ich mich erinnere, habe ich dich nicht davongejagt, oder? Das Letzte, was ich von dir zu sehen bekam, war dein Orgasmus, und als Nächstes finde ich diesen ... *Zettel* in meinem Bett, und das findest *du* jetzt schade? Wenn du damit meinen solltest, dass es schade ist, dass du einfach abgehauen bist, ohne ein Wort zu sagen, gut, dem stimme ich zu. Wenn du damit meinen solltest, dass es schade ist, dass du letzten Sommer schon mal abgehauen bist, ohne ein Wort zu sagen, gut, dem stimme ich auch zu. Und wenn du damit sogar meinen solltest, dass es echt schade und für mich vielleicht auch *verdammt verletzend* ist, dass du mich immer wieder benutzt, um den Kick zu bekommen, den dir deine neuen Freunde anscheinend nicht geben können, *na, dann sind wir ja mal glatt einer Meinung!*«

Stille.

»Du verstehst mich nicht«, sagt sie dann.

»*Ich* verstehe *dich* nicht? Hey, genau! Du hast *Recht*! Wer soll das auch verstehen? Du weißt nicht, was du willst, und bist zu rücksichtslos, um die Finger von einem Typen zu lassen, der in dich verknallt ist, und das alles nur, weil du was erleben willst? Du trampelst auf meinen Gefühlen herum, und das soll ich auch noch *verstehen*? Ich bin kein verfickter Sozialarbeiter und auch kein beschissen kluger Therapeut, ich bin nur der alte Besen, aber auch der hat Anspruch auf Verständnis, und kannst du mir vielleicht sagen, wann *du* mal Verständnis für *mich* hast?«

Klick! Die Leitung ist tot. Und wieder mal geflüchtet. Im Krieg würde man sie jetzt erschießen. In dem Fall wäre sie schon zweimal tot. Ich hacke ihre Nummer in die Tasten.

»Wenn du jetzt den Hörer auflegst, dann komme ich auf der Stelle zu dir rüber und TRETE DIR DEINE SCHEISSTÜR EIN!«

Die Leitung bleibt offen.

»Ich hab so die Schnauze voll! Du behandelst mich wie ein Stück Scheiße, und es scheint dir auch noch völlig egal zu sein! Alles muss nach deinen Regeln laufen, und sobald dich irgendwas nervt, rennst du jammernd davon! Du verhältst dich wie ein beschissenes Kleinkind!«

»War's das?«, fragt sie mit einer Stimme, die mir das Blut gefrieren lässt.

»Fürs Erste.«

»Okay, dann hörst *du* jetzt *mir* mal zu: Niemand zwingt dich, hinter mir herzurennen, oder? Und wenn ich so unglaublich scheiße bin, warum lässt du es dann nicht einfach sein? Und wenn ich ein Kleinkind bin, dann bist du ja wohl ein Kinderficker.«

»Was ...? Du dumme Fotze!«

»Ich bin also eine dumme Fotze? Hast du dich schon mal gefragt, wieso du hinter einer dummen Fotze her rennst? Ich denke, du *brauchst* eine dumme Fotze, um dich halbwegs intelligent zu fühlen.«

Ich schmeiße das Telefon auf die Straße runter und schreie den Himmel an. *Dieses asoziale Miststück!*

Unten auf der Straße finden sich ein paar Leute ein, die das Telefon bestaunen und dann zu mir hochzeigen. Ich spucke in ihre Richtung und krieche dann wieder rein in das Verbrechen.

Kaum habe ich beide Füße auf dem Boden, rennt Brunner mich um und schüttet mir dabei ein halb volles Glas über die Brust. Dem Aussehen nach ist er seit zwei Stunden tot.

»F-F-FÜTTER S-SIE N-NIE NACH M-M-MITTERNACHT!«

»Bück dich nicht nach der Seife.«

Wir klatschen uns ab, und er lässt sich wieder in die Menschenmassen fallen. Ich schaue mich um. Wo sind die Arschlöcher dieser Welt, wenn man sie braucht? Will keiner was in die Fresse?

Ich bin gerade auf dem Weg zur Tanzfläche, als Britta auftaucht und mir ein Glas in die Hand drückt.

»Wahnsinn! Hast du den Irren in der Küche ...« Sie bricht ab und starrt mich an. »Was ist los?«

Ich leere das Glas und werfe es an die Wand.

»Lust zu ficken?«

Sie schaut mich belustigt an.

»Jetzt?«

»Nächstes Jahr, verdammt nochmal!«

»Kriegst du ihn denn wieder hoch?«, gickelt sie.

Ich lasse sie stehen, will zur Tanzfläche, um mich anrempeln zu lassen, aber Max winkt mich zu sich. Ich gehe zu ihm rüber. Er nickt Richtung Küche.

»Küche«, bestätige ich.

Er nimmt meinen Arm und marschiert los. Wohin? In die Küche. Warum? In die Küche. Wo Schimanski uns erwartet.

»Wo bleibt ihr denn?«, ruft er ungeduldig.

»Was ist los?«

Er schaut mich an, als hätte ich sie nicht mehr alle.

»Na, Geburtstagsständchen ...!«

»Für wen?«

»Na für *sie* ...«, schmachtet er und zeigt auf eine Frau, die in einer Ecke steht und ihn anhimmelt.

»Und wer ist das?«, frage ich und fange mir wieder so einen Blick ein.

»Na, Sabine!«

Sein Gesicht meldet *Out of order*, so wende ich mich an Max, der sich gerade hinter seinem abgespeckten Schlagzeugset zurechtsetzt.

»Wo ist Brunner?«

Er schüttelt den Kopf.

»Und wer spielt Bass?«

Er zeigt auf mich.

»Ich kann nicht Bass spielen«, erinnere ich ihn.

Er zuckt mit den Schultern, also hänge ich mir das Gerät um und muss als Erstes den Gurt um drei Löcher kürzen, weil Brunner ihn immer in Kniehöhe hängen hat. Max legt einen ungeduldigen Wirbel auf die Felle.

»Was spielen wir?«

»Na, schau ihn dir doch mal an«, sagt Max und deutet auf

Schimanski, der einen halben Meter vor Sabine steht und sie blöde angrinst.

Schimanskis Kopf dreht sich zu uns.

»Was spielen wir?«

»Na, schau dich doch mal an«, rufe ich.

Darüber denkt er zwei Sekunden lang nach, dann schlägt er die ersten Takte von *Happy Birthday* an, bevor er in einen Softcore-Reggae umsteigt. Ich höre mir den Sound kurz an und setze dann mit ein. Schon beim ersten Ton fliegt mir das Plectron weg. *Miststück!*

Ich spiele mit den Fingern weiter und versuche, die Saiten nicht rauszureißen. *Du bist in einem Wald ... du entspannst dich ... du bist glücklich ... du kannst Bass spielen ... Miststück!*

Max krümmt sich Grimassen ziehend hinter seinem Set zusammen. Meine Meditationsübung funktioniert nicht. Meine Beziehungen funktionieren nicht. Bassspielen funktioniert nicht.

Als ich den Bass loslasse und zum Mikrofon will, um das zu tun, was ich kann, versperrt Schimanski mir den Weg.

»Konzentrier dich verdammt noch mal aufs Spielen!«, knurrt er.

Nach diesen kollegialen Worten dreht er sich um und strahlt Sabine an. Dann geht er ans Mikro. Ich hab ihn noch nie singen hören, also schnappe ich mir den Bass und lausche neugierig den Dingen. Und dann beginnt er zu singen. Der Text ist so scheußlich wie sein Gesichtsausdruck. Es hat ihn böse erwischt.

Irgendwann hat er genug herumgebalzt, zeigt Jam-Teil an und jault auch schon los. Die schnellsten Läufe, die brutalsten Riffs, die fiesesten Töne – er zeigt seiner Angebeteten, was er draufhat. Ich versuche, mich nicht abschütteln zu lassen, und hacke mit den Fingernägeln auf der obersten Saite herum. Von der anderen Seite der Wohnung strömen Menschenmassen in die Küche, um zu sehen, ob das das Ende ist, wenn ja, dann wollen sie es auf keinen Fall verpassen! Dabei sein ist alles.

Schimanski gibt uns ein Zeichen, dass er auf der nächsten Eins wieder reingeht, und wir müssen eine weitere Schmalztextattacke über uns ergehen lassen, bis er endlich wieder an einer textlosen Stelle ankommt und Gas gibt. Er daddelt los, erreicht sein Nirwana, und ohne uns anzusehen, wechseln wir die Tonart. Hmm ... Ist wie Sex mit einer Frau, die man seit Jahren kennt, zusammen kommen – zusammenkommen.

Wir hacken ein wenig auf dem Thema herum, aber als ich anfange zu improvisieren, wirft Max einen Stick nach mir. Alles klar.

Zum Abschluss springen wir in die Luft und krachen beim letzten Ton synchron auf den Boden. Gläser klirren, und die Küche bebt unter dem Aufschrei der Leute. Im selben Moment drängeln sich ein paar Uniformen zur Tür herein. Sie sind äußerst mies gelaunt und behaupten, schon das dritte Mal hier zu sein. Diesmal wollen sie dafür sorgen, dass es kein viertes Mal geben kann. Gesagt, getan. Sie beginnen, die Gesangsanlage abzutransportieren.

An den alten Sperrholzboxen haben sie schwer zu schleppen, und es würde mich ebenso schwer wundern, wenn wir am Montag nicht feststellen werden, dass beim Transport irgendetwas Spitzes in die Bassspeaker gedrungen ist. Ja, ja, Livespielen zahlt sich halt nicht mehr aus.

Als die Bullen sich verabschieden wollen, kommt Brunner aus dem Nichts geschossen und wirft sich dazwischen.

»D-DA S-SIND SIE!«, schreit er und stimmt in das alte Volkslied ein. »H-H-HAUT DIE B-BULLEN P-PLATT WIE S-S-STULLEN!«

»Anwalt?«, frage ich ihn, bevor sie ihn rausführen.

»Q-Quatsch!«, lallt er.

Ich umarme ihn, lasse dabei das Dope unauffällig aus seiner Brusttasche verschwinden und halte ihn so lange fest, bis Max einen Fotografen dazu motiviert hat – nur für den Fall der Fälle –, ein Foto von *Brunner vorher* zu schießen.

Auch ihn können wir erst am Montag wieder abholen. Schimanski versucht noch, einen Deal anzuleiern, dass wir Mister Hyde, der, mit Obst, Käse und ausgedrückten Kippen geschmückt, in einer Ecke sitzt und vor sich hinmurmelt, gegen Brunner eintauschen.

»Einen Besoffenen gegen einen waschechten Propheten. Überlegen Sie mal, Herr Wachtmeister, wie das sich in Ihrem Bericht auswirken würde ...«

Aber die Grünweißen sind heute nicht für Späßchen zu haben. Trotzdem versucht er es noch mal und verkauft ihnen Mister Hyde als untergetauchten NSDAPler, aber auch daran haben sie kein Interesse. Ja, ja, die brutale, unrechtmäßige und verabscheuungswürdige Verfolgung der Nazis durch die Justiz ist ein Kapitel für sich.

Fünf Minuten später sind wir um eine Gesangsanlage und einen Bassmann ärmer, gleichzeitig um ein paar Anzeigen und Erfahrungen reicher. In meiner Hand halte ich einen Wisch, der mir bescheinigt, am Montag eine Gesangsanlage und eine Monsteranlage in der Dienststelle Ehrenfeld abholen zu können.

Als der letzte Beamte die Wohnung verlässt, hebt er zum Abschied den Zeigefinger. Steht einfach nur da und schaut uns der Reihe nach an. Alles klar. Das war's. Party is over.

Die Tür schließt sich sachte, und wir stehen erst mal ziemlich dumm herum. Ist ein übler Cut, ohne Musik. Plötzlich versteht man, was die Person, mit der man sich seit Stunden unterhält, erzählt. Die Stimmung fällt spürbar. Schimanski packt behutsam sein geliebtes Brett ein, während Sabine daneben steht und mit Argusaugen beobachtet, wie er es streichelt und abwischt, bevor er es sanft in den Koffer bettet.

»Na dann, alles Gute zum Geburtstag«, wünsche ich ihr.

Sie sieht mich gar nicht, hat nur Augen für den Brettspieler. Ich stehe noch ein bisschen herum, zögere das Unvermeidliche ein wenig hinaus, dann mache ich mich auf den Weg durch die Ruinen.

Als die ersten Uniformen sichtbar wurden, hatten es einige Leute sehr eilig, sich zu entsorgen. Um das Klo herum liegt genügend Dope, um Christiania durch einen harten Winter zu bringen, und von den Usern fehlt natürlich jede Spur. Genauso wie von der Klobrille, die einen neuen Besitzer gefunden hat. Der Duschvorhang ist am Boden zerstört, die Handtücher müssen auf die Sondermülldeponie, und das Zimmer, in dem die Tänzer tobten, sieht aus wie Dresden nach dem Krieg.

Durch das ausgehängte Fenster zieht eine laue Brise herein und verteilt den Qualm, der vom Teppich aufsteigt. Die Deckenleuchte ist zerschlagen, und jemand Innovatives hat die Glühbirne durch ein Frankfurter Würstchen ersetzt. In der New Yorker Kunstszene könnte ich dafür sicherlich fünftausend Dollar herausschlagen, aber wie immer hinkt Europa hinterher, also esse ich es.

Wenn man davon absieht, dass der Backofen dabei ist, ein paar Lederstiefel durchzuschmoren, und der Boiler nur noch halb an der Wand hängt, scheinen wir davongekommen zu sein, es muss nicht einmal renoviert werden. Schlaffis!

Während ich mir meinen Weg durch die Überreste bahne, klappert die Haustür ununterbrochen, und als ich schließlich wieder in der Küche lande, ist die Lage fast schon wieder familiär. Sogar Mister Hyde ist verschwunden. Als Max auftaucht und schwere Arbeitshandschuhe trägt, weiß ich auch, warum.

Ich knalle mich in einen Sessel und atme durch. Seit zwei Tagen bin ich im Einsatz, und mein Körper schreit mich müde an, aber mein Hirn rattert immer noch hochtourig. *Miststück!* Schlimmer noch, ich werde langsam wieder nüchtern, und wenn ich eins hasse, dann ist es, nüchtern zu werden, ohne schlafen zu können, also hole ich mir das Klapperkästchen aus der Jacke und bastele aus den Resten einen riesigen Apparat. Wenn ich an den Hammer von vorhin denke, dann steht gleich definitiv das N. D. bevor. Exakt, was ich jetzt brauche. *Miststück!* The same procedure as last year? The same as every year. *Nein!*

Nach dem zweiten Zug schlägt es ein. Als Letztes erkenne ich noch, wie Britta mir zuwinkt, dann bin ich weg.

Nasse Schwämme gleiten über mich. Ein Tintenfisch umarmt mich, saugt sich an mir fest, massiert mich. Das tut gut. Endlich kümmert sich jemand um mich. Ich streichele den Tintenfisch. Sie ist so weich. Sie küsst mich sanft, zieht mich aus, streicht mir die Haare aus dem Gesicht. Dankbarkeit durchströmt mich.

»Danke, Tintenfisch«, flüstere ich.

Der Tintenfisch kichert und legt mir einen nassen, weichen Saugnapf auf den Mund.

»Sanft dran saugen ...«

Ich gehorche. Das ist schön. Sie legt mir noch einen Saugnapf auf den Schwanz. *Ach, dafür haben Tintenfische so viele ...*

Langsam gleite ich hinüber.

11. Blues

Töne. Wundervolle Töne umströmen mich, locken mich, bringen mich zurück. Ich schlage die Augen auf. Neben mir liegt Britta in ihrer typischen Schlafhaltung und röchelt leise. Ich löse mich vorsichtig aus ihrem Griff und will mich gerade aus dem Bett rollen, als ich plötzlich gegen einen weiteren Körper stoße. BAFF! Herzrasen ... Dann erkenne ich, dass es eine von Brittas Mitbewohnerinnen ist. Ihr rotes Haar schimmert rosa im Morgenlicht. Ich klettere über sie hinweg und folge den Tönen.

Die Quelle sitzt in einer blitzblanken Küche und spielt selbstvergessen auf dem Brett. Auf dem Tisch liegen Baguettes und auf dem Herd dampft frischer Kaffee.

»Das ist schön.«

»Das Leben ist schön«, strahlt er.

Vielleicht ist sein Leben schön, meins tut weh. Der Schmerz sitzt im Kopf, in der Brust, hinter den Augen und in den Eiern. Überall pocht es dumpf, und in meinem Unterbewusstsein jagen Bilder von Tintenfischen, Sadobullen und Gewittern hysterisch durcheinander. An einem solchen Morgen muss ich natürlich den sonst so coolen Schimanski verliebt und voll verblödet antreffen. Ja, er ist stoned vor Glück, träumt alle Träume und spielt solche Harmonien. Aber er ist nicht mehr zwanzig, er weiß um die Risiken, kennt die Nebenwirkungen – deswegen sitzt er hier und spielt den Blues.

»Kommst wie gerufen«, sagt er und nickt zu einem Stück

Papier, das vor ihm liegt. »Ich schreibe gerade ein Liebeslied.«

Ich werfe einen Blick darauf. Oben links steht Liebeslied. Ansonsten ist das Blatt leer.

»Ist ja fast fertig.«

Er grinst nur und spielt ungerührt weiter.

»Ich schreibe gerade keine Liebeslieder«, sage ich.

Juckt ihn auch nicht. Er grinst und variiert die Akkorde. Sie breiten sich wie eine Frühlingswiese vor mir aus. Ein saftiges, vor Kraft strotzendes Stückchen Erde, dem jedes Gewitter nur noch mehr Leben einhauchen wird. Ich starre auf den Zettel. Liebeslied. Ich lach mich tot.

Schließlich schnappe ich mir den Stift und ändere erst mal die letzte Silbe in *Leid* um. Schon besser.

Schimanski wirft ein Blick auf den Zettel und unterbricht kurz sein Spiel, um mir den Stift wegzunehmen und das *Leid* durchzustreichen, dann gibt er mir den Stift zurück und spielt weiter.

»He, ich bin der Texter.«

»Liebeslied.«

»Ach, mach's dir doch selber ...«

Aber gerade das muss er wohl auch nicht mehr, und statt zu antworten, lässt er das Brett aufjaulen. Der Sound jagt mir eine Gänsehaut über die Arme. Lange, vor Sehnsucht schreiende Töne – es klingt wie ein geflicktes Herz.

Als er wieder runterkommt, sitzen wir erst mal da und schweigen. Dann lächele ich ihn an.

»Es hat dich voll erwischt, was?«

Er nickt und strahlt, dass einem schlecht werden kann.

»Willst du reden?«, fragt er.

Ich starre ihn an.

»Worüber?«

Er zieht die Schultern hoch.

»Schon gut, aber schraub deine Laune mal wieder hoch. Fängst an zu nerven.«

»He, du bist okay, ich bin okay.«

Er schüttelt grinsend den Kopf.

»Nee, ich bin nicht okay, du bist nicht okay, aber das ist ganz okay so. Und jetzt – Liebeslied.«

Wir sitzen noch ein paar Stunden am Küchentisch und feilen an dem Text herum, aber gegen Mittag ziehe ich mir dann doch die Kampfstiefel an und mache mich auf den Weg zum Schlachtfeld. Ich öffne die Tür zum großen Zimmer und staune, denn wo vor Stunden noch tiefstes Dresden war, ist jetzt friedlichstes Freiburg angesagt. Hier müssen zwanzig Trümmerfrauen geackert haben. Die Glasreste sind aus dem Fensterrahmen entfernt, und die Stiefel hätte ich mir auch sparen können, denn der Teppich liegt zusammengerollt in einer Ecke. Darunter ist der Holzboden geschrubbt.

Die Tür zu Vivis Zimmer steht offen, und das Erste, was ich sehe, ist meine Mitbewohnerin. Sie lächelt im Schlaf. Neben ihr liegt Marco und klammert sich an sie. Er klammert, sie lächelt. Manno.

Als ich wieder in die Küche komme, will Schimanski sich gerade auf die Socken machen.

»Ich gehe mal eben zu Sabine rüber. Kann ich das Brett so lange hier lassen?«

Ich nicke und versuche, mir nichts anmerken zu lassen. Seitdem ich ihn kenne, hat er sich noch nie weiter als ein paar Meter von seinem Brett entfernt.

Als er die Treppen hinunterschwebt, sieht er irgendwie nackt aus, und das bin ich fünf Sekunden später auch, als ich ins Bett gleite und mich an Brittas warmen Hintern ankuschele. Sie drückt sich weich an mich, und mein Schwanz macht, was er in dem Fall immer macht.

»Bist du wach?«, flüstere ich.

Sie sagt nichts, presst sich aber noch fester an mich, als ich ihre Brust streichele.

»Schläfst du?«

Sie seufzt, bewegt sich aber nicht. Ich stütze mich auf einen Ellbogen und werfe einen Blick auf ihr Gesicht. Ihr Mund ist leicht geöffnet, und sie lächelt selig. Müssen ja nette Träume sein. Ich dämmere immer wieder halb hinüber. Zwischendurch schrecke ich auf und werfe einen Blick auf Britta.

Irgendwann liegt sie nicht mehr da, und der Sonne geht es mittlerweile wie dem FC unter Atzinger-Bolten – sie geht unter. Die Rothaarige ist ebenfalls verschwunden, aber ich höre leises Stimmengewirr und rolle mich aus dem Bett, greife mir eine kurze Hose und mache mich auf, die Lage checken.

Ein kurzer Boxenstopp im Bad lässt meinen Atem besser riechen, als meine Zunge sich anfühlt, aber das hätte ich mir auch sparen können, denn kaum habe ich Freiburg betreten, drückt Britta mir auch schon ein Glas in die Hand.

»Was ist das?«

»Nicht reden – trinken.«

Ich leere das Glas in einem Zug. Als ich es ihr zurückgebe, kommt der Geschmack. Wodka pur. Ätzend! Das Zeug frisst sich durch meinen Magen, und Britta schaut fassungslos auf das leere Glas.

»Bist du ’n Hardcoresäufer geworden, oder was?«

»Noch nicht«, sage ich und schaue mich um.

In der einen Ecke sitzen Schimanski und Sabine und halten Händchen, in der anderen liegen Vivi und Marco und knutschen. Lauter Verliebte ... Genau, was ich jetzt brauche.

»War Max hier?«

Britta schüttelt den Kopf.

»Und wo ist die Rothaarige?«

»Nach Hause«, sagt sie. »Es ging ihr nicht gut.«

»Wem geht es das schon?«, sage ich und nehme ihr die Zigarette aus der Hand.

Sie mustert mich.

»Ich hab das Liebeslied gelesen.«

»Themenwechsel«, sage ich und fülle das Glas mit dem Rest der Wodkaflasche.

Britta schnappt sich meinen Arm und marschiert mit mir in die Küche zurück, wo sie sich vor mir aufbaut.

»Was soll diese Opfertour?«

»Nicht reden – trinken«, sage ich und halte ihr das Glas an den Mund.

Sie schaut mich einen Moment an, dann trinkt sie. Als ich das leere Glas absetze, zieht sie eine Grimasse.

»Die einzige Frau, neben der ich aufwachen kann, ohne mich einsam zu fühlen, nennt mich Opfer, wenn ich mal einen schlechten Tag habe.«

Ihre Augen weiten sich.

»Den schlechten Tag hast du seit Wochen! Und verschone mich mit diesem Schuldzuweisungsgequatsche, ja? Seit ich wieder da bin, rennst du mit dieser Flappe herum, und ich darf nichts sagen, nichts fragen, nichts machen, immer nur schön die Schnauze halten. Muss immer so laufen, wie Chef will, was?«

Sie steht wie ein Kampfhund vor mir. Funkelnde Augen, Zähne gebleckt. Wolken ziehen auf. Mein Kopf hämmert. Die Verliebten schmatzen. Ich bin müde.

»Tut mir Leid, so war das nicht gemeint.«

»Ach nein?«

»Hör mal, wenn ich dich vernachlässige, tut's mir Leid. Ändert sich bald wieder. Ich muss nur noch diese eine Sache ...«

»Wann hast du bloß aufgehört, dich für mich zu interessieren?«, unterbricht sie mich rau.

»He ...«

»Wann hast du aufgehört, mir Fragen zu beantworten, mich anzurufen, mich zu fragen, wie es geht, mich in den Arm zu nehmen. Du hast doch gar keine Ahnung, wie es mir geht!«

Für einen Augenblick sieht es aus, als würde sie anfangen zu weinen.

»Ich ...«

»Meinst du wirklich, ich wüsste nicht, dass sie wieder in der Stadt ist? Seitdem ist das Einzige, was du machst, hinter dieser egoistischen Schlampe herzurennen und herumzujammern, wenn sie dich mal wieder auflaufen lässt. Ein Jahr höre ich mir diese Scheiße schon an – *ein Jahr* ...! Weißt du, wie lang ein Jahr ist?«

Muss sie mich ausgerechnet jetzt zusammenfalten? Ich habe null Energie, um mich sinnvoll zu streiten. Wenn ich mich jetzt aufrege, flippe ich sicher gnadenlos aus, und Britta ist definitiv die falsche Adresse.

»Bin ich nicht. Und außerdem wäre es toll, wenn du aufhören würdest, mich für blöd zu halten.«

»Ich ...«

Sie hebt einen Finger.

»Lass mich raten ... Sie hat sich bei dir gemeldet, und daraufhin warst du so clever, sofort zu ihr rüberzuhecheln, um dein Ding in sie zu stecken. Als sie herausgefunden hatte, dass sie dich immer noch herumkommandieren kann, hat sie dich mal wieder abserviert, und, hui, das kam für dich dann doch ziemlich überraschend, nicht?«

»Scheiße, wenn du alles so verdammt besser weißt, warum fragst du dann noch?«

»Ich wollte es von dir hören«, sagt sie und dreht die Augen zur Decke. »Nicht zu fassen! Wie kann man nur so *dämlich* sein? Hast du keine Selbstachtung? Merkst du nicht, was hier vor sich geht? Sag mal, bist du eigentlich *total* bescheuert?! Du hast nichts dazugelernt! *Nichts!*«

Ich schaue sie an, während sie weitertobt. Ihre blitzenden Augen, ihre roten Wangen, die geballten Fäuste. Sie ist wunderschön. Schlimmer noch, sie hat Recht. Vielleicht habe ich nichts dazugelernt, aber das wird nicht so bleiben, ich bin ja nicht blöde, und es wird Zeit, es zu beweisen. Nicht nur ihr.

Plötzlich unterbricht sie ihren Redeschwall und legt den Kopf schief.

»Du hörst mir doch zu ...«

»Sonst noch was?«, frage ich still.

Sie will schon aufbrausen, merkt aber rechtzeitig, dass ich es so meine. Sie schließt die Augen und atmet tief durch.

Als sie sie wieder aufmacht, schießt pure Energie heraus.

»Was erwartest du von ihr?«

Ich zucke die Schulter.

»Nein, komm schon ...«

»Ich weiß es wirklich nicht.«

Sie zieht eine Grimasse.

»Du rennst ihr hinterher, lässt dich erniedrigen und weißt nicht mal, *warum*?«

»Schon gut.«

»Nein, gerade *das* ist es auf keinen Fall!«

Stille. Sie mustert mich.

»Liebst du sie?«

»Nein.«

Ich bin verblüfft, wie leicht mir die Antwort über die Lippen kommt. *HA!* In meinem Bauch fängt es an zu brodeln. *Natürlich* liebe ich dieses Miststück nicht!

Britta schaut mich verblüfft an, doch als sie mitkriegt, dass ich nicht über sie lache, entspannt sie sich etwas.

»Was dann?«

»Ich weiß es nicht, okay?«, lache ich und werfe die Arme in die Luft.

»Es muss doch einen Grund für ... all das geben.«

Ich stimme ihr nickend zu und zucke gleichzeitig die Schultern.

»Ist sie so gut im Bett?«

Manno.

»Also der Sex ist es, ja?«, nervt sie weiter.

Meine Schultern antworten wieder ratlos. Sie haut mir auf den Arm.

»Au! Was soll ich denn sagen? Dass sie gut bläst und einen geilen Arsch hat?«

Sie nickt, will hören, was sie gar nicht wissen will.

»Sie bläst gut und hat 'n geilen ... au!«

Ich reibe mir den Arm. Sie startet einen neuen Versuch.

»Macht sie etwas ... Besonderes?«

»Ja. Sie stellt keine beknackten Fragen!«

»Aber du traust ihr nicht, oder?«

Darüber brauche ich erst gar nicht nachzudenken. Ich schüttele den Kopf.

»Aber mir vertraust du, oder?«

»Du bist meine beste Freundin.«

Sie nickt.

»Genau – *ich*! Und wenn es dich so scharf macht, wie Scheiße behandelt zu werden, warum rennst du dann nicht hinter mir her? Ich könnte mir da etwas einfallen lassen.«

»Britta, Süße, du bist meine beste *Freundin*!«

»Mit der du manchmal schläfst.«

»Ja, manchmal, aber eben nicht häufiger. Hast du etwa schon vergessen, wie es mit uns beiden lief?«

Sie funkelt wieder.

»Du Arschloch! Du hast dich doch gar nicht auf mich *eingelassen*! Du warst doch die ganze Zeit damit beschäftigt, von dieser ... dieser ... *Dings* zu erzählen! Sie hat mich verlassen! Sie hat mich belogen! Sie ist beziehungsunfähig! Sie ist eine Schlampe! Sie liebt jemand anders ... Jammerheulschnief!«

»Wem soll ich es denn sonst erzählen, du bist meine beste Freundin.«

»Genau! Wir reden, saufen, tanzen, baden und schmusen zusammen. Wir gehen auf Lesungen, ins Kino, auf Konzerte. Wir pflegen uns gegenseitig, wenn wir krank sind, kleben nachts Plakate, gehen im Morgengrauen schwimmen, und bevor du impotent wurdest, hatten wir sogar gelegentlich Sex miteinander. Verstehst du denn nicht? Wir haben schon alles, was man braucht, um eine klasse Beziehung zu führen, und wenn mich nicht alles täuscht, *würden* wir das auch, wenn du dein Gehirn einen Meter höher tragen würdest. Verdammt, worauf wartest du denn noch?«

»Was willst du denn von mir? Soll ich dir einen verdammten Antrag machen?«

Sie lächelt.

»Wär ein Anfang ...«

Ich starre sie an.

»Das meinst du nicht ernst.«

Sie schaut mich nur an. Ich schlage mit den Händen aus.

»Du willst, dass wir *heiraten*?«

»Fang dich mal wieder – es war von einem Antrag die Rede.«

»Ich versteh gar nichts mehr ... Worüber reden wir denn gerade?«

»Exklusivrechte«, sagt sie.

Ich starre sie wieder an. Sie nickt. *Exklusivrechte* ...

»Wie in *Erstverwertung*?«, lache ich.

»Was ist daran so komisch?«

»Nein, nein ... verstehe schon, es ist nur ... so hat ihn noch niemand genannt!«

Ich platze. Omannomannomann ... Ich lache das Telefonat zu den Akten und mich zu Boden. Britta lässt sich neben mich fallen.

»Na, wenn das so ist«, sagt sie und beginnt, mein Hemd aufzuknöpfen.

»Britta ...«

Sie schiebt eine Hand rein.

»Brittaaa ...«

Sie findet meine Brustwarze und drückt sie leicht.

»HEY!«

Sie reißt erschrocken ihre Hand zurück.

»Herrgott im Himmel! Kaum fahre ich mal vier Wochen weg, schon ist alles im Arsch! Wir reden nicht, wir vögeln nicht, und das nennst du Freundschaft?«

»Gestern wollte ich ja, da hast du mich ausgelacht.«

»Du wolltest *sie* vögeln – nicht mich.«

»Quatsch«, lüge ich.

Sie mustert mich. Dann schüttelt sie den Kopf und schenkt mir erstaunlicherweise ein leichtes Lächeln.

»Du bist wirklich ein miserabler Lügner ... Und weißt du, was echt tragisch ist?«

»Der Verkauf von Häßler, die Trennung der Beatles, Freiheitsstrafen für Päderasten ...«

Ich halte inne, warte auf den Schlag. Nichts passiert.

»Hm. Vielleicht Typen, die ihre beste Freundin nicht vögeln?«

»Dass du dich selbst belügst.«

So liegen wir eine Zeit lang da. Schließlich löse ich mich und küsse sie auf die Wange. Sie beobachtet schweigend, wie ich mich auf die Beine kämpfe und anfange, die Küchenschränke auszuräumen.

Ich stelle eine Pfanne auf den Herd und schlage ein paar Eier auf.

»Was machst du da?«
»Spiegeleier. Mit Kroketten.«
Ihre Mimik verändert sich.
»Ein dänisches Junggesellenmenü?«
Ich nicke.
»Nur du und ich?«, fragt sie.
Ich nicke wieder.
»Und was gibt's zum Dessert? Rødgrød med fløde?«
Sie macht ein paar Handbewegungen, als würde sie sich die Backenzähne putzen.
Ich grinse sie an.
»Kannst du nie an was anderes denken?«
»Klar, währenddessen.«
Ich schaue sie an. Sie lächelt unschuldig.
»Kleiner Scherz ...«
Das Telefon klingelt und bewahrt mich vor weiteren.
»Ja?«
Am anderen Ende weint eine Frau.
»Wer ist da?«
»Ich bin's ... Sarah ...«
Meine Schwester. Eine eiskalte Hand legt sich um mein Herz. Ihre Stimme klingt so leer. Ich kriege *bad vibes* – es ist was Böses passiert.
»Was ist passiert?«
»Mor ist tot«, sagt sie.
Mein Herz setzt aus.
»Was ...«
»Mor ist tot. Er hat sie umgebracht.«
»Red keinen Mist! Was ist los?«
»Die Kripo war gerade hier. Er hat sie erwürgt.«
»Nein ...«
»Tach, Mor ist tot. Sie ist weg! Verstehst du denn nicht ...«
Sie weint.

»Bist du sicher?«

Als Antwort wird ihr Weinen lauter. Mir wird schlecht.

»Ich habe Susann angerufen«, sagt sie, »sie kommt mit der nächsten Maschine.«

»Wo ist er?«

»Er hat sich danach umgebracht.«

Stille. Ich versuche zu begreifen, was hier gerade passiert. Was passiert. Muss hin.

»Ich bin in vier Stunden da. Nein, warte, ich kann jetzt nicht fahren. Morgen früh.«

»Okay«, weint sie leise.

»Du bist doch nicht alleine, oder?«

»Alex ist bei mir.«

Ihr beknackter Mann. Aber jetzt bin ich sogar über seine Anwesenheit froh.

»Ich bin gegen sieben bei euch.«

»Sie ist tot, Tach. Tot.«

»Wird alles wieder gut. Versuch zu schlafen. Morgen, wenn du aufwachst, bin ich schon da.«

»Einfach weg«, sagt sie leise und legt auf.

Ich starre auf den Hörer. Britta mustert mich mit großen Augen. Es ist nicht wahr. Es *kann* nicht wahr sein! Dieses Arschloch hat nicht meine Mutter umgebracht. Dieser Wichser, dieses verdammte Stück Scheiße hat nicht meine Mutter umgebracht. Es ist nicht wahr ...

12. Das Eis

Ich weiß nicht, wie ich nach Wolfsburg gekommen bin, aber morgens um sieben steige ich vor Sarahs Haus aus Brittas Auto. Bevor ich klingeln kann, geht die Tür auf, und Susann fällt mir weinend in die Arme. Ich halte sie. Lange. Hinter ihr stehen Sarah und ihr Mann Alex. Ich nicke den beiden zu. Susann durchweint mein Hemd. Ich sehe es, merke es aber nicht. Hunderte Jahre tief in mir vergraben.

Sarah kommt näher und umarmt uns. So stehen wir miteinander. In diesem Augenblick enger vereint als je zuvor. Mir wird klar, dass das nicht der richtige Augenblick ist, um zusammenzubrechen.

Sarah löst sich.

»Möchtest du einen Kaffee?«

Ich nicke und werde *endlich* die einzige Frage los, die mich auf dieser beschissenen Welt interessiert.

»Was ist passiert?«

»Er hat sie umgebracht. Danach hat er sich im Keller erhängt«

Ich starre sie an.

»Aber *was ist passiert*?«

Sie zieht die Schultern hoch.

»Ist sie wirklich tot? *Bist du sicher?*«

Sarah nickt nur. Susann schluchzt laut auf. Ich ziehe sie noch enger an mich. Jetzt glaube ich es. Begreifen kann ich es nicht. Sie kann nicht tot sein. Ich kann nicht hier sein und sie ist weg. Sie war schon immer da, schon immer ...

»Dieser verdammte ... dieser ...«

Ich atme tief durch. Versuche, den Schmerz reinzulassen, aber nur Hass brennt in meiner Brust. Will raus. Irgendwas kaputtmachen. Zerstören, was mich zerstört.

»Wo ist sie?«

»In der Pathologie. Wir können um elf hin.«

Wir trinken Kaffee. Susann in meinem Arm. Sarah in der Nähe. Gutes Gefühl. Endlich sind wir wieder zusammen. Aber Alex lässt uns keine Minute alleine. Steht rum, stört, redet Klugscheißerzeug. Ich mag ihn nicht.

Sarah erzählt, was die Kripo ihr mitgeteilt hat: Ein Nachbar hat ihn im Keller gefunden und die Polizei gerufen. Die haben dann bei Mor geklingelt, um sie zu benachrichtigen, dass ihr Ehemann sich umgebracht hat. Als niemand öffnet, machen sie die Tür auf und finden sie im Bett. Daneben zwei Abschiedsbriefe. In dem ersten bittet er denjenigen, der ihn findet, seine geliebte Ehefrau zu benachrichtigen, dass seine Schmerzen zu groß sind, um weiterleben zu können. In dem zweiten schreibt er, er hat beschlossen, seine geliebte Ehefrau mit in den Tod zu nehmen, weil sie ohne ihn nicht leben könne. Daraus schließt die Kripo, dass es eine Handlung im Affekt war. Dass die Hündin eine Woche zuvor eingeschläfert worden ist, deutet auf das Gegenteil hin, aber wen interessiert das schon? Opfer identifiziert, Täter tot, Fall abgeschlossen. Kein Ansprechpartner, keine weitere Auskunft.

Wir fahren zur Pathologie. Endlich ohne Alex. Ich stehe unter Strom, wenn er in der Nähe ist. Während der Fahrt reden wir über alles andere. Sarah erzählt von der Schule für frühmusikalische Erziehung, die sie eröffnet hat, Susann von ihrem Kindergarten. Ich höre nur zu, genieße es, die beiden bei mir zu haben. Lange her. Zu lange. Bei Susann, weil sie wieder nach Dänemark zurückging, bei Sarah wegen Alex. Sie meint, ihn gegen mich verteidigen zu müssen, dabei greife ich gar nicht ihn an, nur Dinge, die er tut. Sarah sieht keinen Unterschied, und ich ertrage blinde Loyalität nicht. Aber es ist ihr Leben, ihr Mann und damit auch ihr Problem, daher habe ich mich in den letzten Jahren zu dem Thema zurückgehalten, um zu der geografischen nicht eine noch größere Entfernung zwischen uns zu bringen. Ich ahne schon, dass es schwer sein wird, das durchzuhalten.

Als wir vor der Pathologie anhalten, sagt Sarah, dass sie nicht mit reingehen kann. Sie will sie anders in Erinnerung behalten.

»Grüß sie«, sagt sie, als wir aussteigen.

Wir müssen ein paar Minuten in einem Empfangsraum warten. Kerzen flackern. Die Stille wiegt Tonnen. Dann werden wir zu ihr geführt. Sie liegt, in ein weißes Laken gehüllt, auf einem Bett. Wir stellen uns daneben und schauen sie sprachlos an. An der Stelle, wo ihr vor Jahren ein besoffener Autofahrer das rechte Bein abgefahren hat, fällt das Laken abrupt auf das Bett hinunter, und erst jetzt, wo ihre Energie nicht mehr auf mich einwirkt, wird mir so richtig bewusst, dass meine Mutter behindert war. Ihre Zungenspitze schaut zwischen ihren Lippen leicht hervor, und dort, wo das Laken verrutscht ist, erkennt man an ihrem Hals die Fingerabdrücke ihres Mörders. Ansonsten liegt sie da, als würde sie gleich aufstehen und einen Witz machen.

Wir warten ein paar Minuten, aber sie tut es nicht. Susann weint wieder. Ich will sie berühren, küssen, irgendwas sagen, aber ich kann nicht.

»Ob sie was gespürt hat?«

Ich schüttele den Kopf.

»Sie hat geschlafen und ist einfach nicht mehr aufgewacht.«

Ich weiß nicht, ob sie mir glaubt. Ich hoffe es. Ich würde es gerne selber glauben.

Wir stehen noch ein paar Minuten rum, dann tue ich es. Ich strecke meine Hand aus, um Mors Wange zu streicheln. Als ich sie berühre, kriege ich einen Schock. Sie ist *eiskalt*! Ich zucke zurück.

Susann schaut mich erschrocken an.

»Was ist denn?!«

»Nichts.«

Jetzt weiß ich, was Sarah damit meinte, dass sie Mor anders in Erinnerung behalten will. Lebend. Warm. Ich muss Susann hier herausbekommen.

»Lass uns gehen.«

Sie schaut zu Mors Körper.

»Können wir sie alleine lassen? Braucht sie uns nicht noch, irgendwie ...«

Ich gehe zu ihr, nehme sie in meine Arme.

»Sie ist nicht mehr hier. Komm.«

Sarah wartet vor der Tür.

»Ich habe die Schlüssel für die Wohnung«, sagt sie. »Wir könnten noch mal rein. Wollen wir?«

Wir wollen. Vielleicht treffen wir sie ja da. Irgendwo muss sie ja sein.

Ich war noch nie in ihrer Wohnung, ohne dass sie da war. Ist ohne sie fremd. Das Bett ist auf ihrer Seite zur Hälfte abgezogen, ansonsten sieht es in der Wohnung völlig normal aus. Irgendwie hatte ich gedacht, Hinweise zu finden. Worauf, weiß ich nicht, aber *irgendwas* ...

Die Abschiedsbriefe liegen fein säuberlich auf dem Küchentisch. Als ich sie lese, durchfährt mich ein greller Stromschlag. Brennt durch mich durch, und ich muss mich zusammenreißen, um meinen Hass nicht an den Menschen auszulassen, die *bei* mir sind. Ich höre meine Zähne knirschen, versuche zu atmen. *Er ist tot! ER. IST. TOT.* Weg. Vergangenheit. Hat ausgeschissen. In der Hölle. Am Ende. Fertig, over, tot ... Und das erspart ihm Schmerzen! *JETZT REISS DICH VERDAMMT NOCH MAL ZUSAMMEN!*

Mein Gesicht schmerzt. Ich lasse die beiden mit den Briefen alleine, die sie immer und immer wieder lesen, als könnten sie dadurch begreifen, was im Schädel eines so kaputten Menschen vor sich ging. Ich setze mich ins Wohnzimmer und schaue mich um. Es ist aufgeräumt. Das Einzige, was nicht hier hinpasst, ist eine schlecht zusammengerollte Nylonschnur, die achtlos dahingeworfen liegt. Das wird doch nicht ...

Ich werfe einen schnellen Blick zur Küchentür und trete die Schnur, so weit wie es geht, unter das Sofa. *Nicht nachdenken! Nicht nachdenken!*

Ich setze mich wieder hin und schaue aus dem Fenster. Der Garten ist wie immer. Blüht in allen Farben. Bienen summen. Zeit vergeht. Das Telefon klingelt. Mein Herz springt, und ich greife nach dem Hörer, ich weiß, dass sie es ist. Sie hat sich verspätet, ist aber gleich da und freut sich, uns alle zu sehen.

»Ja?«

»Schönen guten Tag. Hier ist Müller von der Firma Splenda. Ist Frau Rolsted zu sprechen?«, fragt eine Männerstimme.

»Nein.«

»Wann kann ich sie denn erreichen?«

»Worum dreht es sich denn?«

»Mit wem spreche ich?«

»Ich bin der Sohn von Frau Rolsted.«

»Ach so, ja dann, gratuliere, Ihre Mutter hat bei unserem Preisausschreiben mitgemacht und ein TV-Gerät gewonnen.«

Der Garten ist wirklich schön. Normalerweise müsste sie jetzt da draußen sitzen und singen.

»Sind Sie noch dran?«

»Sagen Sie das noch mal«, flüstere ich.

»Stereosound, Bildschirmtext, siebzig Zentimeter.«

»Das meinen Sie nicht im Ernst ...«

»Doch, doch, gewonnen! So ist es im Leben – unverhofft kommt oft. Also, wann kann ich Ihre Mutter erreichen?«

»Sie kommen zu spät.«

»Ich kann morgen früh noch mal ...«

»Meine Mutter ist tot.«

Es bleibt zwei Sekunden still in der Leitung, dann wird sie unterbrochen. Ich lege den Hörer auf und lächele. Das Leben ... Der Anflug von Leichtigkeit verflüchtigt sich sofort wieder, als mir klar wird, was als Nächstes ansteht. Ich stehe auf und gehe in die Küche.

»Seid ihr so weit?«

Sie nicken. Haben wieder geweint. Sarah hält mir die Briefe entgegen.

»Willst du sie?«

Fast schlage ich sie, dann schüttele ich nur den Kopf. Sie steckt sie ein, als wären sie was Kostbares. Dann gehen wir es an.

Das Testament und die Dokumente für die Beerdigungsformalitäten liegen seltsamerweise griffbereit. Ihr letzter Wunsch war es, in Dänemark verbrannt und bestattet zu werden. Wir suchen trotzdem weiter. Nach Erinnerungen. Ich habe jetzt schon Angst vor meinen.

Aus den Unterlagen, die wir finden, geht hervor, dass sie hoch verschuldet war. Wir haben keine Ahnung, was sie oder das Arschloch mit all der Kohle angestellt hat, aber es ist schnell klar, dass wir das Erbe ausschlagen müssen.

Auf einer Kommode steht ein Nähkästchen. Solange ich

denken kann, hat sie diesen Kasten benutzt. Ich packe ihn ein, obwohl ich ihn nicht behalten werde. Will nur wissen, wo er ist.

Nach einer Stunde wird es zu viel. Wir haben alle etwas, was wir von ihr mitnehmen wollen, und brechen auf. Vor der Tür hat sich ein Haufen aus Nachbarn und Gaffern zusammengerottet. Ein alter Mann kommt auf mich zu.

»Ich habe ihn gefunden«, sagt er.

Ich nicke und schaue auf den Boden, gehe weiter, komme mir vor wie ein beschissener Leichenfledderer.

Nach einem Zwischenfall beim Bestattungsinstitut, wo ein Menschenhasser so lange versucht, aus der Überführung nach Dänemark Geld herauszuschlagen, bis Susann wieder anfängt zu weinen und ich ihm den Schreibtisch abräume, sind wir wieder bei Sarah und schauen uns alte Fotos an. Die Stimmung ist etwas besser. Sarah und Susann weinen nur manchmal. Bei mir tut sich immer noch nichts. Keine Trauer, nur Hass. HASS. Ich weiß nicht, wohin damit. Alex glänzt mit dummen Bemerkungen über den Mörder. Ich sage ihm nicht, wie sehr er mich an ihn erinnert. Meine Kiefermuskeln schmerzen.

Als ihm nichts mehr einfällt, beginnt er, über Mor zu lästern.

»Wie konnte sie nur mit so einem *Typen* zusammenleben?«

Ich schaue zu Boden. Versuche, bei mir zu bleiben, aber es wird mit jedem Atemzug schwieriger. Er legt es richtig darauf an, und ich bin so verdammt schwach, merke, wie meine Fäuste sich ballen, und renne im letzten Moment aus dem Haus, spurte durch den Garten auf die Straße. Ich habe Angst. Vor mir. Hab Angst, so zu werden wie die.

Ich laufe, bis mir schlecht wird. Der Regen erfrischt. Ein Gefühl, das sie nie wieder haben wird. Das Leben so schön.

Irgendwann muss ich kotzen. Eine Ewigkeit knie ich im Straßengraben. Erst als ich nichts mehr von mir geben kann, hocke ich mich auf einen Kilometerstein und starre in den Himmel. Ein Punkt zwischen zwei Punkten. Kein Anfang, kein Ende. Brennender Hass, eisige Kälte.

»Geht's Ihnen nicht gut?«

Eine alte Frau steht vor mir und schaut mich mitleidig an.

»Soll ich Ihnen einen Krankenwagen rufen?«

»Es geht schon ...«

»Sie werden sich erkälten«, sagt sie und geht weiter.

Ich schaue die verlassene Straße hinunter. Der Regen nimmt zu. Ich will zu meiner Familie, nach Hause, heim. Ich will zu meiner Mama. Aber sie ist nicht da. Doch meine Geschwister sind da.

Als wir klein waren und mein Vater rauskam, um uns zum Essen oder Schlafen ins Haus zu rufen, da kreierte er aus Faulheit eine Abkürzung unserer Vornamen: »SaSuTa.« Von da an waren wir immer, wenn wir zusammen waren, »SaSuTa« – zu dritt. Das machte uns stärker als die anderen. Um dieses Gefühl für ein paar Stunden zu haben, will ich versuchen, mich zu beherrschen, will ich versuchen, Alex' Sprüche zu überhören. Will ich versuchen, meinen Hass nicht auf ihn zu projizieren. Nur ein paar Stunden ...

Abends kochen wir zusammen. Ich schäle gerade Kartoffeln, als ich an Sarahs Rücken sehe, dass sie wieder weint. Ich gehe hin, um sie aufzumuntern, aber sie will nicht aufgemuntert werden, also kitzele ich sie ein bisschen. Sie mault. Ich kitzele sie weiter. Sie mault wieder, aber ein leichtes Lächeln bildet sich in dem nassen Gesicht. Ich will gerade ein richtiges Lachen aus ihr herauskitzeln, als sich Alex vor mir aufbaut.

»Lass meine Frau zufrieden.«

Ich schaue ihn entgeistert an und sehe, dass er es ernst meint. Auf eine solche Gelegenheit hat er gewartet. Ich schaue zu Sarah, sie schaut weg. Da wären wir wieder. So ähnlich war die Situation damals schon, als ich beschloss, den Kontakt abzubrechen, bis sie sich eine eigene Meinung zulegt. Es gibt nichts mehr zu sagen.

Ich packe meinen Kram und verabschiede mich von Susann.

»Du kannst dich immer melden«, sage ich im Vorbeigehen zu Sarah.

Ich warte noch an der Tür. Aber sie hebt nicht den Blick. Wie kann sie nur ... Sieht sie nicht die Parallele? Sieht sie nicht, dass sein Ego ihm nie erlauben wird, ihr zu gönnen, dass sie glücklicher ist als er?

Als ich losfahre, steht Tarzan in der Tür und triumphiert. Das endet böse.

13. Nichts

Um mich herum tobt die Band, versucht, durch übertriebene Härte zu kaschieren, dass ihr Sänger nicht anwesend ist. Ich liefere gerade den schlechtesten Gig meines Lebens ab, und es ist mir egal. Zum ersten Mal in meinem Leben bin ich auf der Bühne passiv und lasse die Jungs im Stich. Ich sehe es und kann nichts dran ändern.

Auf dem Heimweg ist es merklich ruhig im Bus. Les McCann's *River high, river low* geht spurlos an mir vorbei. Es muss schlimm um mich stehen.

Die Jungs wissen Bescheid. Es gab kein böses Wort nach der Show. Außer vom Clubbesitzer. Er machte sich einen Spaß daraus, uns zu erklären, dass *voll abzuräumen* nicht bedeutet, den Saal leer zu spielen. Daraufhin fasste Max ihn an den Armen und trug ihn aus dem Backstagebereich. Beim Abbau war von dem Typen nichts mehr zu sehen. Keine Ahnung, was Max mit ihm gemacht hat, aber die Securities ließen uns zufrieden, und die Gage bekamen wir auch. Wozu auch streiten? Der Typ hat Recht. Er gibt uns die Chance, nach den Lokalmatadoren zu spielen, was knifflig ist, und wir leeren die Hütte in Rekordzeit. Er hat es sowieso nur gemacht, weil er uns was schuldete. Jetzt schulden wir ihm was. Und ich den Jungs.

Das Wiederkommen war ätzend. Jeder wollte wissen, was los war, und ich wusste nichts zu sagen. War was? *Ist* was? Ich kriege mehr und mehr das Gefühl, dass es nur ein Traum war. Aber Mor hat sich seitdem nicht mehr gemeldet.

Britta kannte sie. Ihr war ich es schuldig, zu reden, zu erklären, als *wüsste* ich was. Ich habe ihr das Nähkästchen geschenkt Jetzt weiß ich wieder, wo es ist.

Ich starre auf die Büchse in meiner Hand, sehe, dass ich sie zerdrückt habe.

»Hm?«, fragt Max.

Ich nicke. Er drückt mir eine neue Büchse in die Hand und wirft mir einen Blick zu.

»Hm?«

Ich schüttele den Kopf und lege meine Hand auf seine Schulter. Nein, ich will nicht reden, aber es ist gut, dass er hier ist. Wo bin ich?

14. Zeit

Die folgenden Wochen ziehe ich durch, als hätte ich eine Deadline. Ich renoviere die Wohnung, räume den Keller auf, mache Sport und gehe Kohle anschaffen. Alles, was nur Technik, Disziplin und Kraft erfordert, funktioniert. Alles andere nicht. Britta ist verletzt. Sie will mir helfen. Kann sie nicht. Sie versteht das natürlich, hat aber gleichzeitig kein Verständnis dafür, dass ich für mich bin. Sie sagt, gerade *jetzt* wäre sie gerne bei mir. Ich auch.

Eines Abends erwischt sie mich am Telefon. Wir reden lange, und sie weicht einen Teil von mir auf, aber, nein, sie braucht nicht rüberzukommen. Ich habe Angst, sie anzufassen. Angst, dass sie kalt ist.

Nach dem Telefonat fange ich an zu schreiben, bevor das Eis wieder gefriert. Das Papier verschwimmt vor meinen Augen. Es tut weh. Und gut. Zu weinen. Endlich. Zuerst habe ich Angst, nicht wieder aufhören zu können, dann kommt die Angst, aufzuhören, denn endlich spüre ich mich. Ich atme. Ich bin warm, ich bin hier. Ich *lebe*! Aber das Eis kommt wieder.

15. Zeit

Ich sitze auf der Dachrinne und warte. Keine Ahnung, worauf. Vielleicht auf den Eisbrecher. Vielleicht auch auf zehn Meter freien Fall. Ich habe solche Sehnsucht nach *irgendeinem* Gefühl ... Vielleicht würde der Schmerz vom Asphalt mich wieder zu mir bringen.

Ich lehne mich vor, schaue hinunter. Die Tiefe lockt. Der Wind berauscht mich. Er ist stark heute. Vielleicht würde er mich ein paar Sekunden tragen. Fliegen. Ich schließe die Augen ...

Das Telefon klingelt, schneidet durch den Wind, bricht den Bann. Ich lehne mich wieder zurück, klammere mich an den Fenstersims und drehe mir zitternd eine Zigarette. Die Maschine springt an. Lügt für mich. Es ist Roman. Er hat gehört, was passiert ist, und ist wieder von Mallorca zurückgekommen, wo er die Insel vergeblich nach seinem Schriftstellerspirit abgesucht hat. Er beschimpft mich. Sagt, er hätte gedacht, wir wären Freunde, und dass ich ein gottverdammter Lügner wär. Ich sollte schnellstens meinen Arsch an das beschissene Telefon schieben, ich hätte die Scheißpflicht, ihn anzurufen, und ob ich schon mal von dem Wort Verantwortungsbewusstsein gehört hätte ...

Zum Schluss überschlägt sich seine Stimme. Er hat Angst. Angst um mich. Angst um unsere Freundschaft. Vielleicht hat er auch den Wind gespürt. Aber ich wäre nicht gesprungen.

Ich zünde die Zigarette an. Beobachte, wie der Wind den

Rauch nach oben trägt. Ich doch nicht. Zu viele offene Rechnungen. In zwei Wochen ist der Gig im E-Werk, und der ist nicht nur wegen der Plattenfirmen wichtig, die sich angekündigt haben. Auch nicht wegen der Presse, die uns trotz Karin S. zurzeit mehr als freundlich behandelt. Nein, wichtig hauptsächlich wegen der Jungs, die in den letzten Wochen alle meine Anfälle klaglos über sich ergehen ließen. Ich schulde ihnen was, und die beste Art, die Rechnung zu begleichen, wäre, mir bei diesem Gig das Herz herauszureißen und den besten Auftritt aller Zeiten hinzulegen. Oder zumindest einen normalen. Aber ich mache mir keine Illusionen, momentan sieht es nicht gut aus. Es sieht nicht einmal schlecht aus. Es sieht nach gar nichts aus. Das Eis ist zu stark. Ich fühle mich wie der Eismann persönlich, kalt, zu, dicht. Nichts davon klingt nach Rock 'n' Roll. Bin aus der Spur gelaufen, habe nichts zu geben, nichts zu sagen, außer: *Lasst mich zufrieden!* Und das ist kein Spruch, der einen Club zum Toben bringt.

16. Danmark

Am nächsten Morgen mache ich mich endlich auf den Weg und bin zwölf Stunden später in Vejby/Dänemark, in dem Sommerhaus von meinem Dad. Er ist mittlerweile dreiundsiebzig, und seine Freundin Grete ist noch zwei Jahre älter, doch sie benehmen sich wie kleine Kinder, nichts als Blödsinn im Kopf. Ein Genuss, die beiden zu beobachten.

Beim Abendessen erzähle ich Far alles. Er sagt nichts dazu. Was gibt es auch zu sagen? Dennoch hatte ich gehofft, dass er den einen Spruch rausgetan hätte, der alles erklärt. Stattdessen drückt er mir meinen alten Badereifen in die Hand und sagt: »Geh schwimmen.«

Wenn man mit dem Meer zusammen sein will, dann geht man einfach rein und wird Teil der Bewegung. Es öffnet sich und nimmt einen, je nach Laune, mal sanft oder etwas rauer auf. Wenn man genug hat, schwimmt man zurück. Das Meer schließt sich wieder und macht weiter wie gehabt. Es macht sich nicht davon abhängig, ob du da bist oder nicht, nimmt dich aber immer wieder auf, scheißegal, wie es dir gerade geht. Ebbe und Flut. Tag und Nacht. Jahr für Jahr. Berechenbar, zuverlässig, stark. Eine bessere Freundschaft kann es nicht geben. Ich bin zu Hause.

Sonnenaufgänge, Sonnenuntergänge, Sonnenaufgänge, Sonnenuntergänge. Den Morgen verbringe ich am Strand, mittags essen wir zusammen, nachmittags bin ich wieder am Strand, bis die Sonne untergeht. Kein Telefon, keine Termine, keine Nachrichten. Manchmal übernachte ich windgeschützt neben einem alten Bunker. Wenn die Sonne sich morgens aus dem Wasser kämpft, schwimme ich ihr ein Stück entgegen und sauge sehnsüchtig die ersten Strahlen auf. Sie bringt die oberste Eisschicht zum Schmelzen.

Jeden Tag kommt eine Frau mit einem Bobtail vorbei. Am dritten Tag begrüßt mich der Hund wie einen alten Freund. Kann an dem Wasser liegen, das ich ihn täglich aus meiner Hand saufen lasse, aber vielleicht erinnere ich ihn auch nur an einen seiner Brüder, denn ich habe aufgehört, mich zu rasieren, und meine Haare werden langsam zu Dreads.

Wenn der Zottel zu lange bei mir bleibt, ruft die Frau ihn in einer Sprache, die ich nicht verstehe, und bleibt dabei in sicherer Entfernung zu dem nackten, verwilderten Typen stehen.

Nach ein paar Tagen grüßen auch wir uns.

Friedhöfe sind die letzten Großstadtoasen. Hier findet man nicht nur den ewigen Frieden, sondern auch den augenblicklichen. Keine Autos, keine Verkäufer, keine Machtkämpfe, nur gedämpfte Stimmen und leises Abschiednehmen. Hier darf man noch verzweifelt sein, ohne zu riskieren, zwangseingeliefert zu werden.

Wenn ich früher traurig war, bin ich oft hierher gegangen, um in Ruhe weinen zu können, und habe dabei festgestellt, dass jeder, dem man hier begegnet, deine Trauer respektiert. Ob du heulst, weil dein bester Freund gerade gestorben ist, oder weil du nur keine Karten für das Endspiel bekommen hast, egal, hier wird Trauer nicht bewertet.

Der Wind ist frisch, die Haare des Priesters flattern leblos, schwarzer Stoff flattert, viele haben sich hübsch gemacht, aber im Mittelpunkt steht dieser kleine Behälter, in dem die so genannten Überreste meiner Mutter sein sollen. Die Aufmerksamkeit und Sanftheit, die diesem Behälter entgegengebracht werden, kommen zu spät. Das Ding ist nur ein Gefäß für einen verbrannten Körper, mit meiner Mutter hat das alles nichts zu tun. Vielleicht ist sie anwesend. Irgendwie. Aber ganz sicher nicht in diesem Ding, das von den Anwesenden sogar respektvoller behandelt wird als die Anwesenden selbst. Der Tod macht höflich.

Susann und ich haben vorher ein paar Schnäpse gekippt und sind gut geerdet. Wenn wir so weitermachen, dann stehen entweder Heul- oder Lachkrämpfe auf dem Programm. Außer uns sind viele Verwandte da, die ich lange nicht gesehen habe. Es ist schön, dass sie hier sind, und dennoch ist es zu viel. Das Beileid schmerzt.

»Spürst du den Wind?«, flüstert Susann.

Ich nicke.

»Meinst du, das ist sie?«

»Nur wenn sie Buttermilchsuppe zum Frühstück hatte.«

Sie kichert leise und reicht mir den Flachmann. Ich trinke einen tiefen Schluck.

»Weißt du noch?«, kichert sie.

Ich nicke und muss mich zusammenreißen, um nicht loszuprusten, als ich daran denke, wie meine Mutter auf Beerdigungen war. Die erste Hand voll Erde war noch nicht auf der Kiste gelandet, als sie schon nach dem Klo fragte. Sie hatte keine große Blase. Einmal ging sie sogar schnell ins Gebüsch.

Der Priester salmt, und als er die Urne senkt, hebt sich der Deckel für einen Moment. Kleine Aschehäufchen wirbeln umher und lösen hektisches Treiben aus.

»Vom Winde verweht«, kichert Susann.

Ich nicke und nehme noch einen tiefen Schluck, während ich mich frage, wo sie wohl ist.

Nach der Zeremonie folgen alle dem Kiesweg zur Straße und steuern die nächste Kneipe an. Ich lasse mich zurückfallen. Einmal außer Sicht, drehe ich mich um und gehe zu der Wiese zurück, auf der ihre Asche begraben wurde. Auf einem kleinen Hügel daneben steht eine Holzbank von unschätzbarem Wert. Ich gehe zu ihr rüber und suche mir in aller Ruhe die beste Stelle aus. Inmitten hunderter Kreuze, hunderter Schicksale, hunderter Geschichten von Liebe, Angst, Glück und Verrat ist es leichter, mich nicht zu ernst zu nehmen. Ich bin hier, um an den Tod zu denken. Und an das Leben.

Vier Männer, von mehr als zwanzig schwarz gekleideten Personen begleitet, tragen eine Kiste an mir vorbei. Im Vorbeigehen nicken mir einige aus der Gefolgschaft zu. Was im Leben selten ist, ermöglicht der Tod: Anteilnahme.

Ich schaue aufs Meer. Hat mir zwei Mal fast das Leben genommen, trotzdem liebe ich es. Eine Lebensversicherung gibt es nicht. Es gibt nur Überleben. Bis zum Tod. Und jeder Augenblick ist die Ewigkeit. Jeder einzelne Augenblick ... Ich werde sie nicht vergessen. Ich werde sie alle nicht vergessen. Mor. Niels. Michael. Elizabeth. Carlos ...

Carlos war ein begnadeter Pianist. Er war jahrelang mit Boney M. unterwegs, als sich plötzlich herausstellte, dass er einen Gehirntumor hatte. Der Druck, den dieser Tumor auf sein Gehirn ausübte, löste epileptische Anfälle aus, und diese Anfälle machten Carlos zum Pflegefall. Ich bekam den Job, ihn dreimal die Woche zur Behandlung zu fahren, und obwohl er manchmal ausflippen konnte, kamen wir gut miteinander klar. Zwischen Autobahn und Wartezimmern entwickelte sich langsam eine Freundschaft. Wir führten lange Gespräche, und wenn wir das Thema Musik erwischten, leuchtete sein Gesicht auf, und er engagierte sich so, dass er wenig später ein paar von diesen Mörder-Downern einwerfen musste, die er bei sich trug. Carlos erklärte mir, dass sein Tumor wie ein Alien mit Greifarmen ausgestattet sei und dass es schwer sei, diese operativ zu entfernen, ohne das Gehirn zu beschädigen. Wenn aber nicht alles entfernt werden würde, sei es nur eine Frage der Zeit, bis der Tumor wieder zu wachsen beginne, daher hatte er sich für eine langsamere, aber natürlichere Methode entschieden. Er glaubte, dass die Natur ihren Müll selber beseitigt – *niemand lässt einen unerwünschten Gast lange an seinem Tisch mitessen* –, und wollte die Schulmedizin nur dazu nutzen, diesen Prozess zu beschleunigen.

Monat für Monat rannte er von Arzt zu Arzt und machte einen Haufen Schulden. Seine Beziehung ging in die Brüche, seine Freundschaften überwiegend auch. Für seine Genesung war äußerste Ruhe Pflicht, und so lag er meistens in seinem Bett und glotzte TV. Ich denke, er wollte sich mit Langeweile betäuben, den ganzen Scheiß in einem langen Monotonietrip hinter sich bringen, und tatsächlich begann sein Organismus, den Tumor langsam einzukapseln. Ein Jahr nach der Diagnose war der Tumor drei viertel eingekapselt, und Carlos beschloss, das letzte Viertel bei seinen Eltern in Chile abzuwarten. Haus am Meer, Sonne, Strand, Ruhe. Es sollte höchstens noch ein Jahr dauern. Ein halbes Jahr später kam die Nachricht, dass er an einer Überdosis Cortison gestorben war. Nachdem er den Kampf gegen Tumor eins gewonnen hatte, diagnostizierten die Ärzte bei ihm einen zweiten.

Manchmal frage ich mich, wer das Wort Gerechtigkeit erfunden hat. Das ist eine schöne Vision, aber letztlich nur ein Wort. Wie Moral. Beides ist un-natürlich und damit ein Lernprozess, der nur funktioniert, wenn die Menschheit sich weiterentwickelt. Um daran glauben zu können, hätte ich nie ein Geschichtsbuch aufschlagen dürfen. Aber ich bin dankbar, dass wenigstens eines klar ist: Vor dem Naturgesetz sind alle gleich. Berechtigt. Wir werden geboren und leben, bis wir sterben. Ob schwarz oder weiß, Frau oder Mann, arm oder reich, Kinder, Behinderte, Militärs – alle sterben. Keine Sonderregelungen möglich. Einigen wünschte ich nur vorher etwas Leben.

Schritte im Gras. Susann setzt sich neben mich und kramt ihre Zigaretten heraus.

»Willst du?«

Ich schüttele den Kopf. Sie raucht. Ein Augenblick, eine Ewigkeit vergeht. Wir starren über das Wasser. Segelboote verschwinden weißblau am Horizont. Die Sonne sinkt. Susann zündet die nächste an. Ich spüre, dass sie weint, und atme flach, um nichts zu verpassen. Die Sonne geht unter und badet alles in Gold.

»Wunderschön«, flüstert sie.

Ich nicke. Kann nichts sagen. Auch in diesem Augenblick kann sie sich über einen Sonnenuntergang freuen. Ich liebe sie.

Sie schnippt die Zigarette über die Klippe.

»Sie hat uns so oft allein gelassen«, sagt sie und reißt eine neue Schachtel auf. »Ich werde nie wieder jemand lieben, auf den ich mich nicht verlassen kann.«

Ich nicke und denke an die Tänzerin. Dann an Britta.

»Weinst du nicht?«, fragt sie in die Dämmerung.

»Manchmal.«

»Du musst es rauslassen.«

Ich nicke.

»Aber ich fühle nichts.«

Sie nimmt meine Hand und steht auf.

»Komm.«

Ich schaue ihr in die nassen Augen.

»Wohin?«

»Wir besaufen uns.«

Hand in Hand gehen wir über den stockfinsteren Friedhof. Man könnte hier gut auf einen Horrortrip kommen, aber gruselig ist, was da draußen vor sich geht.

17. Warm-up für ein Comeback

Am nächsten Tag bin ich wieder am Strand und tigere rastlos hin und her. Ich habe nicht geschlafen, dennoch fühle ich mich wie neugeboren. Ja, es geht mir gut. Irgendetwas ist passiert. Vielleicht der Rausch. Susann meinte ja, dass ich es rauslassen sollte, aber irgendwann war ich so besoffen, dass ich nur noch heulen konnte. Machte sie auch nicht glücklich. Sie musste heute schon früh nach Kopenhagen zurück, um die Kids zu hüten. Erst fünf Stunden weg, und sie fehlt mir schon.

Nach dem Trubel gestern muss ich mich erst mal wieder an die Stille gewöhnen. Dieses zeitlose Treiben will sich heute einfach nicht einstellen, außerdem kann ich nicht ins Wasser, weil es voller Feuerquallen ist. Zu allem Überfluss laufe ich seit über einer Stunde mit einem rein körperlichen Ständer herum. Der männliche Körper ist was Komisches. Ich stecke jetzt schon so lange hier drin, aber an einige Sachen habe ich mich noch immer nicht gewöhnt. Wie kann mein Körper Paarungsbedürfnisse signalisieren, wenn ich gerade so was von nichtgeil bin? Kann man sich da wirklich wundern, dass Frauen Männer nicht verstehen? Vielleicht sollte ich der Quallenpest trotzen und mich doch etwas abkühlen gehen. Ich meine, vielleicht will mir mein dummer Schwanz nur bewusst machen, dass ich ein verklemmter Quallenfetischist bin, der voll drauf abfährt, wenn man ihm Brandwunden zufügt ...

Ob es der Restalkohol oder die Hitze ist – ich bekomme

urplötzlich höllisch Lust zu singen, und einen besseren Probenraum werde ich eh nie finden, also schmeiße ich die letzte Probe in den Walkman und stelle alles auf zehn. Frage: Wie befestigt ein Nackter seinen Walkman?

Die ersten Riffs von Schimanskis Brett hauen mich um, und als die Jungs nach zehn Minuten langsam warm werden und anfangen, cooler zu grooven, stehe ich längst zwischen ihnen in dem muffigen Probenraum in der Weststadt und brülle mir das Eis aus dem Leib.

Ich singe mich tänzelnd und zuckend an der Wasserkante entlang. Die Quallen schauen mich blöde an.

»SEID IHR GUT DRAUF?«, schreie ich sie an.

Sie blinzeln verblüfft. Ich gebe ihnen den Finger und lasse ein Kilo Sand auf sie niederregnen. Juckt sie nicht im Geringsten. Open-Air-Publikum war schon immer härter im Nehmen.

Während Schimanski sein Brett durch das Solo metzelt, springe ich wie wild herum. Ich zucke und groove, flippe völlig aus und bin kurz davor, Stagediving in die Quallen zu machen, als von links ein Flokati geflogen kommt und mich in den Sand wirft.

»WUFF! WUFF! WUFF!«

»AAAAAA ... ach, du bist es!«

Ich verpasse meinem vierbeinigen Freund einen Stupser in die Rippen.

»Du hast mich fast zu Tode erschreckt!«

Ich schaue mich nach seiner ständigen Begleiterin um, aber er scheint heute alleine unterwegs zu sein und freut sich tierisch, dass er mich umgehauen hat. Er springt herum und streckt mir die Zunge raus.

»WUFF! WUFF!«

»Was, das hat dir auch noch Spaß gemacht? Na warte!«

Wenig später lasse ich mich erschöpft auf die Decke fallen und leere die Wasserflasche in einem Zug. Dreißig Grad im Schatten, und ich mach ein Wettrennen mit einem Hund ... Der Zottel versucht, mich mit Bellen und Zunge dazu zu motivieren, noch ein bisschen wie ein Blödmann hinter ihm herzurennen, und ich muss plötzlich an den Spruch denken, den Mor mir immer hinterherrief, wenn ich ihr lachend davonrannte:

»Mit doppelt so vielen Beinen hast du leicht spotten!«

Das sieht er ein und kommt sein Wasser abholen. Er säuft einen Viertelliter, verschüttet einen halben und lässt sich dann auf meine Decke plumpsen, um mit mir um die Wette zu hecheln.

»Was ist denn mit deiner Freundin?«, frage ich ihn und kraule ihm den Schädel.

Er schließt die Augen und seufzt.

»Kannst das Thema auch nicht mehr hören, was?«

Er gibt einen langen seltsamen Ton von sich.

»Ja, ja, ich kann dir sagen ... kein Wunder, dass wir uns so gut verstehen.«

Im selben Moment sehe ich, dass er doch nicht alleine gekommen ist. Die Frau sitzt ein Stück weiter oben in den Klippen und beobachtet uns. Ich werfe einen schnellen Blick an mir herunter. Na, wenigstens *die* Peinlichkeit bleibt mir erspart.

Ich winke. Sie winkt zurück. Soweit alles klar. Ich glaube, sie ist neugierig, aber an einem verlassenen Strand einfach zu einem Kerl hinzugehen und Hallo zu sagen ist keine leichte Übung, also hole ich eine Flasche Wasser aus der Kühlbox und wedele damit.

Sie steht auf und beginnt runterzuklettern. Die letzten Meter springt sie und bleibt dann vor der Decke stehen. Ich kann ihre Augen hinter der Sonnenbrille nicht erkennen, aber ihr Mund wirkt eher spöttisch als ängstlich. Vielleicht sollte ich ja meine Blöße bedecken, aber meine Genitalien zähle ich schon lange nicht mehr dazu, also bleibe ich, wie ich bin, und halte ihr die Wasserflasche entgegen. Sie nimmt einen Schluck und wirft dann einen Blick auf Zottel, der im Schatten liegt und mit keiner Bewegung andeutet, je wieder aufstehen zu wollen.

Schließlich setzt sie sich neben ihn auf die Decke und starrt über das Wasser. Rank wie ein Ladestock sitzt sie da. Ihre Haltung sieht nach Ballett aus, aber ihre Füße sind dafür zu gut erhalten. Aber – wo habe ich diese Art Hornhaut schon mal gesehen ...?

Auf der Schulter hat sie ein Tattoo. Ein Herz mit einem Messer in der Mitte. Da gibt es dann auch wieder mehrere Möglichkeiten: geteilt, zerbrochen oder aufgeschlitzt. Wie auch immer, in jedem Fall ist es genau so *in* wie der Stecker in ihrer Nase, die blaue Sonnenbrille und die Baseballkappe. Echt cool. Hey! Vielleicht ist sie ja *Miss VIVA.*

Sie rutscht ein Stück nach vorne und legt sich dann wortlos neben mich auf die Decke, nimmt die Kappe ab und offenbart eine Glatze. Scheiße, das ist nicht *Miss VIVA*, das ist *Tankgirl*! Ich bin kurz davor, einen Kommentar abzuliefern, aber Glatze kriegt man auch von Chemotherapie, also spare ich mir den Spruch. Sie könnte mich eh nicht verstehen.

Im selben Augenblick dreht sie den Kopf zu mir herum.

»Do you speak English?«, fragt sie mich mit starkem Akzent.

»Nee«, lüge ich und schüttele den Kopf.

Sie begnügt sich damit und dreht das Gesicht wieder zum Wasser. Ich atme erleichtert auf. Jetzt steht einem schönen Tag nichts mehr im Wege.

Abends verabschieden wir uns genauso voneinander, wie wir den Tag verbracht haben: wortlos. Sie hat den Strandtauglichkeitstest mit *summa cum laude* bestanden und setzt dem Ganzen die Krone auf, als sie mir zum Abschied nur leise zulächelt, um die Stille nicht zu gefährden. Vorne fehlen ihr zwei Zähne. Sieht süß aus.

Ich beobachte, wie sie in den Klippen verschwindet, und versenke mich dann in den Sonnenuntergang. Das Meer vor mir, die Beerdigung hinter mir, ein stiller Tag mit einer Fremden und die erste Energieattacke seit Wochen. Nein, es ist nicht alles Gold, was glänzt, aber dass ich mich schon wieder wie ein Irrer aufführen kann, macht mir Hoffnung.

Plötzlich versinkt die Sonne. Der Wind frischt auf. Das Meer wird mystisch, und mich befällt ein Gefühl von Einsamkeit. Ich packe schnell meinen Kram zusammen und mache mich auf dem Weg zur Familie.

Nach dem Abendessen ist Far wieder in seinem Element und wärmt alte Kamellen auf. Gerade lacht er sich über die Scheißhaufengeschichte schlapp, und die geht so:

Als ich so etwa fünf war, hatten wir wenig Kohle und wohnten auf Vesterbro, einem heruntergekommenen Stadtteil von Kopenhagen. Fünfter Stock, dunkles Treppenhaus, Plumpsklo im Hof. Da die Treppe lebensgefährlich war, gab es für den Fall, dass wir »klein« mussten, Flaschen, für den anderen Fall Eimer.

Obwohl wir nicht viel zu essen hatten, kam es manchmal vor, dass die Eimer voll waren, dann schissen wir in Brottüten, die Far in die Tageszeitung wickelte und am nächsten Tag auf dem Weg zur Arbeit mit eleganten Unterhandwürfen in die Mülltonnen fremder Leute entsorgte.

Eines Tages, wir packten gerade Weihnachtsgeschenke ein, kam Susann mit einer solchen Bombe rein. Far wickelte sie spaßeshalber in Geschenkpapier und legte sie über Nacht vor der Haustür ab. Am nächsten Morgen hatte sie jemand mitgehen lassen ... Was unter anderem die These bestätigt, dass man jede Scheiße loswird, wenn sie nur richtig verpackt ist.

Am nächsten Morgen nahm Far ein ›Geschenk‹ mit zur Arbeit und ›vergaß‹ es auf dem Gepäckträger. Als er in der Mittagspause nachschauen ging, war es weg, aber ein paar Meter weiter lag noch das Papier und eine Hand voll Scheiße. Das rettete ihm den Tag. Von da ab schissen wir häufiger in Geschenkpapier.

18. Die sechste Frage

Den nächsten Tag verbringen Tankgirl und ich ebenso still am Wasser, und so langsam gewöhnt sich sogar mein dummer Schwanz daran, dass wir nackt herumliegen und er trotzdem nicht in ständiger Einsatzbereitschaft zu stehen braucht. Dennoch, ausgehungert am Meer zu liegen, mit einem nackten weiblichen Wesen in nächster Nähe, scheint eindeutig zu viel für ihn zu sein. Als ich mich deswegen zum zehnten Mal auf den Bauch drehen muss, wird es mir zu blöd. Sie ist über achtzehn und überall gleichmäßig braun, der Anblick kann ihr nicht völlig fremd sein.

Ich drehe mich diesmal also nicht auf den Bauch und beobachte aus der Rückenlage, wie mal wieder Bewegung in die Sache kommt. Als sie sieht, was ich sehe, zeigt sie auf ihn und sagt: »NO!«

Ich könnte es ihr ja erklären, aber erstens würde die Stille leiden, und außerdem habe ich echt die Schnauze voll davon, ständig Frauen Funktionen des männlichen Körpers zu erklären, die mir selber nicht ganz einleuchten, da lasse ich mich lieber für einen schwanzgesteuerten Vollidioten halten.

Tankgirl murmelt irgendwas Aggressives.

»Don't panic«, winke ich ab.

Sie schaut mich misstrauisch an. Sieht fast so aus, als würde sie den Abstand zwischen uns abschätzen.

»Mejico?«, frage ich schnell, um sie etwas abzulenken.

»Hongkong«, sagt sie nach einigem Zögern.

Wo wir schon mal am Quasseln sind:

»Tacheles«, sage ich und halte ihr meine Hand hin.

Sie schaut mich noch böser an.

»My name«, schiebe ich nach.

Sie entspannt sich etwas.

»Dias«, sagt sie und ergreift meine Hand.

»Buenos dias«, antworte ich artig.

»*My* name«, sagt sie.

Wir schütteln uns die Hand, und mein dummer Schwanz klatscht an meinen Bauch Beifall. Da capo, da capo ... Es ist doch irgendwie peinlich, dass eine Fremde mich so sieht, also mache ich mich schließlich auf den Weg zum Wasser, um ihn zu ertränken. Die Quallen haben sich wieder verzogen. Warum? Keine Ahnung. Wohin? Wen interessiert's? Wie schon ein Franzose neunzehnhundertfünfundvierzig an der deutschfranzösischen Grenze sagte: *Hauptsache sie sind weg!*

Als ich ins Wasser laufe, folgt mir der Zottelhund auf dem Fuß. Er ist eine richtige Wasserratte, und während wir im Wasser herumalbern, richtet Tankgirl sich auf und beobachtet uns, macht aber keine Anstalten, nachzukommen. Alle halbe Stunde wiederholt sich das gleiche Spielchen: Ich springe ins Wasser, Zottel folgt, Tankgirl beobachtet uns.

»You can't swim?«, frage ich sie in meinem besten Schulenglisch.

Sie schüttelt den Kopf.

»I can teach you.«

Sie schaut mich skeptisch an. Ich halte ihr die Hand hin.

»Come on.«

Sie nimmt meine ausgestreckte Hand, und wir laufen ins Meer. Im hüfthohen Wasser schwimme ich langsam um sie herum und zeige ihr, wie sie sich bewegen soll. Dann stelle ich mich neben sie und halte sie an den Hüften fest, während sie herumpaddelt. Es hat den Anschein, als würde sie eher dem Zottel nacheifern, aber ich bleibe stur.

»No, no, swim!«, sage ich jedes Mal, wenn sie wieder die Beine auf den Boden stellen will.

Sie paddelt und paddelt, und langsam spüre ich, wie sie selbstsicherer wird. Dieser Zustand ändert sich allerdings sofort, wenn ich sie zwischendurch loslasse, dann verkrampft sie und sinkt wie paralysiert auf den Grund, dabei ist das Wasser hier gerade mal einen Meter tief.

»Relax«, rate ich ihr und merke, wie sie noch mehr verkrampft. Oh Mann ...

Am späten Nachmittag schmerzt mein Rücken, als hätte ich zwei Schichten auf dem Bau eingelegt. Ich spaziere jetzt den halben Tag im Meer herum, und mit jeder weiteren Minute steigen meine Chancen, bei der Wahl zur *Apfelsine des Jahres* voll abzuräumen. Aber wenigstens haben wir Fortschritte gemacht, denn seit zwei Stunden kann sie schwimmen. Jetzt müssen wir nur noch dran arbeiten, dass sie sich alleine ins Wasser traut ... Ich muss gestehen, dass ich langsam die Geduld verliere. Egal was ich mache, sie schwimmt und schwimmt und schwimmt und hat einen Heidenspaß dabei, aber wehe, ich lasse sie los! Es muss ein Bild für die Götter sein, wie Mister Orange hier herumspaziert und Tankgirl an einer unsichtbaren Leine neben sich herzieht, während sie von einem schnaufenden Flokati verfolgt wird. Noch interessanter finde ich allerdings die Tatsache, dass sich mein Schwanz anscheinend damit abgefunden hat, dass er nicht zum Schuss kommt. Seit Stunden halte ich Tankgirls durchtrainierten Körper fest, spüre ihre Hüften an meiner Taille, und wenn sie ihre Beine anwinkelt, bietet sich mir gelegentlich ein wunderbarer Anblick, und ... nichts passiert. Hey, wenn mein Schwanz das lernen kann, besteht auch noch Hoffnung für die Menschheit.

Als die Sonne untergeht, darf ich endlich an Land und lasse mich erschöpft in den warmen Sand plumpsen. Himmel, ich krieg die Beine kaum angewinkelt, bin voll gesogen wie ein Schwamm. Aber keine zehn Minuten später hüpft sie schon wieder vor mir herum und deutet zum Wasser.

»Come on.«

Ich winke ab.

»No.«

Sie zeigt mir die Zahnlücke.

»Come on!«

Ich kämpfe mich auf die Beine, packe ihren Arm und ziehe sie zum Wasser runter. Sie schaut etwas verwirrt drein, als ich an der Wasserkante stehen bleibe und aufs Meer zeige.

»Don't think ... swim!«

Sie zögert kurz und geht dann tatsächlich ins Wasser. Wow! Sogar Zottel ist zu verblüfft, um ihr zu folgen. Er sitzt staunend da und streckt uns die Zunge raus.

Sie schwimmt ein paar kleine Runden im Kinderbecken, macht ein paar vorsichtige Kraulzüge ins Dunkelblaue hinaus, um dann plötzlich eine hysterische Wende zu machen und mit peitschenden Armen zurückgejagt zu kommen. Im Kinderbecken richtet sie sich auf und schickt einen langen, triumphalen Schrei nach Schweden rüber, dann stürmt sie an Land und springt mir in die Arme.

»Thanks!«, ruft sie und gibt mir einen Kuss auf die Wange, während sie versucht, mir die Rippen zu brechen.

Na ja ... was soll ich sagen ... Ich meine, ich bin nackt, sie ist nackt, es ist heiß, und man weiß ja, wie das im Leben manchmal so ist ...

Tankgirls Lachen erlischt schlagartig. Sie befreit sich mit

einem Ruck aus meinen Armen, tritt einen Schritt zurück, und bevor ich etwas sagen, geschweige denn tun kann, liege ich auf dem Rücken und starre in den Himmel. Sonnen explodieren, Möwen stürzen schreiend ab, und plötzlich weiß ich auch, wo ich diese Hornhaut schon mal gesehen habe.

Nach und nach nehmen die Wolken wieder ihre ursprüngliche Geschwindigkeit, Farbe und Form an. Ich drehe den Kopf ein bisschen und versuche, meinen schwimmenden Blick auf sie einzustellen. Sie steht ausbalanciert vor mir und wartet. Ihre Augen mustern mich abschätzend. Neben ihr sitzt Zottel und knurrt böse. So viel zum Thema neue Freundschaften.

Ich befühle vorsichtig mein Kinn und starre sie an.

»Dias, hm? Vielleicht sollte dich jemand tatsächlich mal an die Wand klatschen!«

Sie versteht nur Bahnhof, aber sie hört ihren Namen und zeigt auf meinen Schwanz.

»NO!«

»*Relax!* It's only my fuck-ing bo-dy, okay?«

Ich strecke ihr meine Linke entgegen.

»Give me a hand.«

Sie kneift die Augen zusammen und ballt die Fäuste. Zottel knurrt lauter.

»Give me your fucking hand! Now!«

Sie reicht mir die Linke und hält die Rechte bereit, um mir bei dem geringsten Anlass ihre ganz spezielle Gebissstellung zu verpassen, dann zieht sie mich mit einem einzigen Ruck auf die Beine und springt sofort einen Meter zurück, die Augen kalt wie Gletschereis.

Ich bleibe schwankend stehen und betaste meine Lippe. Kein Blut. Wow – *sie mag mich*!

»Kickboxing?«, frage ich sie und schicke meine Zunge auf eine Expeditionsreise.

»Karate«, sagt sie und taxiert mich noch immer wachsam.

»Teach me.«

Sie mustert mich regungslos.

»You can swim now«, erinnere ich sie.

Sie entspannt sich etwas, öffnet die Fäuste und zeigt mir die Zahnlücke.

»Okay, tomorrow.«

Um kein unnötiges Risiko einzugehen, beginne ich, mich anzuziehen. Tankgirl folgt meinem Beispiel, und auch Zottel ist plötzlich wieder mein Freund und will spielen. Ich ignoriere ihn. Ich weiß, ich weiß, er macht auch nur seinen Job, aber verletzte Gefühle zählen auch.

Als wir angezogen sind, kommt Tankgirl einen Schritt näher, um ihre Arbeit zu bewundern. Als sie die Beule an meinem Kinn ausreichend gewürdigt hat, gibt sie mir einen Klaps auf die andere Wange, um mir zu zeigen, dass *diese* Schwellung ihr wesentlich sympathischer ist.

»Okay. Tomorrow. Sorry. Bye«, sagt sie, schnappt sich ihre Sachen und geht.

Ich beobachte, wie sie in den Klippen verschwindet, und ziehe mich seufzend wieder aus. Ich bin total erledigt. Sogar mein dummer Schwanz hat sich endlich entspannt und lässt die Seele baumeln.

Als ich mich nackt in den Sand plumpsen lasse, schnappe ich ihn mir und würge ihn ein bisschen.

»Mein Leben lang bringst du mich in Schwierigkeiten!«

Er rechtfertigt sich nicht, aber die Berührung reicht aus, um ihn wieder in Bewegung zu setzen. Nichts zu machen, ich bin tiefstes Notstandsgebiet. Ich sehe es schon kommen, dass ich mir morgen noch ein paar weitere Beulen einhandle, und mir fällt nur eine einzige Möglichkeit ein, wie ich mich davor schützen kann.

Eine Minute später seufzt mein Körper befriedigt und

greift nach den Zigaretten. Es geht doch nichts über einen Orgasmus. Apropos, da war doch noch was mit Sex ... Sex ... hm ... Sechs! Die sechste Frage!

»Warum hast du mich eigentlich immer mit zum Angeln genommen?«

Wir stehen vor dem Haus und verdauen ein reichliches Frühstück. Far schaut mich an, wie ein Wissenschaftler ein seltenes Insekt unter dem Mikroskop betrachten würde.

»Das fragst du dich *jetzt*?«

Er lacht. Zuerst versucht er, es zu unterdrücken, aber dann platzt er, biegt sich richtig durch und zeigt mir den Goldzahn.

»Fünfundzwanzig Jahre ...«, prustet er und lässt sich auf den Rasen plumpsen.

Er lacht und lacht, bis Grete rauskommt, um zu fragen, was zum Teufel hier los ist.

»Fünfundzwanzig!«, brüllt Far und ringt nach Luft.

Grete wirft mir einen Blick zu. Ich zucke die Schultern. Sie wendet sich wieder ihm zu.

»Beruhige dich, sonst kriegst du noch einen Herzinfarkt.«

Nichts zu machen, er zappelt auf dem Rasen. Grete droht ihm mit einem Finger.

»Wenn du nicht sofort aufhörst, hole ich einen Eimer kaltes Wasser!«

Diese Drohung verfehlt ihre Wirkung nicht. Er beruhigt sich langsam und richtet sich wieder auf.

»Schon gut, war nur ein kleines Missverständnis«, keucht er. »Für einen Augenblick dachte ich tatsächlich, mein Sohn hätte fünfundzwanzig Jahre gebraucht, um sich mal zu fragen ...«

Er fängt wieder an zu lachen.

»Was?«, fragt Grete.

»... warum er damals ... haha ... stundenlang im Meer ... oooohh ...«

Er biegt sich wieder durch und hält sich den Bauch mit beiden Händen.

»Ich hole den Eimer«, sagt Grete und geht zum Haus.

»Und ich habe mir Gedanken über deine Erziehung gemacht«, keucht Far. »Hätte ich gewusst, dass die eine fünfundzwanzigjährige Inkibi ... hihi ... Inkibuhu ... huhu ...«

»Inkubitationszeit?«, schlage ich vor.

»HUUUAAHHH!«, schreit er und bricht zusammen.

Grete kommt aus dem Haus gewankt. Sie schleppt schwer an einem alten Blecheimer.

Ich stupse Far an. Er winkt ab.

»Keine Sorge, sie kann nicht mehr so schnell. Die Gicht. Haben alle Zeit der Welt.«

Grete baut sich vor uns auf. Sie keucht vom Schleppen und ist wild entschlossen, hier ein böses Wasservergießen zu verursachen.

»Eins!«, stöhnt sie und bringt den Eimer in Schwung.

Ich werfe einen Blick auf Far. Er sitzt locker da und grinst breit.

»Zwei!«

Far blinzelt mir zu.

»Drei!«

Ich lasse mich auf die Knie fallen. Der Wasserschwall haut mich fast um, und ich erstarre wegen des Kälteschocks. Neben mir höre ich ein lautes blechernes Geräusch und einen Aufschrei. Ich öffne die Augen. Mein Vater liegt im Gras und hält sich den Kopf. Grete steht kreideweiß daneben und schaut bedröppelt aus der Wäsche. Bevor sie etwas sagen kann, beginnt er wieder zu kichern.

»Es tut mir Leid, Liebster. Das wollte ich nicht«, stammelt Grete.

Far fängt an zu lachen, und ich setze ein, bis wir schließlich nebeneinander auf dem Rasen sitzen und uns die Bäuche halten. Grete geht wieder zum Haus. Diesmal, um Eis für die Beule zu holen, die sich auf seiner Stirn ausbreitet.

»Tolle Ratschläge hast du«, spotte ich.

»Du hättest wissen müssen, dass sie flach abwirft«, kichert er und hält sich den Kopf.

»Klar. So wie du wusstest, dass sie den Eimer loslassen würde.«

Er schneidet eine Grimasse. Ich stehe auf und helfe ihm auf die Beine.

»Also?«

»Also, was?«, fragt er und prüft die Beule.

»Warum hast du mich damals immer mit zum Angeln genommen?«

»Er weiß es immer noch nicht ...«, murmelt er.

»Darum frag ich ja.«

»Häh?«

»Darum frag ich ja.«

Er schaut mich verwirrt an.

»Na, das liegt doch auf der Hand«, sagt er schließlich, »ich wollte sehen, wann du dich dafür entscheidest, den Fisch zu fangen, wenn du schon stundenlang im Wasser herumstehst. Ich meine, wenn du den Fisch nicht willst, brauchst du schließlich auch nicht zu angeln, oder?«

Ich starre ihn an.

»Das ist alles?«

»Was, alles?«

»Das ist der Grund, warum ich meine halbe Kindheit im Wasser verbracht habe? Ein gottverdammtes Erwachsenenpsychospiel ...«

Er hebt den Finger.

»Hör auf mit dem Gefluche, verdammt nochmal!«, kichert

er und blinzelt mir zu, aber so leicht kommt er mir nicht davon.

»Du hättest es mir einfach erklären können!«

Er schaut mich verblüfft an.

»Dir was erklären? Dir konnte man nie was erklären! Ich dachte, dass dir irgendwann von alleine klar wird, dass es etwas Sinnvolleres gibt, als im Meer herumzustehen, wenn du nicht angeln willst. Ich meine, du hattest da draußen 'ne Masse Zeit zum Nachdenken, oder?«

Auch diese Argumentation will mir nicht ganz einleuchten.

»Und wenn du dich aus irgendwelchen Gründen plötzlich entschlossen hättest, den Fisch zu fangen, dann hättest du dir etwas einfallen lassen müssen. Zum Beispiel, etwas weniger zappeln«, kichert er und macht eine Parodie auf jemanden, dem gerade ein Fön in die Wanne gefallen ist.

Dann glättet sich sein Gummigesicht wieder, und seine Züge kriegen etwas Listiges.

»Also?«

»Also, was?«, frage ich.

Er schaut mich milde an.

»Verstehst du gar nichts?«

»Was.«

»Es gibt doch einen Grund, warum du mich das ausgerechnet jetzt fragst, oder?«

Ich breite die Hände aus. Keine Ahnung, wovon er redet.

Er wirft die Arme nach oben.

»Himmel! Was ist das Einzige, worüber wir noch nicht geredet haben?«

»Vielleicht sagst du es einfach, ich bin gerade nicht in Quizlaune.«

»Ef er a u e en!«, buchstabiert er.

»Frauen«

»Sehr gut! Normalerweise redest du von nichts anderem. Also?«

Ich breite wieder die Hände aus.

»Was zum Teufel haben Frauen mit Gegen-seinen-Willen-im-Wasser-Herumstehen zu tun?«

Er gibt mir wieder diesen Blick für geistig Derangierte. Vielleicht ist es tatsächlich blöd, jemandem, der zwei Scheidungen hinter sich hat, eine solche Frage zu stellen.

»Verstehe. Du willst also wissen, was bei mir mit Frauen läuft?«

»Och, nur, wenn du unbedingt drüber reden willst ...«

»Okay, schon gut, ich hab's ja kapiert.«

Ich lasse mir Zeit, überlege, was ich ihm eigentlich erzählen soll. Er nutzt die Zeit, um betont desinteressiert auf seine Fingernägel zu schauen, dann auf die Uhr, dann wieder auf seine Fingernägel. Fünf Minuten ohne Faxen, und man müsste sich Sorgen um ihn machen.

»Okay. Mit der einen ist es vorbei. Ich kann nicht einmal sagen, ob ich sie mochte. Die andere ist meine beste Freundin, und irgendwie haben wir schon eine Beziehung, aber ich weiß nicht so richtig ... Ich meine, wir sind 'ne Zeit lang zusammen ins Bett gegangen, aber manchmal denke ich, wir sind nur Freunde, weil wir damit wieder aufgehört haben, und ... na ja ... ich will sie nicht verlieren, verstehst du? Ich meine, wo sind all die Frauen, die ich mal geliebt habe?«

Far wartet ab, ob noch was kommt. Kommt nichts.

»Du hast ja doch was begriffen«, murmelt er zufrieden.

»Na, wenn du meinst ...«

»Ist doch klar. Also, was die eine da betrifft: Dir ist doch klar, dass sie, wenn sie den Fisch nicht fangen will, sich über den Fang auch nicht freuen wird, oder?«

Geht das schon wieder los.

»Und außerdem sprichst du über sie in der Vergangenheit, also vergiss sie.«

Grete kommt mit einem Eisbeutel.

»Worüber redet ihr?«

Far legt sich den Eisbeutel auf die Stirn und deutet auf mich.

»Er hat mal wieder Frauenprobleme.«

»Kann er seine Freundin auch nicht befriedigen?«, fragt sie.

»Ich hör ja wohl schlecht!«, entrüstet er sich.

»Das auch«, sagt sie, »und wann hatten wir denn das letzte Mal Sex?«

Sie ergreift seinen Arm.

»Na, hör mal, ich bin dreiundsiebziglassmichlos!«

»Am Neunzehnten Vierten neunzehnhundertachtundachtzig«, sagt sie vernichtend und schleppt ihn Richtung Haus.

»Ich will nicht ins Haus«, jammert er.

»Du hast eine schwere Kopfverletzung und wirst dich jetzt brav hinlegen.«

»Es geht mir schon viel besser!«, ruft er und zerrt panisch an seinem Arm.

Sie kabbeln sich den ganzen Weg zum Haus.

»Und was ist mit mir?«, rufe ich ihnen hinterher.

Beide drehen kurz den Kopf.

»Geh schwimmen!«

Je mehr ich schwimme, desto mehr Boden bekomme ich unter die Füße. Es ist alles so leicht. Im Wasser. Tankgirl lehrt mich Karate, Far versorgt mich mit Lügengeschichten, und ich erfreue mich immer häufigerer Energieanfälle, die ich in Schwimmen, Zotteljagen und Gymnastik umsetze. Ich fühle, wie mein Körper wacher, schneller, sicherer wird. Gleichzeitig löffelt mein Hirn langsam die Suppe aus. Das Eis schmilzt.

Eines Tages krame ich mein Geld zusammen, schnappe mir Gretes Rad und fahre ein Dorf weiter, wo es ein Auslandstelefon gibt. Mein Anrufbeantworter ist so voll, dass es mich mein ganzes Kleingeld kostet, ihn abzuhören. Es sind überwiegend Beschwerden, weil ich mich nicht abgemeldet habe. Der Einzige, der weiß, wo ich bin, ist Max, und mit ihm ist ja bekanntlich schwer zu reden. Ich hatte ihm zwar aufgetragen, jedem zu sagen, dass es mir gut geht. Den Anrufen nach hat er es nicht immer hingekriegt.

Ich gehe einen Schein wechseln, stopfe Münzen in den Apparat und wähle seine Nummer.

»Hm?«

»Ich bin's.«

»Hm.«

»Wann ist die letzte Probe?«

»Generell?«

»Vor dem Gig, du Idiot.«

»Donnerstag, zwanzig Uhr. Warum?«

»Warum ...? Was ist das denn für 'ne bescheuerte Frage? *Ich bin's*, dein Sänger!«

»Hm.«

Also, wenn ich nicht wüsste, dass er sich über meinen Anruf freut ...

»Gibt es was Neues?«

»Gerüchte.«

»Was denn?«

»Nichts Spruchreifes ... Aber Karin S. scheint 'n Plan zu haben.«

»Das wäre in der Tat was Neues!«, lache ich.

»Irgendwas mit dem Gig«, fügt er hinzu.

Ich stelle mir vor, wie Karin S. mitten im Konzert auf die Bühne stürmt, um uns madig zu machen. Oh, das wird ein Spaß!

»Machst du dir etwa darüber Sorgen?«

»Nein«, sagt er, »was ich mich allerdings frage, ist, ob du rechtzeitig wieder in Form kommst.«

Siehe da, siehe da, Max zeigt Nerven.

»Das Meer, die Sonne, die nette Gesellschaft, alles arbeitet für uns. In ein, zwei Jahren bin ich ganz der Alte«, sage ich und lege auf.

Ich stehe ein bisschen dumm rum, kann mich nicht von der Telefonzelle loseisen.

Ich schaue auf den Mond. Ich schaue aufs Meer. Ich zünde mir eine Zigarette an. Schaue auf die Glut. Schaue wieder auf den Mond. Zertrete die Kippe. Schmeiße die Schachtel weg. Pfeife ein Liedchen. Irgendwann stopfe ich wieder Münzen in den Apparat und wähle ihre Nummer.

»Wer stört?«

»Ich bin's.«

»*Tach* ... Wo bist du?«

»Bei meinem Dad.«

»Wusste ich's doch! Max, die Ratte, wollte nicht mit der Sprache rausrücken. Wie lief es? Wie geht es dir?«

»Mir geht's gut. Bis auf den Priester war's erträglich. Als er das dritte Mal *So geh mit Gott* salmte, hätte sie ihn sicher zum Teufel gejagt.«

Britta kichert.

»Was treibst du sonst so?«

»Mir wachsen schon Schwimmhäute.«

»Hmm, lecker, und wann kann man die sehen?«

»Weiß nicht, Donnerstag oder Freitag. Bist du beim Gig?«

»Wo soll ich denn sonst sein, du Blödmann.«

Eine Münze verschwindet beleidigt im Münzschlitz. Ich schiebe Schmerzensgeld nach.

»Hast du danach vielleicht ein bisschen Zeit?«

»Wofür?«, fragt sie, plötzlich hellwach.

»Ich meine ... ich dachte ... vielleicht könnten wir ja irgendwas zusammen machen.«

»Was denn?«

»Nun ja ... irgendwas Schönes ... zum Beispiel ans Meer fahren.«

»Das wäre was Schönes«, sagt sie und ich höre, dass sie lächelt.

Ich räuspere mich.

»Und was treibst du so?«

»Ich schmier mit den Jungs Nacht für Nacht die Städte mit Plakaten zu.«

»Städte ...? Plural?«

»Alles innerhalb von dreißig Kilometern. Schimanski meint, dieses Mal soll im Nachhinein keiner sagen können, er hätte von nichts gewusst.«

Oh Mann.

»Wie läuft's denn mit ihm und Sabine?«

»Die treiben jeden in den Wahnsinn! Bei dem Thema – was machen denn die schönen Däninnen?«

»Weiß nicht. Die jüngste, die ich bisher traf, war fünfundsiebzig.«

»Und hat auch schon einen Freund, nicht wahr?«

»Exakt.«

»Tja, Pech gehabt. Grüß die beiden schön. Und falls dir doch eine nette Seniorin ohne festen Freund über den Weg laufen sollte, mach dir nichts draus – irgendwann wirst auch du wieder einen hochkriegen.«

Sie lacht eine Münze weg.

»Nur ein kleiner Scherz ...«

»Schon gut, ich habe gerade erfahren, dass es eine alte Familientradition ist.«

»Die du *hochhalten* musst?«, prustet sie.

Meine letzte Münze erträgt die Anspielungen nicht mehr und stürzt sich deprimiert in den Abgrund. Ich höre noch einen letzten Lacher, dann rauscht das Meer durch die Leitung.

19. Der letzte Tanz

Freitagabend und die passende Party. Man ist blau oder high oder arbeitet an einem von beidem. Ich bin von VIPs umzingelt, und für den Fall, dass ich es nicht zu würdigen weiß, bleibt immer wieder mal jemand bei mir stehen und erklärt mir, wie wichtig er nun *wirklich* ist. Einer dieser Superstars, am Handgelenk die Rolex, in der Westentasche eine goldene Taschenuhr, klebt seit zehn Minuten an mir wie ein nasses T-Shirt. Es stört ihn, dass er nicht einordnen kann, ob es sich irgendwann rentieren könnte, mich getroffen zu haben. Mich stört das Gegenteil.

»Hören Sie«, unterbreche ich ihn zum dritten Mal. »Ich bin privat hier.«

Nicht okay. Egal, wie ich mich wende und drehe – er steht vor mir und quasselt über seinen Job. Er scheint einer der Typen zu sein, die nie wissen, wem wann welche Stunde geschlagen hat. In der Innenstadt, in einer Bar, mit den Manieren, ich würde mal sagen: Intensivstation. Es wird Zeit für eine Ansage.

»Sagen Sie, ist VIP vielleicht die Abkürzung für *Verdammt Ignoranter Pisser*?«

Sein Redefluss versickert. Jetzt sieht es aus, als frage er sich, ob es ihm schaden könnte, wenn er mir eine reinhaut, daher trete ich vorsichtshalber einen Schritt zurück und grinse ihn an.

Ich beobachte seinen Abgang und konzentriere mich dann wieder auf die Party. Ein großer Teil der anwesenden

Frauen ist auf Honorarbasis unterwegs, der Rest ist blond und hat die Haarfarbe verinnerlicht, um neben ihren Begleitern nicht unangenehm aufzufallen. Die Musik ist genauso einladend, dennoch, in einer Ecke jagen ein paar Tänzer los, als gäbe es kein Morgen. Vielleicht wissen sie ja etwas, was wir nicht wissen, aber ich bezweifle es – ich habe ihre Gespräche belauscht. Nein, es ist wirklich nicht besonders schwer, sich hier einsam zu fühlen, und der einzige Grund, warum ich dennoch ausharre, wirkt extrem gut gelaunt und trägt ein rotes Kleid aus Samt – die Tänzerin.

Als sie mich sah, winkte sie mir kurz zu und ging dann schnurstracks an mir vorbei auf die Tanzfläche. Sie versuchte, sich nichts anmerken zu lassen, aber ich habe sie noch nie so schlecht tanzen sehen. Wenn sie wüsste, dass ich ihretwegen hier bin, käme sie sicherlich noch mehr aus dem Gleichgewicht. *Oh Gott, bloß keine Szene!* Keine Klagen, keine Fragen, ja, ja, ich habe es ja jetzt verstanden. Aber das weiß sie nicht. Und ehrlich gesagt, macht es Spaß zu sehen, dass ich auch mal Auswirkungen auf *ihr* Leben habe. Es ist wirklich ein tolles Schauspiel, wie sie sich einerseits bei dem Versuch, mich unauffällig im Auge zu behalten, den Hals verrenkt und wie wild herumflirtet, während sie mir auffällig unauffällige Blicke zuwirft, ob ich ja auch merke, wie begehrt sie ist …

Den Typen ist es natürlich völlig egal, aus welchem Grund sie plötzlich Chancen bei dieser Schönheit haben. Zwar sind sie überwiegend down oder high, aber zusätzlich müssten sie taub, blind und kastriert sein, um die Tänzerin zu übersehen. Sie winseln um sie herum wie Hunde um den letzten Baum.

Für jeden Typen, den sie innerhalb weniger Minuten aufreißt, aufheizt und abblitzen lässt, trinke ich ein Schlückchen Sekt auf die tolle Vorstellung und warte, dass sich die Reihen lichten. Mir ist zwar nicht ganz klar, was ich suche, aber das wird sich schon finden.

Gestern Abend hatten wir Generalprobe. Die Jungs spielten, als hätten sie die Instrumente gemietet. Sie waren sich nicht sicher, wie viel Druck ich aushalten würde, wollten mir nicht wehtun. Nach ein paar Stücken brach ich die Probe ab und fragte sie, ob sie in meiner Abwesenheit beschlossen hatten, eine gottverdammte *Popband* zu werden! Das half. Sie prügelten wütend auf ihre Instrumente ein. Die ersten zehn Minuten klang es schauderhaft. Dann kamen wir zusammen.

Ja, das Verfallsdatum der Band steht auf ferne Zukunft, aber das der Party ist fast abgelaufen. Die Blicke werden so tief wie die Gespräche flach, und man VIPt nur noch so herum, um jemanden abzuschleppen oder eine letzte schlecht getarnte Boshaftigkeit loszuwerden. Die Zeit drängt, und dementsprechend bricht Torschlusspanik aus. Die Tänzerin steht in einer Traube von Kerlen, die sich zu übertrumpfen versuchen. Muss schön sein, schön zu sein.

Ein besonders widerliches Goldkettchen-Kokslöffel-Exemplar lässt sich nicht abweisen. Er preist ununterbrochen seine Fähigkeiten, seine Einkünfte, sein Apartment, Länge und Umfang, schlimmer noch – er tanzt beschissen. Einer dieser Typen, denen man nicht aus Mitgefühl einen schnellen Tod wünscht.

Als die Gastgeber uns in die Nacht hinausbefördern, haben wir zu einer interessanten Formation gefunden – eine sturzbetrunkene Blondine, die Tänzerin, Koksbacke und ich. Wir stehen erst mal vor der Tür herum, bis Koksbacke beschließt, dass die Nacht zu jung ist, um sich schon zu trennen. Er schlägt vor, dass wir zu ihm fahren, er hätte ja *Unmengen* an Platz, hahaha ... *Vor allem zwischen den Ohren*, möchte ich ihm zuhusten, aber er meint es ja nicht böse – er ist nur so.

Während er über nichts lacht, zieht er ein Handy aus dem Schulterhalter und bestellt uns ein Taxi. Dann warten wir. Das große Schweigen bricht aus. Es ist ein bisschen wie früher auf dem Schulhof. Wenn ich die Tänzerin anschaue, schaut sie weg. Schaue ich weg, schaut sie hin. Auch Blödbacke wirft mir immer finsterere Blicke zu. Oh, ich kann ihn schon verstehen – zwei Männer, eine Frau und eine Schnapsleiche ergeben in seiner Rechnung ein Pärchen, einen Schmachtenden und ein Neutrum. Deswegen hat er den ersten Gang schon drin und lässt die Kupplung schleifen, um beim geringsten Startsignal in die Poleposition spritzen zu können. Er hat allerdings vergessen zu checken, ob ich für dieses Rennen überhaupt gemeldet bin. Zehn zu eins, dass er mich gleich fragt, was ich beruflich mache.

»Und, was machen Sie so beruflich, mein junger Freund?«

Manno.

Er stupst mich leicht an.

»Ey, Sie.«

Ich schaue auf seinen Finger. Seine Instinkte scheinen intakt zu sein, denn er tritt schnell einen Schritt zurück und bringt seine Beißerchen in Sicherheit. Aus sicherer Entfernung nervt er aber unverdrossen weiter.

»Oder haben Sie etwa keinen Beruf?«

Er lacht fett, als wäre daran irgendetwas lustig. Ihn einfach zu ignorieren wäre echt cool. Ich lerne es nie.

»Sie meinen mich?«

»Sonst ist hier niemand.«

Ich werfe einen viel sagenden Blick auf die Tänzerin.

»Charmantes Kerlchen.«

Sie weicht meinem Blick aus.

»Ich meine, kein Mann, mein ich, sonst, hier!«, verbessert Fettbacke sich hektisch.

»Hab mich schon gewundert – für einen Augenblick dachte ich, das Wort *Freund* vernommen zu haben, und da haben Sie Recht – keiner da. Und wenn dein Finger mich noch mal berührt, ist der auch nicht mehr da.«

Ich lächele ihn an und warte. Nichts. Nicht das geringste Zucken erlaubt er sich. Also so etwas von Selbstbeherrschung. Ich bin beeindruckt.

Stattdessen bietet er uns schnell kubanische Zigarren aus einem goldenen Etui an. Vielleicht ist das ja der Trick der Reichen: weghören und drüber wegsehen, solange kein Scheckheft auf dem Tisch liegt. Mal sehen, wie viel er aushält.

»Und Sie, was machen Sie beruflich?«, frage ich ihn. »Sie sind doch ein VIP, oder?«

Er wundert sich kurz über die perfekte Vorlage und tapst dann stumpf in die Falle.

»Das kann man wohl meinen, hahaha ...«

»Daher auch die Frage nach Ihrem Beruf, menschlich konnte es ja nicht gemeint sein.«

Der arrogante Zug um seinen Mund wird etwas tiefer. Das sind keine kleinen Brötchen, aber so groß der Brocken sein mag, er schluckt ihn und lächelt mich an.

Während er sich noch den Kopf zerbricht, wie hoch der Scheck sein muss, der mich nach Hause schickt, löst sich sein Problem von alleine: Das Großraumtaxi kommt, und die anonyme Alkoholikerin schafft es nicht aus eigener Kraft in den Wagen. Während ich ihr behilflich bin, nutzt Speckbacke die Gelegenheit, um sich an der Tänzerin festzusaugen. Sie wehrt sich nicht. *Unterschätze nie das Kapital!* Sagte mein Opa schon.

Schließlich fahren wir los. In jeder Linkskurve kippt die Besoffene gegen mich, jedes Mal lehne ich sie wieder vorsichtig an die Tür. Ihre Augen starren blind ins Niemandsland, und ich bete, dass sie keinen nervösen Magen hat – ich möchte nicht voll gekotzt werden, wenn sie merkt, wie einsam es da draußen tatsächlich ist.

An einer Ampel legt Schweinebacke eine kurze Sabberpause ein, um mir einen triumphierenden Blick zukommen zu lassen, dann saugt er sich wieder an der Tänzerin fest. Was für ein Arschloch. Aber reich. Manchmal frage ich mich, ob das eine das andere bedingt.

Das Taxi bremst ab, und noch bevor das Taxi richtig steht, flattern die beiden Turteltäubchen, von ihren heißen Wünschen nur so beflügelt, die Treppen hoch und überlassen es mir, die Rechnung zu begleichen, sowie die A. A. aus dem Auto zu bugsieren.

»Einunddreißig sechzig«, sagt der Fahrer.

Ich werfe einen Blick auf die Kleidung meiner weggetretenen Begleiterin. Allein der Rock hat mindestens das Zehnfache gekostet, und da soziale Betreuung sowieso unbezahlbar ist ...

In ihrer Handtasche fliegen ein paar Fünfziger herum. Ich fange einen ein und reiche ihn nach vorne.

»Der Rest ist für Sie.«

Er schnappt ihn sich wortlos. Ich warte. Nichts passiert. Ich warte noch zehn Sekunden. Nichts passiert. Schließlich beginne ich, die Besoffene aus dem Wagen zu bugsieren, ohne weiter darauf zu hoffen, dass der Fahrer vielleicht nur ein sehr langsamer Mensch ist.

Er beobachtet meinen Kampf im Rückspiegel, und als ich Schnapsleiche endlich aus der Karre raushabe, checkt er seinen Rücksitz kurz auf Essensreste, dann rauscht er grußlos ab. Das hat man davon, wenn man das Trinkgeld zu früh rausrückt.

Ich setze ihn auf die Liste und schaue mich um. Oh, ohh ... Kein Wagen unter fünfzig Riesen, kein Baum ohne Stammbaum. Wir müssen schnell von der Straße runter, bevor ein herumstreifendes Securityteam auftaucht und anfängt, meine Unterwäsche auf Markennamen zu untersuchen.

Ich werfe einen Blick zum Haus hoch und sehe im selben Moment, wie die Lichter im Dachgeschoss angehen.

»Sie wollen uns loswerden«, knurre ich Besoffski zu, »aber so leicht lassen wir uns nicht abschütteln, nicht?«

Sie schüttelt den Kopf und schwankt drauflos. Eine echte Kameradin.

Als ich ihre Versuche, durch die geschlossene Haustür zu gehen, ausreichend bewundert habe, lade ich sie mir schließlich auf den Rücken, um noch dieses Jahr ins Haus zu gelangen. Dabei wird sie richtig munter, hustet böse und versucht, mir die Rippen einzutreten. Ich verspreche ihr, sie beim ersten Würgegeräusch fallen zu lassen. Daraufhin kriegt sie einen gewaltigen Hustenanfall und tritt noch heftiger um sich. Sie gefällt mir immer besser.

Als der Fahrstuhl im dritten Stockwerk abbremst, höre ich ein unverwechselbares Geräusch aus ihrem Inneren. Ich lehne sie an die Wand und kann mich gerade noch durch die Fahrstuhltür hinauszwängen, bevor ihr Mageninhalt an die Kabinenwand klatscht. Ich lausche dem Gewürge und bin ernsthaft versucht, sie ein paar Stockwerke weiterzuschicken, aber ein paar soziale Verhaltensregeln sind wohl hängen geblieben, denn ich bleibe stehen und lausche.

Das Gewürge lässt in Intervallen nach. Ich werfe einen Blick in die Kabine. Sie steht lässig an die Wand gelehnt und schaut mich mit einem dümmlichen Lächeln an. Natürlich lehnt sie an der voll gekotzten Wand, und ich versuche, nicht dran zu denken, wie ihre Jacke hinten aussehen muss. Als mein Blick auf ihre Schuhe fällt, kann ich es mir ganz gut vorstellen.

Schnapsi lächelt mir zu und scheint auf die Kavallerie zu warten, aber ich gehe da bestimmt nicht rein.

»Komm her ...«

Sie rührt sich nicht und lächelt mich nur verständnislos an.

»Komm her.«

Sie rührt sich nicht, lächelt verständnislos.

»Komm her!«

Sie lächelt verständnislos.

Ich strecke einen Arm in die Kabine und lasse einen ausgestreckten Finger über dem »K« verharren.

»Wenn du jetzt nicht rauskommst, schicke ich dich zum schwarzen Mann in den Keller.«

Sie lächelt verständnislos.

»Alleee Zombiiiiies – Marsch!«

Sie lächelt verständnislos. Okay, jagen wir die Datenbank durch.

»Aktien, Hummer, Kaviar, Porsche, Papa im Aufsichtsrat, Monte Carlo, Schönheitschirurgie, Silikon, Steuerflucht, Luxemburg ...«

Irgendwas scheint ihr bekannt vorzukommen, denn sie kommt plötzlich auf mich zugeschwankt. Als sie an mir vorbeieiert, halte ich ihre Jacke am Kragen fest, und wie vermutet taumelt sie einfach weiter und lässt Jacke Jacke sein. Ich folge ihr in sicherem Abstand.

Es gibt nur eine einzige Tür auf dieser Etage, und die steht halb offen. Ich schiebe sie ganz auf und taste nach einem Lichtschalter. *Klick!* Die Sonne geht auf. Dutzende Lichter beleuchten einen langen gebogenen Gang, von dem zirka ein Dutzend Türen abgehen. Drogengelder oder Tantiemen aus der Volksmusik? Wie auch immer, irgendwo gibt es hier eine Bar. Und die brauche ich. Dringend.

Aber zuerst muss ich das Steiftier loswerden.

»Such Bettchen.«

Sie lächelt dümmlich und schwankt drauflos. Wow!

Die erste Tür führt in ein Badezimmer, aber schon hinter der zweiten finden wir ein Schlafzimmer. Beim Anblick des Bettes seufzt mein Pflegefall erleichtert und macht eine unsichere Bewegung nach vorne. Bevor sie umkippt, tippe ich sie leicht an die Schulter. Sie klatscht an die Wand wie ein nasser Sack Zement und lächelt mich zur Abwechslung verständnislos an. Mir ist es genauso rätselhaft, wieso ich das tue, aber ich hebe ihre Beine an und ziehe ihr die Schuhe aus. Bei dem Geruch bin ich geneigt, mein Abendessen dazuzutun.

Als ich sie wieder freigebe, macht sie ein paar schlappe Schritte und lässt sich dann seufzend aufs Bett plumpsen. Da liegt sie breitbeinig und schlapp, eingehüllt in eine Duftnote: Magensäure No. 1. Als würde das nicht schon reichen, beginnt sie, leise zu schnarchen. Die Situation ist hoch unerotisch, dennoch, als ich ihre Bluse aufschnüre – sie muss ja Luft kriegen, nicht wahr? –, komme ich nicht umhin festzustellen, dass ihre Schultern vom Feinsten sind, und als ich ihr die Bluse ausziehe, bemerke ich auch, dass sie kein großer Fan von natürlichem Haarwuchs zu sein scheint.

Um sicherzugehen, ziehe ich ihr den Rock aus und betrachte ihre Beine. Kein Härchen weit und breit. Ich starre den Satinschlüpfer an. Tja ... *Schämst du dich nicht? Eine wehrlose Frau ausziehen und begaffen! Also wirklich!*

Als ich ihr den Slip runterschäle, sehe ich, dass sie nicht konsequent war. Zwischen ihren Beinen thront ein winziges Haarbüschel in Form eines Herzens. Ich beobachte das Kunstwerk, merke, wie der Anblick sich bei mir auswirkt, werfe ihr schnell eine Decke über und mache mich auf die Suche nach dem nächsten Level.

Nach einem zweiten Schlafzimmer stehe ich plötzlich in einem Raum von der Größe einer mittleren Sporthalle. Die Decke und die Wände sind zur Hälfte verglast, und ein paar hundert Quadratmeter Parkettboden erstrecken sich zu meinen Füßen. Ich komme mir vor wie in einer überdimensionalen Käseglocke. Vor lauter Selbstbefriedigung scheint der

Architekt aber die Installation der Lichtschalter verschlampt zu haben, und so zögere ich mich langsam an der Wand entlang, während ich mir schnell die ersten drei Verhaltensregeln für Wohnungen mit mehr als tausend KuEms in Erinnerung rufe:

1) Nichts sagen ohne einen Anwalt.

2) Nichts tun ohne einen Anwalt.

3) Nichts sagen oder tun wegen der anderen Anwälte.

Wie immer ignoriere ich alle gut gemeinten Ratschläge und tapse weiter in die Tiefe des Raumes, bis ich im Norden die Hausbar entdecke. Die meisten Etiketten sind mir fremd. Um nicht aus Versehen etwas zu erwischen, was die Geschäftsfreunde sich vor den Vertragsverhandlungen gegenseitig ins Glas kippen, mixe ich mir einen langweiligen Pastis/Wasser.

Nach dem dritten fühle ich mich stark genug, um den Geräuschen der beiden Turteltäubchen zu folgen, und stehe bald vor einem weiteren Schlafzimmer. Ich atme kurz durch, dann stoße ich die Tür auf und bekomme das Bild zum Ton. Die Tänzerin liegt auf dem Rücken, und obendrauf bestätigt Koksbacke ein altes Vorurteil – er vögelt, wie er tanzt.

Ich schaue ihr ins Gesicht, sie ist voll dabei und zeigt diesem Arschloch, das ihr morgen früh Geld zustecken wird, genauso viel, wie ich zu sehen bekam. Ich höre ihre Worte, sehe, wie sie ihn antreibt, und plötzlich geht mir ein Licht auf: *Für sie besteht kein Unterschied zwischen diesem Arschloch und mir! Es gab nie einen Unterschied!!* Die Erkenntnis, nichts Besonderes gewesen zu sein, lässt mich zittern.

Sie hebt den Blick. Zuerst erstarren ihre Gesichtszüge, dann der Rest. Dem Nekrophilen auf ihr macht das anscheinend nichts aus – er fickt weiter auf sie ein, als hätte er eine Deadline.

Ich will sie anschreien, sie zusammenstauchen und kriege

keinen Ton heraus. Stattdessen tippe ich mir an die Stirn: *Denk!*

Eine Zeit lang scheint sie das tatsächlich zu tun, liegt einfach nur da und starrt mich mit aufgerissenen Augen an, doch dann beginnt sie, sich wieder zu bewegen. Langsam und ohne den Blickkontakt zu unterbrechen, greift sie um ihn herum und krallt ihm die Fingernägel in den Arsch. Er juchzt laut auf, und sie schaut mich dabei auf eine Art an ... Keine Worte und in mir – irgendwas Kaputtes geht kaputt ...

Ich strecke ihr einen Finger entgegen und sehe zu meinem Erstaunen, dass es nicht der mittlere ist. Mein rechter Daumen steht in der Luft und wünscht ihr einen guten Rutsch. Wohin auch immer.

Ich lasse die beiden mit ihrer Einsamkeit alleine und verirre mich an die Bar zurück, wo ich mir Nummer vier mixe. In meinem Kopf dreht sich alles. *Nicht nachdenken!* Um dem nachzuhelfen, verschreibe ich mir einen Spaziergang.

Als ich mich nach acht weiteren Zimmern plötzlich wieder in der Käseglocke befinde, weiß ich, dass mein Gefühl mich nicht getäuscht hat: Hier hat sich ein Architekt eine goldene Nase verdient und zur Abwechslung mal zu Recht. Die Akustik ist so gut, dass ich von meinem Standort aus die Hilferufe der beiden Alleingelassenen mitverfolgen kann. Ich stelle mich an die Bar und mixe Nummer fünf. Wirre Gedanken verursachen eine Baustelle auf der Autobahn meiner Denkfähigkeit. Frage: Wenn zwei Leute zur selben Zeit im selben Raum einen Monolog halten können, ohne dabei einen Dialog einzugehen, haben dann zwei Menschen, die sich zur selben Zeit im selben Raum selbst befriedigen, Sex miteinander? Fragen ...

Der Pastis ist gar nicht so langweilig, wie ich dachte, hihi ... *Nummer fünf lebt!* Aber nicht lange. Ich setze mich mit

Nummer sechs und der Flasche in einen Clubsessel, der den Jahresetat der Band verschluckt hat, und widme schon bald Nummer sieben meine volle Aufmerksamkeit. Vor mir die Dächer der Stadt und ein Sternenhimmel. Ein paar Dezibel darüber ziehen die beiden Turteltäubchen die Stukas-über-London-Nummer durch. Ich trinke auf die Flak.

Irgendwann graut der Morgen. Ich befinde mich in einem leicht schwebenden Zustand. Seit geraumer Zeit ist im Viertel Ruhe eingekehrt. Kein Auto fährt, kein Zug ist zu hören, kein Boot tutet. Über mir der Sternenhimmel, unter mir die Altstadt, still und farblos wie ein Schwarz-Weiß-Foto. Auch ein paar Zimmer weiter ist der Waffenstillstand eingetreten, und eine himmlische Stille hat sich breit gemacht. Frieden. Ich trinke auf ihn. Ich trinke auf den Schlaf. Ich trinke auf die Fragen dieser Welt. Mögen sie gestellt werden. Amen.

Irgendwann ist die Flasche leer. Die Sonne hat schon mal ein paar Strahlenscouts vorbeigeschickt, um die Lage zu peilen, und noch immer hat sich da unten nichts gerührt. Ich bin am wegschlummern, als sich direkt hinter mir etwas Großes bewegt! Meine Nackenhaare richten sich kratzend auf, mein Herz versucht zu fliehen. Der Rest von meinem Körper drückt sich tiefer in den Sessel und stellt sich tot.

Keinen Meter von mir entfernt tritt mein Pflegefall an das offene Fenster und atmet tief durch. Sie ist nackt, und ihre Silhouette gegen die ersten zarten Sonnenstrahlen ist mit das Schönste, was ich seit Ewigkeiten zu sehen bekommen habe. Sie kratzt sich in ihrem kleinen Büschel, ihre Brüste wippen träge im Takt. Ich muss mich gar nicht mehr anstrengen, um ruhig sitzen zu bleiben.

Sie wirft einen Blick zum Himmel, stützt beide Arme auf ihren Hintern, biegt sich durch und furzt leise. Dann lehnt sie sich vorne auf den Fensterrahmen und verharrt. Direkt vor meinen Augen schwebt ihre Möse in der Luft, und nach dem Pastis – und vielleicht auch wegen der ersten Sonnenstrahlen – ist es mir, als ob sie mir von ihren Sehnsüchten und Ängsten erzählt. Wir führen ein stummes Zwiegespräch, aber trotz des nackten Körpers vor mir ist es nicht der Hunger danach, der in mir aufsteigt, sondern ein Gefühl der Zuneigung für diese fremde Person, deren Körper mir schon so vertraut ist. Ich würde sie gerne fragen, woran sie gerade denkt, aber ich weiß, dass ich sie jetzt nicht ansprechen kann, ohne dass sie sich zu Tode erschreckt, also bleibe ich stumm sitzen und beobachte, wie sie sich nach einiger Zeit umdreht, in meine Richtung schaut, heiser aufschreit, in den Knien einknickt und einen Schritt zurückschwankt – da ist aber schon das offene Fenster.

Ich kämpfe mich hektisch aus dem Sessel und taumele auf sie zu, um ihr das Leben zu retten. Das gibt ihr den Rest. In dem schwachen Licht sehe ich, wie ihre Augen sich weiten und dann nach oben wegdrehen. Sie kippt nach hinten. Ich erwische sie gerade noch an der Hand, zerre sie in einem wilden Ruck an mich, gemeinsam fallen wir in den Sessel zurück.

Da liegen wir. Zwischen ihren halb geöffneten Augenlidern schimmert es weiß, und weil ich nicht hören kann, ob sie atmet, schiebe ich ihr eine Hand unter die Brust und checke ihren Herzschlag. Sie lebt. So langsam könnte es mich interessieren, wie sie so ist, wenn sie bei Bewusstsein ist.

Ihre Brust fühlt sich gut an, also lasse ich meine Hand liegen. Meine Nerven schreien nach Nummer zwölf, aber meine andere Hand ist zwischen ihrem Körper und dem Sessel eingeklemmt, und da mein Pulsmesser sich standhaft weigert, ihre Brust zu verlassen, bleibe ich einfach sitzen und harre der Dinge.

Die Minuten verstreichen, und die Sonne ist fast zu einem

Viertel sichtbar, als ihre Augenlider zittern und sie mit einem schwachen Stöhnen zu sich kommt. Durch die Bewegung spüre ich, wie einer meiner eingeklemmten Finger in eine angenehm weiche Rille rutscht, und im selben Augenblick, als sie die Augen aufschlägt und mich verdutzt anschielt, wird mir klar, in welchen Körperteil mein Finger gerade dringt.

»UAAHH!«, schreie ich ihr erschrocken ins Ohr, während ich wie verrückt an meiner Hand ruckele, um freizukommen.

»Pfffffttt!«, macht sie und verdreht die Augen wieder.

Durch den Ruck kippt sie mit dem Gesicht zuerst auf meine Brust, von dort aus rutscht sie mit sabbernden Lippen langsam über meinen Bauch, um schließlich mit der Wange auf meinem Schritt liegen zu bleiben, und ich merke, wie ich, trotz der befremdlichen Situation, einen Halbsteifen bekomme. UNBEKANNTER SÄNGER PENETRIERTE BEWUSSTLOSE! SHARON S. (Name geändert): ›DAS SCHWEIN LIESS MICH ZWISCHENDURCH IMMER WIEDER ZU BEWUSSTSEIN KOMMEN!‹

Ich unterdrücke ein Kichern und nutze schließlich die neu gewonnene Freiheit meiner Rechten, um das Glas in einem Zug zu leeren. Dabei verströmen meine Finger einen Duft, der zuerst meinen Verdacht bezüglich des Körperteiles und dann meinen Schwanz endgültig erhärtet. Ich kriege einen Lachanfall.

Die Bewusstlose gleitet graziös zu Boden. Wie ein Haufen Elend liegt sie mir zu Füßen und atmet schwer. Ich lasse mich neben sie gleiten und bette ihren Kopf auf meinen Schoß, während ich ihr sachte über die Haare streiche.

»Keine Angst, ich tue dir nichts. Es ist nichts passiert, das Leben ist nicht immer so. Meine Mutter ist gestorben, aber die Band wird leben. Die Tänzerin kann nicht lieben, aber

Britta kann es. Der FC wird nicht absteigen, es wird alles wieder gut. Mach dir keine Sorgen, du bist nicht alleine da draußen. Es gibt noch Hoffnung, hörst du mich? *Hoffnung!* Hey, schau mal, ein neuer Tag ... ist es nicht ein gottverdammtes Wunder?«

Ich erzähle ihr alles. Sie ist eine tolle Zuhörerin. Irgendwann erwachen die Bürger, Zeit zu verschwinden. Vorher fülle ich meinen Blaseninhalt in die leere Pastisflasche zurück und stelle sie wieder in die Bar. Von solchen Typen nehme ich nichts geschenkt.

20. Spieltag

Tag X. Blauer Himmel, klarer Kopf. Der Gedanke an heute Abend verschafft mir den ersten Adrenalinstoß des Tages. Energie in jeder Faser.

Es klopft an der Tür. Vivi kann es ja dann nicht sein.

»Ja?«

Die Tür schwingt auf, und Vivi trägt ein großes Tablett herein. Croissants, Aprikosenmarmelade, die Tageszeitung und ... eine Kanne Kaffee. Wie sage ich es ihr nett?

Hinter ihr taucht Marco auf. Er trägt frisch gepressten Orangensaft und eine Vase mit ein paar Lilien vor sich her. Sie bauen alles vor mir auf, setzen sich dann hin und strahlen mich wortlos an. Ich schaue vom einen zum anderen. Was wird das denn jetzt?

»Wenn ihr auf 'n flotten Dreier spekuliert, dann vergesst es. Ich bin zu alt für so 'n Scheiß.«

Vivi stupst Marco an.

»Hab ich's nicht gesagt? Er ist wieder ganz der Alte.«

Toll. Kaum bin ich ein paar Tage nicht in Form, muss ich mich schon von Vivi beklugscheißern lassen. Womit hab ich das verdient?

»Na, wegen des Auftritts«, platzt Marco erstaunt heraus.

Ich schaue ihn finster an. Sein Lächeln wird brüchig.

»Vielleicht möchte er lieber alleine frühstücken«, flüstert er zu Vivi und zupfelt dabei nervös an ihrem Ärmel herum.

Vivi schaut mich an und, bei den Göttern, ich schwöre, es liegt so etwas wie Verständnis in ihrem Blick.

»Wir sehen uns ja heute Abend, und dann wollen wir was erleben.«

Ich zucke mit den Schultern, kein Problem, irgendetwas gibt es immer zu erleben.

Sie begleitet Marco hinaus und steckt dann den Kopf noch mal zur Tür herein.

»Und falls du heute Abend nicht so richtig in Schwung kommen solltest ... In meiner Kommode in der obersten Schublade liegen noch ein paar Gramm Koks und etwas Speed. Ich brauch das nicht mehr.«

Die Tür schließt sich, und ich kann in aller Ruhe an meinem Gehör zweifeln. Hat diese Person, die vor einem Monat noch einen eigenen Dealer beschäftigt hat, mir eben mitgeteilt, dass sie keine Drogen mehr nimmt?

Bevor ich mir diese elementare Frage beantworten kann, schwingt die Tür wieder auf.

»Und setz mich plus eins auf die Gästeliste, ja?«

Die Tür schließt sich wieder, ohne dass sie eine Antwort abgewartet hätte. Na, wenigstens etwas ist beim Alten geblieben.

Es klopft wieder.

»Verdammt, was noch?«

Marco steckt den Kopf rein.

»Kann ich dich kurz sprechen?«

»Okay«, seufze ich und schreibe den Morgen ab.

Er bleibt einen Meter hinter der Tür stehen, und es fehlt nur noch, dass er einen Hut zum Knautschen hervorholt.

»Was gibt's?«, frage ich ihn schließlich, bevor er sich in ein Mauseloch verkrümeln kann.

»Na ja, es ist so ... ich habe hier gewohnt, während du ...«

Er sucht nach den richtigen Worten.

»Weg warst«, helfe ich nach.

»Genau«, strahlt er, »du warst weg!«

»Und?«

»Na ja, ich habe noch keine eigene Wohnung, und Vivi meinte ...«

»Jaah ...?«

»Na ja ...«

»Vivi meinte, was?«

»Na ja, dass ich vielleicht erst mal hier wohnen könnte«, sagt er und studiert den Teppich ausgiebig.

Na, da geht mir ja ein Lichtlein auf: Frühstück als Bestechung.

»Ich habe deine Sachen gesehen. Ist ja nicht viel, was du mitgebracht hast.«

»Na ja, der Rest steht noch bei meinen Eltern in Tübingen. Das hole ich erst ab, wenn ich eine feste Bleibe habe.«

»Und?«

»Na ja, es wäre nur für die erste Zeit ...«

»Und wie lange wird diese erste Zeit ungefähr dauern?«

»Na ja, das weiß ich nicht. Ich bin täglich auf Wohnungssuche. Ich kann mich auch an der Miete beteiligen ...«

Kann man dem jungen Glück im Wege stehen?

»Meinetwegen.«

Er springt fast in die Luft vor Freude.

»Unter einer Bedingung«, bremse ich ihn.

»Ich kann die erste Miete sofort bezahlen und ...«

»Kohle klärst du mit Vivi. Was ich will, ist dein Wort, dass du mir keine Arschlöcher in die Bude schleppst.«

Er runzelt die Stirn.

»Arschlöcher? Was denn für Arschlöcher?«

Ich hole Luft.

»Vermieter, Vertreter, Bullen, Leute von der GEZ, Pfändungsbevollmächtigte, Sektenheinis, Handwerker ohne Termin, Fremde, die sich kurz die Hände waschen wollen, Ex-Freundinnen, die etwas liegen gelassen haben. Junkies,

Spinner, Zocker, Alleinerziehende ohne Kind, Nepper, Schlepper, Bauernfänger – solche halt.«

Seine Lippen bewegen sich lautlos.

»Klar?«

»Na ja, ich weiß nicht, ob ich mir alle merken konnte ...«

Ich mustere ihn. Oh Mann, das hier wird kein leichter Job. Versuchen wir es anders: Ich zeige auf den Kleiderschrank und gebe ihm die Patennummer.

»In diesem Schrank liegt eine Pistole. Wenn eine Person, die du nicht kennst oder nicht magst, die Wohnung ohne Erlaubnis betreten will, holst du sie heraus, hältst voll drauf und drückst fünf Mal ab, capisce?«

»Voll drauf, fünf Mal, okay«, nickt er.

Ich mustere ihn wieder. Wer verarscht hier eigentlich wen? *Geh kein Risiko ein, er ist vom Land!* JUNGE VOM LAND ERSCHIESST NACHBARIN, DIE SICH EIER AUSLEIHEN WOLLTE. »ES WURDE MIR BEFOHLEN«, SAGTE ER BEI DER VERHAFTUNG UND NANNTE DIE NAMEN VON EINER STADTBEKANNTEN DROGENABHÄNGIGEN UND EINEM WENIGER BEKANNTEN SÄNGER. BEIDE SIND UNTERGETAUCHT UND WAHRSCHEINLICH BEWAFFNET. EIN NACHBAR: »WER *SO* SINGT, BRINGT AUCH KLEINE KINDER UM!« WIR BITTEN DIE POLIZEI, BEI DER VERHAFTUNG VON IHREN SCHUSSWAFFEN ÄUSSERSTEN GEBRAUCH ZU MACHEN!

»Das mit der Pistole war ein Witz.«

»Öh ... ja?«

»Ja«, seufze ich.

»Na ja ... aber das mit den Arschlöchern nicht, oder?«

»Wenn du hier irgendwann irgendein Arschloch reinlässt, dann fresse ich Vivis Restdrogen auf einen Schlag und schließe dich mit mir in einem Zimmer ein.«

Er schaut mich mit großen Augen an.

»Vivis ... Restdrogen?«

Ich gottverdammter Idiot, ich ...

»Na ja ... auch nur ein kleiner Scherz, okay?«

Vor lauter Schuldgefühl fange ich sogar an, so zu reden wie er.

»Na ja, Spaß muss sein«, sagt er zögerlich.

»Genau. Wir kriegen das schon hin«, sage ich. »Marco, wenn mal irgendwas sein sollte, dann schau rein und lass es uns bequatschen. Egal was, okay?«

Er strahlt mich an.

»Danke.«

Er schließt die Tür leise hinter sich. Junge, Junge, er ist so naivehrlichgeradeauserfrischend. Aber mit Vivi hat er sich einen Brocken abgebissen, an dem die halbe Stadt schon erstickt ist. Ach, was soll's, vielleicht ist er ja genau das, was ihr die ganze Zeit gefehlt hat. Die Liebe hat schon seltsamere Symbiosen hervorgebracht.

Stimmengewirr und Gepoltere. Die Tür geht wieder auf. Erinnere mich jemand dran, dass ich bei nächster Gelegenheit eine Drehtür installieren lasse.

Brunner und Schimanski kommen schreiend hereingestürmt. Max folgt, still wie immer. Falls ich es richtig verstehe, hat jemand letzte Nacht unsere Plakate mit dem kleinen Zusatz *Ausverkauft!* versehen. Die Jungs wollen Blut sehen und wissen auch schon wessen.

»Rache!«, brüllt Schimanski und prüft die Festigkeit der Wand.

»Ich b-bringe dieses M-M-Miststück u-um!«

»Rache!«, brüllt Schimanski.

»S-S-S-Schlampe!«

»Rache!«, brüllt Schimanski.

»F-F-F-«

»Aufhören!«, brülle ich.

Brunner ist so in Rage, dass er vergisst, mich anzuscheißen.

»Otze!«, ruft er und beginnt, in meiner Kommode herumzuwühlen, in der ich lange Zeit ein Samuraischwert aufgehoben habe, das uns mal auf einer Tour zugelaufen kam.

»Rache!«, brüllt Schimanski.

Ich schaue Max an. Er verdreht die Augen.

»Haaaallooooo!«, rufe ich. »Wir haben jetzt keine Zeit für diesen Scheiß! Wir müssen heute Abend unser Ding durchziehen, erst danach kümmern wir uns um alles andere! Ist das klar? Vor allem dir, Mister kurze Lunte!«

Brunner reagiert nicht, aber Schimanski lässt kurz von der Wand ab und dreht sich zu mir um.

»Aber sie hat uns *fertig gemacht!* Alle werden glauben, dass wir ausverkauft sind, und sich deswegen erst gar nicht mehr auf den Weg machen!«

»Ich werde mich gleich ans Telefon hängen und Schadensbegrenzung betreiben. Aber was wir heute Abend brauchen, sind jede Menge coole Grooves, und die kriegen wir nicht mit *bad vibes.*«

»Aber ...«

»RUHE!«, donnert Max.

Alles erstarrt. Max zeigt auf Brunner.

»Willst du, dass sie gewinnt?«

»N-N-N-«

»Dann führ dich nicht auf, als wärst du ihr Handlanger. Riechst du nichts? Die Sache stinkt zum Himmel!«

»A-A-A-«

»Sie will, dass wir auf sie losgehen, und es würde mich nicht wundern, wenn sie mit ihrem Hoffotografen jetzt schon im Underground auf uns wartet. Du legst sie flach, sie kriegt die Presse, und uns platzt der Gig, weil du Blödmann wieder mal bei deinen grünweißen Freunden in Verwahrung gehst.«

»A-Arschloch!«

»Im Gegenteil – Köpfchen«, antwortet Max.

Pause.

»Na gut, erst spielen wir den Gig, aber dann ...«, droht Schimanski,

»... l-l-lassen wir u-uns w-was B-B-Böses e-e-einfallen!«

»Etwas extrem Böses!«, verbessert Schimanski ihn.

»Falls sie es war«, erinnert Max.

»Wer sollte sich denn sonst so einen Scheiß ausdenken?«, fragt Schimanski entrüstet, als gäbe es nur eine irre Person in dieser Stadt.

»Das weiß ich nicht«, sagt Max nachdenklich. »Aber wir kriegen es raus.«

Er nickt mir zu. Mein Einsatz.

»Okay, reißen wir uns heute Abend das Herz raus, dann haben wir anschließend alle Möglichkeiten, uns zu revanchieren. Fallen wir auf die Schnauze, dann macht die eine oder andere Dummheit auch keinen Unterschied mehr. So oder so: Sie oder jemand anders ist fällig, aber wer, wann und wie, das entscheiden wir, nicht Fräulein Karin Scheiße, alles klar? Und wenn du nicht sofort deine Griffel aus meiner Unterwäsche entfernst, dann kann ich für nichts garantieren!«

»S-S-Schon gut!«, stottert Brunner. Dann kichert er. »Du bist g-ganz der A-A-Alte!«

Na klar. Der gute alte Tacheles. Alle wissen Bescheid.

»Ich fasse zusammen«, sagt Max. »Wir spielen den Gig. Danach kriegen wir raus, ob sie damit was zu tun hat, und wenn ja, lassen wir uns etwas Böses einfallen.«

»*Extrem* Böses!«, knurrt Schimanski.

»Extrem Böses einfallen«, wiederholt Max.

»Das wär also geklärt. Jetzt verzieht euch, ich muss telefonieren.«

Schimanski und Brunner poltern raus. Max bleibt in der Tür stehen und schaut mich nachdenklich an.

»Hm?«

»Du warst toll«, sage ich und werfe ihm ein Kusshändchen zu.

Das mit dem Handkuss ist vielleicht zu viel des Guten, denn er kommt wieder rein, schließt die Tür, setzt sich, nimmt eines meiner Crossaints, beißt herzhaft rein und mustert mich kauend.

»Schmeckt's?«

Er schaut mich regungslos an und kaut.

»Stört es dich, wenn ich bei deinem Frühstück anwesend bin?«

Er schaut mich regungslos an und kaut.

»Okay«, seufze ich, »was ist?«

»Karin S.«, sagt er.

»Was ist mit der?«

»Das ist die Frage«, sagt er und mustert mich.

»Keine Ahnung«, sage ich.

»Hm«, macht er und wird wieder zu Stein.

Zeit vergeht. Irgendwann werfe ich einen demonstrativen Blick auf die Uhr. Er reagiert nicht. Ich werfe noch einen Blick darauf. Keine Reaktion. Anscheinend will er es diesmal wirklich wissen.

»Tja, weißt du, das ist eine lange Geschichte ...«, versuche ich es noch mal.

Er sitzt da wie ein Felsen in der Landschaft. Könnte ein paar Jahrhunderte dauern, ihn kleinzukriegen, also ...

»Erinnerst du dich an die ›Künstler und Journalismus‹-Talkshow, in der ich eingeladen war. Die aufgezeichnet, aber nie ausgestrahlt wurde?«

Er senkt den Kopf einen Nanomillimeter, schraubt die Kanne mit dem Vivikaffee auf und wartet, dass ich fortfahre.

»Da war sie auch. War das erste Mal, dass wir uns trafen.«

Er hebt eine Augenbraue einen Millimeter und greift nach meiner Kaffeetasse. Er nimmt sie und wirft ein paar Stück Zucker rein.

»Fühl dich wie zu Hause«, sage ich.

Er gießt Kaffee in meine Tasse und wirft mir dann einen Blick zu.

»Tja, also die Tänzerin hatte mich gerade verlassen, und ich war nicht gut drauf, und die Talkshow war ätzend, und Karin S. laberte Bullshit, und das Licht war zu hell, und es gab Freigetränke, der Talkmaster verlor ständig den Faden, und Karin S. goss mir pausenlos flüssiges Blei in die Gehörgänge und redete über ihre blöden Hamster, die sich miteinander unterhalten und dass sie das ganze obere Stockwerk in ihrem Haus bewohnen und dass man, um ihnen Respekt zu zollen, anklopfen müsste, bevor man eintritt und so weiter und so endlos fort. Ich kippte ein Bier nach dem anderen und wartete, dass irgendjemand sie unterbricht, aber die ganze Zeit hörte der Talkmaster ihr wohlwollend zu, das Publikum lauschte ergriffen, die anderen Gäste schwiegen betreten, verstehst du, es war, als würde sie was wirklich Wichtiges von sich geben, aber sie quatschte die ganze Zeit nur von ihrer beschissenen Hamsterzucht, es machte mich fertig, daher beschloss ich, das Ganze etwas abzukürzen.«

»Gute Idee«, sagt er.

Ich ignoriere den Einwand. Er hat es nicht anders gewollt.

»Ich fragte sie also, ob sie nicht die hervorragende Journalistin wäre, die für ihre provokanten und hintersinnigen Kolumnen bekannt wäre. Sie zierte sich etwas, konnte es aber nicht verneinen, also fragte ich sie, was es für ein Gefühl wäre, als Journalistin zu arbeiten. Sie sülzte los, der Vorteil an diesem Beruf wäre der, dass man mit so unheimlich vielen interessanten Menschen zusammentreffen würde blablabla, und als sie sich warm geredet hatte, war ich ihr bester Freund geworden, also fragte ich sie, ob es stimme, dass sie im Gespräch wäre, als Chefredakteurin bei dieser neu aufgelegten Zeitschrift ›Der Stürmer‹ anzufangen.«

Er will sich gerade Milch in den Kaffee kippen, doch jetzt verharrt er und mustert mich.

»Der Stürmer?«

Ich nicke. Er schaut mich an. Ich muss grinsen und denke an den Abend, wo Karin S. sich vor laufender Kamera bloßstellte.

»Das Publikum raunte, sie hielt das für Anerkennung und sonnte sich in der Aufmerksamkeit, aber sie zierte sich noch, also schleimte ich herum, dass ich verstehen würde, wenn sie im Vorfeld der Vertragsverhandlungen keine Informationen preisgeben könne, aber wenn ein weltbekanntes geschichtsträchtiges *Sport*-Magazin wie ›Der Stürmer‹ ihr eine wöchentliche Kolumne geben würde, dann wäre das doch etwas, was man ruhig zugeben könne. Sie zierte sich noch ein bisschen, und dann ...«

Ich mache eine kleine Kunstpause. Er schaut mich nur an und wartet. Kunstbanause.

»Und dann gab sie es zu.«

Seine Augenbrauen gehen einen Zentimeter in die Höhe. Ich nicke grinsend.

»Sie gab es zu. Live in der Glotze.«

So viel Dummheit ist sogar für Max' Stein zu viel. Seine Mundwinkel zucken.

»Hm?«

»Ja, echt, ist 'ne wahre Geschichte«, nicke ich, und mein Gesicht tut richtig weh, als ich daran denke, wie Karin S. sich outete.

Max lächelt fast. Interessant. So sieht sein Gesicht also aus, wenn es nicht aus Stein ist. Zur Feier des Tages nippt er am

Kaffee, und sofort versteinert sich seine Mimik. Unauffällig spuckt er den Kaffee in die Tasse zurück und stellt die Tasse weg. Ich tue, als hätte ich nichts bemerkt.

»Und wie ging es weiter?«, fragt er.

»Na ja, das Publikum lachte sie aus, und irgendwann fiel auch bei ihr der Groschen, sie wurde rot und weiß, und das war es dann mit unserer Freundschaft.«

Ich nicke ihm zu. Er mustert mich regungslos. Ich zucke die Schultern.

»Das war's.«

Ich stehe auf. Er bleibt sitzen. Ich schaue wieder auf die Uhr. Er mustert mich ausdruckslos. So verharren wir ein paar Augenblicke. Ach, was soll's.

»Na ja. Danach bekamen wir keine Presse mehr, keine Ankündigungen, keine Kritiken, nichts. Als ich anfing, mich zu erkundigen, fiel ihr Name zu oft, also besuchte ich sie in der Redaktion, und nach ein paar gegenseitigen Vorwürfen geriet die Sache etwas außer Kontrolle.«

Max kneift die Augen zusammen.

»Nein. Bevor ich etwas tun konnte, brachten ein paar Kanten mich zur Tür.«

Max' Augen entspannen sich wieder.

»Aber dann brannte ihr Auto ab, und seitdem bekamen wir Verrisse aus allen Richtungen, erinnerst du dich? Apfelsine«, sage ich und zeige auf den Obstkorb.

Er wirft mir eine Apfelsine rüber.

»Ich also wieder zu ihrem Büro. Sie hatte mich schon erwartet, und die Kanten brachten mich sofort zum Ausgang, während sie mir erklärten, dass ich gestolpert sei.«

»Gestolpert?«

Ich hebe den Kopf und zeige ihm die Narbe an meinem Kinn.

»Hm«, macht er zufrieden und wartet auf die Schilderung

eines blutigen Rachefeldzugs, die alles erklärt, was Karin S. je an Scheiße über uns verbreitet hat.

Ich schäle die Apfelsine. Jetzt schön sachte.

»Sie wohnt an einem See. Großes Grundstück. Großes Haus. Große Bäume. Große Fenster ...«

Ich mache eine Pause, um die Informationen einsickern zu lassen. Max kneift ein Auge zu, prüft die Wortwahl und zieht dann die Mundwinkel eine Winzigkeit hoch.

»Dann verschwanden die zwei größten Katzen unten vom Hof.«

Er nickt, als hätte er so was erwartet.

Ich stecke mir langsam ein Stück Apfelsine in den Mund und kaue genüsslich. Auch darüber denkt er nach. Dann nickt er und mustert mich.

»Hm?«

»Das war's«, murmele ich mit vollem Mund.

Er betrachtet mich ein paar stille Sekunden. Dann steht er auf.

»Keine große Geschichte.«

Weg ist er.

21. Vorspiel

Ich will mich gerade ans Telefon hängen, um wenigstens noch ein paar Radiostationen von dem Vorfall zu unterrichten, als es mir zuvorkommt und losklingelt. Ich bleibe sitzen und warte. Nichts passiert. Nach dem dritten Klingeln weiß ich, dass Vivi nicht zu Hause ist.

Ich gehe ran.

»Ja?«

»Spreche ich mit Tacheles von MoM?«, fragt eine Männerstimme.

Im Hintergrund dudelt Silikonmusik.

»Ja.«

»Hier ist Martin Schwede von Radio live. Ich würde gerne ein kurzes Telefon-Interview machen.«

»Prima. Wann denn?«

»Jetzt. Wir gehen gleich live drauf, okay? Sobald du Ja sagst, unterbreche ich die Musik.«

»Alleine dafür lohnt es sich schon.«

Er lacht. Die Musik wird runtergefahren.

»Am Telefon habe ich Tacheles, den Sänger der Band *Männer oder Mäuse?*, die heute Abend im E-Werk spielt. Tacheles, eure Plakate sind mit dem Zusatz: ›Ausverkauft!‹ versehen worden. Jetzt passen ins E-Werk an die zweitausend Leute rein, und *Männer oder Mäuse?* ist noch keine allzu bekannte Band. Gibt es tatsächlich keine Karten mehr, oder ist das nur ein Promotiongag?«

»Danke. Nein, kein Promotiongag. Der Vorverkauf läuft

so gut, dass tatsächlich die Gefahr besteht, dass einige Leute draußen bleiben müssen.«

»Wie erklären Sie sich die plötzliche Nachfrage?«

»Nun, wir glauben, dass sich alle Kneipenbesitzer der Stadt zusammengetan und die Karten aufgekauft haben, damit wir nach dem Auftritt unsere Deckel bezahlen können.«

»Oh ... Haha, verstehe, sehr gut ...«

»Und außerdem verstehen es immer mehr verantwortungsbewusste Mitbürger als ihre soziale Pflicht, auch so genannte kleinere Bands zu unterstützen. Sie sehen den Besuch solcher Veranstaltungen als persönliche Präventivmaßnahme gegen den Verfall unserer Gesellschaft in der heutigen Zeit ...«, sülze ich ihn voll. »Aber eben auch als Vorsichtsmaßnahme. Kurz gesagt: In der Zeit, wo wir auf der Bühne stehen, können wir draußen keine Scheiße bauen.«

»Äh, haha ... Äh, wollen Sie damit andeuten ...«

»Was ich sage, ist, dass jeder, der ein Livekonzert besucht, sein Zweitbestes dazu tut, dass die Möglichkeiten erhalten bleiben, frei lebende Künstler auf kleinen Bühnen live und aus nächster Nähe zu sehen und die künstlerische Demokratie am Leben zu halten.«

»Äh, ja. Sie sagen das Zweitbeste, was wäre denn das Beste?«

»Selbst aufzutreten.«

»Tacheles, ich wünsche dir und der Band *Männer oder Mäuse?*, kurz *MoM*, hahaha, heute Abend viel Glück im fast ausverkauften E-Werk und jedem Hörer von Radio Live, dass er noch eine Karte ergattern kann.«

»Kann ich noch etwas loswerden?«

»Äh ...«

»Studenten und Sozialhilfeempfänger brauchen an der Abendkasse nur die Hälfte zu bezahlen. Dafür wird jeder, der mit einem Auto vorfährt, das weniger als fünf Jahre alt ist, gebeten, freiwillig das Doppelte zu bezahlen. Wir wollen damit ein Paradebeispiel für soziale Marktwirtschaft schaffen.«

»Äh, interessant, danke für das Gespräch.«

Klick. Die Leitung ist tot. Was habe ich da wieder angerichtet?

Während ich noch darüber nachdenke, klingelt es wieder. Ich gehe ran.

»Die Gästeliste ist voll.«

»Ja, hallo, sehr witzig. Ich hab dich eben im Radio gehört.«

»Die Gästeliste ist voll.«

»Nein, ich bin neu in der Stadt, also ich meine, ich bin Komiker und hätte Lust, für euch den Warm-up zu machen.«

Endlich mal eine neue Masche, um auf die Gästeliste zu kommen.

»Komiker, so, so, na, dann erzähl doch mal einen Witz.«

»Wie böse darf's denn sein?«

»Böse.«

»Was ist der Unterschied zwischen den Nazis und der Musikindustrie?«

»Na?«

»Die Nazis hatten eine Vision.«

Ich atme tief durch.

»Du wirst doch nicht etwa selber einer sein?«

»Natürlich nicht.«

»Sicher?«

»Dieser Witz ist doch nur Mittel zum Zweck.«

»Das war das Dritte Reich auch«, erinnere ich ihn.

Pause.

»Na, also gut«, sage ich. »Aber mach's 'ne Nummer weicher. Die harten Dinger kannste anschließend bei der Backstageparty loswerden.«

»Bedeutet das, ich bin dabei?«

»Yep, Soundcheck um sechs. Komm ein bisschen früher, damit wir das Ganze mit den Technikern abklären können. Noch Fragen?«

»Was zahlt ihr?«

»Der war gut«, sage ich und lege auf.

22. Anpfiff

Der Soundcheck war große Klasse. Der Ton ist gut, das Licht ist noch besser, und die Haus-Crew schwebt, denn eben haben wir uns gemeinsam in der Glotze angeschaut, wie der FC mit einem seiner seltenen Siege die Abstiegsgefahr gebannt hat. Unter diesen Aspekten fällt es kaum ins Gewicht, dass der Verlagsmensch durch die Gegend rennt und sich wichtig macht. Wenn er nicht gerade mit London telefoniert, hört er sich an wie ein Tape zur Stärkung des Selbstbewusstseins. Aber daran mangelt es uns nicht. Unsere einzige Sorge ist, dass die Hütte nicht voll wird.

Der Booker taucht auf und fragt, ob alles in Ordnung ist. Wir schwätzen ein bisschen, und er thematisiert den Deckel immer noch nicht, sagt nur, dass er sich aufs Konzert freut und dass der Vorverkauf beschissen gelaufen ist. Ein Booker, der sich auf unser Konzert freut, obwohl der Vorverkauf schlecht lief. Man lernt nie aus.

Als ich gegen sieben einen Blick aus dem Fenster werfe, sehe ich die schönste Schlange, die mir je vor Augen gekommen ist. Sie ist lang und bunt und zieht sich vom Eingang bis zur Straße. Ich winke die Jungs zu mir, damit wir die Aussicht zusammen genießen können.

»Heilige Scheiße ...«, flüstert Schimanski.

»G-G-Genau!«

Max gibt ein komisches Geräusch von sich, dann fängt er an, uns abwechselnd auf den Rücken zu schlagen.

»Ich fasse es nicht! Die Hütte wird voll! Das ist ja *Wahnsinn! Es hat funktioniert!*«

Er lacht irre und springt durch die Gegend. Als er unsere Blicke sieht, bleibt er stehen, als wäre er gegen eine Wand gerannt, und seine Mimik verkriecht sich sofort wieder hinter einem Stein.

»Hm, irre, oder?«, sagt er verlegen.

»Allerdings«, sagt Schimanski und schaut ihn skeptisch an.

In der Menge erkenne ich jede Menge bekannte Gesichter. HaHa haben sich in einer Stretchlimousine bis vor die Tür fahren lassen und ziehen jetzt ihre Show vor dem Eingang ab. Sie versuchen, die Tickets an der Abendkasse mit Kreditkarten zu bezahlen. *Natürlich* geht das nicht, aber wann hat man schon mal Gelegenheit, vor so vielen Leuten mit seinen Karten anzugeben?

Heike ist auch da. Ich beobachte, wie sie in den Eingangsbereich dringt, dem gesamten Personal die Hand schüttelt und dann, ohne zu bezahlen, durch die Kasse geht. So macht man das.

Und da sind Vivi und Marco. Sie hat zwar nicht so viel an, dass man es sittsam bekleidet nennen könnte, aber dass ich von hier aus nicht ihre Brustwarzen sehen kann, gibt Anlass zur Hoffnung.

»S-S-Schau mal d-da!«, stottert Brunner aufgeregt und presst einen Finger an die Scheibe.

»Kneif mich einer ...«, sagt Schimanski.

»D-D-Die hat v-vielleicht N-N-Nerven ...«

Wir schauen alle verdattert nach unten. Dann reißt Max das Fenster auf.

»HEY!«

Ein paar Leute schauen sich um.

»HIER OBEN!«, schreit er und winkt.

Ein Dutzend Gesichter drehen sich nach oben.

»JUHUUUU!«

Schimanski wirft Max wieder so einen schiefen Blick zu. Jetzt schauen schon mehr hoch. Begrüßungen werden laut. Max hebt die Arme, bittet um Ruhe. Der Pegel sinkt.

»Schön, dass ihr alle gekommen seid«, ruft er.

»Sind wir noch nicht!«, brüllt jemand Männliches.

»Chauvinistenschwein!«, ruft jemand Weibliches.

Max sorgt wieder für Ruhe.

»Ich möchte die Gelegenheit nutzen und mich bei einer Person bedanken, ohne die das Konzert heute nicht ausverkauft wäre. Eine alte Freundin von uns, mit der uns auch in *Zukunft* viel verbinden wird ...«

Er legt ein Kunstpause ein.

»Wer ist es denn?«, kommt der nötige Zwischenruf.

»Die in der schwarzen Jacke«, ruft Max und zeigt auf Karin S., die sich sofort duckt und hektisch nach einem Fluchtweg umschaut.

Schimanski mustert Max jetzt mit offenem Mund.

»Als Dank für die tolle Promotionidee mit den *Ausverkauft*-Aufklebern haben wir uns etwas einfallen lassen.«

Karin S. krümmt sich und macht sich bereit, den Preis zu zahlen. Der Schmarotzerpulk, der wie üblich um sie herumsummt, lichtet sich in Windeseile und überlässt sie ihrem Schicksal.

Max winkt den Securities an der Tür zu.

»Diese Frau hamstert ihre Ideen nicht, daher kommt sie umsonst rein.«

Max winkt nochmal, dann schließt er das Fenster. Schimanski starrt ihn entsetzt an.

»Bist du ... bist du *total* übergeschnappt??!«

Max mustert ihn resigniert. Interessant, diesen Blick mal von der Seite zu sehen.

Schimanski wedelt herum.

»Himmelarschverfluchtnochmal! Dieser dämlichen Schlampe vor *unserem* Publikum so zu lobhudeln, ich kotze!«

Er tritt einen Papierkorb aus der Verankerung.

»Denk«, sagt Max.

Schimanski müsste ihn eigentlich gut genug kennen, um zu wissen, dass er damit etwas bezweckt, aber dem Papierkorb folgt trotzdem ein Feuerlöscher.

Seltsamerweise scheint Brunner plötzlich was zu merken. Er runzelt angestrengt die Stirn und mustert Max.

»A-Also?«

»Jetzt wird keiner mehr glauben, dass wir etwas damit zu tun haben«, sagt Max.

Schimanski, der sich gerade nach einem dritten Wutobjekt umschaut, hält mitten in der Bewegung inne.

»Womit?«, fragt er hoffnungsvoll.

»Mit etwas extrem Bösen ...«, sagt Max still.

Auf Schimanskis Gesicht schlägt ein glückliches Lächeln ein. Brunners Stirn runzelt sich noch mehr.

»W-W-Was?«

Schimanski haut Brunner auf die Schultern.

»Lächeln!«

»A-Aber –«

»Schnauze! Lach jetzt! Ich erklär es dir später.«

Und so kommt es, dass vier Jungs an einem Fenster stehen und einer Frau freundlich zulächeln, der sie etwas *extrem* Böses wünschen. Politik ist ein schmutziges Geschäft.

23. Endspiel

Was ist man, wenn man auf einen Pudel wichst ...?«

Der Komiker hat die Bühne betreten und geht gleich in die Vollen.

»Auf den Hund gekommen.«

Ein leichtes Raunen geht durch das Publikum. Brunner kichert.

»In Köln wurde gerade der hundertste Drogentote mit der goldenen Ehrennadel ausgezeichnet ...«

Vereinzelte Lacher, aber auch viel Verwirrung, ist das jetzt die Vorband, oder was? Viele schauen sich suchend um, aber er hat jetzt, was er wollte – ungeteilte Aufmerksamkeit.

»Eigentlich bin ich ja ein großer Fan von Minderheiten«, plaudert er jetzt in aller Ruhe los, »deswegen habe ich mich auch vorher in der Halle umgeschaut, aber ich konnte keinen Vertreter der Randgruppe finden, auf deren Kosten der nächste Witz geht ... Ich rede von intelligenten Männern.«

Gejodele im Publikum. Überwiegend weiblich.

»Warum merken auch die intelligentesten Männer nie, wenn ihre Frauen einen Orgasmus haben ...? Sie sind nicht dabei.«

Großes Gejodele. Jetzt hat er seinen Groove und lässt das Publikum nicht mehr zur Ruhe kommen.

»Was ist das?«

Er knallt die Hacken zusammen und versucht, den rechten Arm zu heben, aber der scheint aus Blei zu sein und bleibt auf halber Strecke hängen.

»Ein Nazi, der keinen hochkriegt.«

Zurufe aus allen Ecken. Endlich mal ein Naziwitz. Ich hab mich schon immer gewundert, wieso es so wenige gibt. Die Scheißer bieten eine grandiose Angriffsfläche.

»Er hat sie«, stellt Schimanski fest.

»Lass uns nach hinten gehen und uns vorbereiten«, schlage ich vor.

»E-Einen n-n-noch!«, kichert Brunner.

»Wie heißt die neueste Kampfsportart für Feiglinge ...? O-Kay-Do!«

Um den brauchen wir uns keine Sorgen zu machen, also machen wir uns auf den Weg.

Im Umkleideraum herrscht das übliche Chaos. Instrumente, Kabel, Handtücher, Flaschen, Brötchen, Setlisten, Klamotten, alles fliegt durcheinander und mitten drin: eine Band. Jeder hat sein spezielles Vorbereitungsritual: Schimanski trinkt, Brunner baut, Max schweigt, ich atme. Es wäre eigentlich der Augenblick, wo, der Boulevardpresse zufolge, die unglaublich gut aussehenden Models reingestürmt kommen müssten, um ihren Idolen Glück zu wünschen und ihnen in einer dunklen Ecke ewiges Leben einzuhauchen.

Die Kabinentür geht auf. Sabine kommt herein und fällt Schimanski in die Arme. Hinter ihr klappt die Tür wieder zu. Aus der Ecke, wo die beiden stehen, wird lautes Geschmatze vernehmbar. Brunner, Max und ich schauen uns an.

Die Tür schwingt wieder auf. Brittas WG lässt die Frauenquote und die Laune hochschnellen. Großes Hallo. Britta küsst mich, und ich merke, dass die Rothaarige uns dabei beobachtet. Als ich hinschaue, blinzelt sie mir grinsend zu und tut, als wüsste sie etwas, was ich auch wissen sollte.

»Was ist denn mit der Rothaarigen los?«, flüstere ich Britta ins Ohr.

»Was soll mit der los sein?«

»Die schaut mich so komisch an …«

Britta kichert, sagt aber nichts. Toll. Mal ist man ihnen zu schweigsam, dann mal wieder zu still, aber wehe, man hat mal eine Frage …

Einer der Stagehands steckt den Kopf zur Tür rein.

»Zehn Minuten!«

»Zeit abzuhauen«, sagt Max.

»G-G-Genau! W-Wer a-aussteigen will, s-s-sollte es j-jetzt t-tun«, schreit Brunner und lässt sich hysterisch kichernd vom Hocker fallen.

Ich beobachte ihn, wie er über den Boden robbt, und trinke ein Schlückchen Sekt auf sein Wohlbefinden. Jeder hat seine kleine Macke, und am leichtesten erkennt man sie, wenn der Countdown läuft: Drogenmissbrauch, cholerische Anfälle, Minderwertigkeitskomplexe, Verhaltensstörungen dritten Grades. Wäre ich Therapeut, würde ich mich auf Künstler spezialisieren. Krisensicherer geht's nimmer.

Brunner beruhigt sich wieder, und Schimanski lässt einen Riesenjoint herumgehen. Ist mir ein Rätsel, wie er es schafft, dieses Zeug in so rauen Mengen zu sich zu nehmen und trotzdem noch so aggressiv zu spielen. Er raucht drei, vier Türme vor jedem Gig, und dennoch kenne ich keinen Gitarristen mit einem solchen Attack.

Ein Stagehand steckt den Kopf rein.

»Fünf Minuten!«

Ich merke, wie mir meine Lieblingsdroge durch die Adern schießt, die Droge schlechthin – Adrenalin. Das Ganze passiert hier und jetzt, da kann man nicht breit und woanders sein. Eine Einstellung, die mir von den abgenagtesten Typen in diesem Zirkus die Prophezeiung einbrachte, dass ich in ein paar Jahren der Kaputteste von allen sein würde. Drogen könne man schließlich nachkaufen – Seele nicht.

Ich gehe zu Boden, mache meine Dehnungen, Liegestütze, Spagat. Komme wieder hoch. Lockerungsübungen, Schattenboxen. Meine Muskeln pumpen sich auf, Blut rast und bringt mich auf hundertachtzig.

»Eine Minute!«

Sechzig Sekunden noch. Jetzt kann nichts mehr schief gehen.

»Natürlich nicht«, versichert Britta mir.

Letzte Küsse und los. Beim Rauslaufen bremse ich neben der Rothaarigen kurz ab.

»Was ist?«

»Tintenfisch«, sagt sie, dann prustet sie hysterisch los.

Ich mustere sie. Die spinnen, die Rothaarigen. Nachdem sich diese Erkenntnis manifestiert hat, spute ich mich, denn die Jungs haben es wie immer sehr eilig. Sie rennen, ohne anzuhalten, auf die Bühne raus – Jubel brandet auf. *Gott, welch ein Geräusch!*

Als sie startklar sind, schauen sie sich kurz an und legen dann los. Erst sechzehn Takte ohne mich, dann sechzehn Stücke mit mir. Altbewährt und kampferprobt.

Auf den zwölften Takt stürme ich raus. Der Jubel verstärkt sich. Privileg eines Sängers. Ich werfe einen Blick in die erste Reihe und picke mir ein paar obligatorische Problemfälle heraus, die man grundsätzlich in der ersten Reihe findet – verschränkte Arme, grimmige Blicke. *Wir gehen zwar ins Konzert, aber es soll nachher keiner behaupten können, wir hätten Spaß dabei!* Ich werfe mich vor einer auf die Knie und rocke ihr meine Meinung.

Als die erste Strophe durch ist, klammert sie sich nur fester an ihre Handtasche, also steppe ich zu dem nächsten Problemfall rüber und hoffe auf wildere Reaktionen. Sie nutzt die Strophe dazu, meine Schuhe intensiv zu mustern, aber als ich im Kehrreim weitersteppen will, hebt sie den Kopf und lächelt schüchtern. Ha! Von wegen, man kann mit Musik nichts erreichen!

Ich rocke mich an der vordersten Front entlang, steige auf Monitorboxen, tanze Schimanskis irres Solo mit, klettere auf die Frontbox und singe dort oben den letzten Kehrreim, bevor ich auf den letzten Ton runterspringe.

Als wir auf der Eins landen, bricht in der Halle die Hölle los. Wenn man es nicht gewohnt ist, von zweitausend Leuten angebrüllt zu werden, kann man es echt mit der Angst kriegen.

»Scheiße, die wollen nicht *mitmachen*!«, schreit Schimanski. *»Die wollen uns fertig machen!«*

Er springt an den Bühnenrand und hämmert die Riffs der zweiten Nummer tief in den Beifall hinein.

Eine Stunde später ist die Bühne voller umgekippter Becher, schweißdurchtränkter Handtücher und ausgedrückter Kippen. Es ist bestimmt nicht unser bester Gig, aber mit Sicherheit der wildeste. Die Leute treiben uns an, wollen haben, was drinliegt, und wir lassen es raus. Die Jungs werfen den sechsten Gang ein, und der Fahrtwind weht mich wie ein willenloses Geschöpf über die Bühne. Ich wedele mit den Armen, versuche, ein paar der übrig gebliebenen Sauerstoffatome zu erwischen. Als Antwort reißen sie unten die Arme wieder hoch. Der zweite Problemfall hat seine Handtasche weggelegt und tanzt. Der andere Problemfall ist aus der ersten Reihe verschwunden. Eins zu eins ist okay für mich.

In der fünften, sechsten Reihe sehe ich Britta. Unsere Blicke treffen sich. Sie hebt die Hand und winkt mir zu. Ich mache es ihr nach und löse damit hinter mir ein Chaos aus. Die Jungs denken, es wäre das Zeichen für das nächste Stück und gehen voll in die Bremsen, um möglichst schnell von hundertachtziger Roll auf hundertzwanziger Reggae runterzukommen. Die Kiste schlingert, bricht aus, mangelt ein Dutzend Leitplanken nieder, überschlägt sich ein paarmal, um dann endlich auf der richtigen Spur zu landen – leider verkehrt herum.

Es ist lustig zu sehen, wie die Halle mit ausbricht. Für zehn endlose Sekunden weiß keiner so richtig, wo die Eins ist, und als man sie endlich gefunden hat, fällt einigen ein, dass Reggae offbeat ist, also geht die Suche weiter, bis man sich schließlich an einer Kreuzung trifft und beschließt, von dort aus gemeinsam weiterzufahren.

Ich ducke mich rechtzeitig, um dem Stick, den Max nach mir wirft, zu entgehen, und werfe ein Entschuldigungsgrinsen in die Runde, aber für so etwas haben die Jungs jetzt keine Zeit. Sie sparen sich das Intro und gehen direkt in die erste Strophe, sodass ich meinen Einsatz verpasse. Peinlich. Jetzt sind sie an der Reihe, blöde zu grinsen, während ich die erste Zeile turborocke, um den Song einzuholen.

Leeeebeeen, es ist ein geeeeiles Gefühl ... zu leeeeben ... Der Kehrreim verselbstständigt sich. Ich tänzele zur Seite und lasse mir ein Handtuch geben, während ich meinen Blick über die groovende Halle gleiten lasse. Vorne rechts tanzt eine lila Fraktion. Als ich genauer hinschaue, erkenne ich Halbtagsjob & Singlepartys mit ihrer Freundin. Sie tanzen und flirten dabei auf Teufel komm raus mit den Jungs neben ihnen – na, *die* Frauenbewegung mögen die.

Ich schaue automatisch auf den Platz unten links, wo Mor immer saß, wenn wir in ihrer Gegend spielten. Wir hievten sie vor dem Konzert mitsamt ihrem Rollstuhl auf einen Tisch und stellten zwei Securities daneben, damit sie vor lauter Temperament nicht wieder herunterrollte.

Schimanski stupst mich an.

»Lass sie!«, brüllt er.

Wir setzen uns auf das Schlagzeugpodest und tropfen um

die Wette. Brunner kommt dazu. Max. Der Anblick der Halle ist sensationell. Die Leute machen ihren Sound, und wir strahlen um die Wette. Die fetten Scheinwerfer verblassen dagegen.

Leeeeeeeen ... Die Leute werden immer lauter und winken uns zu. Sie singen und tanzen, und in mir ... etwas Kaputtes geht kaputt. Es wäre ein guter Augenblick, um zu sterben.

»Kein schlechter zu leben«, sagt Schimanski selig.

»A-A-Abgeräumt!«, flüstert Brunner ehrfurchtsvoll.

»Schlimmer noch«, sagt Max, »die kommen wieder.«

Brunner kichert.

»Ge-Ge-Ge- ...«

»Ich weiß, es klingt übel«, unterbreche ich ihn, »aber ich muss es euch sagen ...«

Sie starren mich an.

»Ich liebe euch alle.«

»A-A-Arschloch!«

Als wir ein paar Stunden später durch das stillgelegte E-Werk schwanken, ist wieder dieses Etwas in mir. Ich bleibe stehen, lasse die Jungs vorausgehen, um in Ruhe nachzuschauen, was ... Für einen Augenblick stehe ich in der Pathologie und schaue auf Mors Körper. Eben noch warm, im nächsten Augenblick so kalt wie diese Halle, die eben noch vor Leben gestrotzt hat und jetzt leer und dunkel vor mir liegt. Ich atme die Ausdünstungen von tausenden Menschen ein, und in meinem Blut fließt noch das Gig-Adrenalin, trotzdem ist das Konzert unwiderruflich vorbei. Vorbei. Vergangen. Und egal, wie sehr ich es zurück möchte – es wird nie zurückkommen. Ich kann nichts festhalten, ich kann nur genießen, solange es währt. Es war schön. Es ist vorbei. *Und wenn ihr euer Leben verpfuscht, nur weil meines zu Ende ist, dann komme ich zurück und trete euch in den Popo! Wenn ihr etwas von mir wollt, dann nehmt es euch jetzt!*

Und das ist es! Verdammt, *das ist es*…! Ich kann die Zeit nicht zurückdrehen! Ich kann diese Halle nicht wieder füllen, ich kann meine Mutter nicht wieder zurückholen! Ich kann an sie denken, um sie trauern, sie vermissen, über die schönen Erinnerungen lachen und heulen, *aber ich kann die verdammte Zeit nicht zurückdrehen*! Es gibt keine Vergangenheit! Es gibt keine Zukunft! Es gibt nur hier! Und jetzt.

Das Eis, von der dänischen Sommersonne zu Pfützen geschmolzen und im heißen Scheinwerferlicht fast verdampft, weicht aus meinen Knochen und gibt mich frei. Ich bin wieder da, *jetzt* bin ich wieder da! Ein Power-Energiestrahl durchschießt mich, meine Nackenhärchen richten sich auf, und was ich die ganze Zeit wusste, *weiß* ich jetzt: Meine Mutter ist tot. Aber *ich* lebe! *JAAAAAA! WO IST DAS GOTTVERDAMMTE GASPEDAL!!!!!!*

24. Verlängerung

Wir liegen nackt am Strand und lassen uns von der Sonne verwöhnen. Unsere Schenkel sind zu einem verklebt, und neben mir liegt eine leere Sektpulle, die die gewünschte Wirkung erzielt hat. Das Meer rauscht, die Möwen kreischen, die Sonne knallt, ja, es geht mir gut. Der Gig liegt jetzt vier Tage zurück. Die anschließende Party dauerte fast zwei Tage, und zum Schluss war kein Zahnfleisch mehr übrig, auf dem wir hätten ins Bett kriechen können. Ich will ja nicht behaupten, dass wir noch nie eine Party gefeiert haben, aber ...

In der letzten E-Werk-Zugabe sagten wir durch, dass wir anschließend noch eine Extraschicht im Underground einschieben würden. Als wir dort dann eintrafen, war der Laden so voll, dass wir selber nicht mehr reinkamen. Nach einem kurzen Palaver mit dem Besitzer bauten seine Jungs die Hausanlage kurzerhand auf dem Dach auf, und während wir uns da oben noch häuslich einrichteten, fingen die Leute unten wieder an, ihre Party zu feiern. *Leeeebeeen ...*

Wir brachen wie ein Gewitter über sie herein. Der Roll, wie er sein sollte – hier! Jetzt! Laut! Meine Stimme wird vielleicht nie wieder klingen wie vorher, und die Fransen werden mich an die Augenblicke erinnern, in denen ich wieder zu mir kam, wo die Band eine Hürde nahm und wo die Tänzerin Platz machte – für jemand Besseres.

Als es hell wurde, verlagerte die Party sich in die WG. Auf dem Weg dahin gingen zwar die meisten Leute verloren, aber die übrigen hatten es in sich. Einer versuchte, den Komiker zu verprügeln, als der seinen Naziwitz losließ, und ein anderer verblüffte mich damit, dass er den Text von jeder Nummer, die ich auflegte, mitsingen konnte. Es artete zu einem Wettbewerb aus, aber als er dann noch *Kann denn die Kinder keiner lehren, wie man spricht* fehlerfrei zum Besten gab, warf ich das Handtuch. War eh ein günstiger Zeitpunkt für einen DJ-Wechsel, denn man hatte angefangen, mit Flaschen nach uns zu schmeißen.

Ich schaffte es, die *Yeti Girls* reinzutun, ohne getroffen zu werden, aber mein Bezwinger hatte nicht so viel Glück. Für ihn kam der Krankenwagen, und dem folgte der obligatorische Dienstwagen, um die Monsteranlage sicherzustellen. Natürlich schaffte es Brunner auch wieder mal, bei seinen Freunden Unterschlupf zu finden, aber diesmal kann man ihm wirklich keinen Vorwurf machen. Als die Uniformen reinkamen, um die Anlage abzubauen, ergab sich das Problem, dass sich keiner von denen ausweisen wollte.

»D-Da k-kann ja j-jeder k-k-kommen«, stotterte Brunner.

Und ein Jungbulle antwortete:

»W-Wir s-s-sind a-aber b-befugt ...«

Schon legte Brunner ihn flach. Er konnte ja nicht ahnen, dass der Mann einen Sprachfehler hatte, nicht wahr?

Mit der Kaution stellte er eine persönliche Bestleistung auf, und da wir kein Geld haben, ist er erst mal dringeblieben. Wird ihm vielleicht eine Lehre sein.

Glück im Unglück: Der Vater von der Rothaarigen ist Anwalt. Auf ihr Drängen hin versprach er, den Fall zu übernehmen. Das Gleiche sollte er auch mal bei seiner Tochter in Betracht ziehen, denn die hört mittlerweile gar nicht mehr auf zu kichern. Tintenfisch hier, Tintenfisch da – schwer geschädigt, die Kleine.

Auf der Fahrt vom E-Werk ins Underground beschlossen wir, den Live-Mitschnitt zu vernichten. Wir wollten die Magie nicht dadurch zerstören, dass man sich später Konserven reinziehen könnte. Wir warfen das Tape von der Mülheimer Brücke. *Platsch!* Und wieder eine potenzielle Einnahmequelle weniger, aber was soll's? So was muss man sich manchmal gönnen, um die Dinge ins rechte Licht zu rücken. Außerdem waren wir ja mit sechzig Prozent an den Einnahmen der Abendkasse beteiligt, und obwohl nur wenige Nobelkarren-Besitzer Extra-Entgelt entrichteten, machten wir einen, für unsere Verhältnisse, geradezu sensationellen Schnitt. Den machte die Party aber auch. Wird wieder nichts mit Deckelzahlen. Hätte Britta nicht das Benzingeld vorgestreckt, würde ich immer noch in meinem Bett liegen und auf einen grandiosen Einfall warten, wie ich die Miete aufbringe. Vielleicht wieder Tankwart? Ach, lassen wir das. Wenn ich zurückkomme, bin ich vielleicht berühmt. Darauf wetten würde ich allerdings nicht. Um was auch?

Die Sonne knallt. Zeit für ein Erfrischungsbad.

»Kommst du mit?«, frage ich meine beste Freundin.

Sie nickt, wir laufen Hand in Hand in die Wellen. Ja, es geht mir gut. Das macht der Sekt. Und Britta. Und die Sonne. Und Britta. Und das Meer. Und Britta.

Ich tauche unter ihr durch, komme vor ihr hoch und spucke einen Viertelliter Atlantik in ihre Richtung. Sie lächelt. Als ich sie an mich ziehe, lässt sie sich auf einen Kuss ein, der uns fast das Leben kostet. Prustend schwimmen wir näher an Land und setzen die Knutscherei auf festem Boden fort. Nein, es hat wirklich nicht den Anschein, als wäre ihr das unangenehm, aber, hm ... irgendwas ist anders als sonst. Spätestens als sich trotz der Wassertemperatur mein Schwanz unternehmungslustig zwischen unsere Körper drängt und sie nicht danach greift, bin ich mir sicher, dass hier irgendwas abgeht, wovon ich auch wissen sollte.

Als wir wieder am Strand liegen, öle ich sie ein. Während

ich mich ihren Schultern widme, richtet mein Schwanz sich wieder auf. Sie bemerkt es natürlich. Ich halte ihren Blick fest, verreibe unschuldig ein bisschen Öl auf ihren Brüsten und nutze die Gelegenheit, um meine Handflächen sachte über ihre Nippel kreisen zu lassen. Sie lächelt still und bleibt regungslos liegen. Es riecht nach passivem Widerstand. Na gut, schauen wir mal, wie lange sie das durchhält.

Ich arbeite mich langsam südlich, und als ich ihr Öl auf den Bauch träufele, gibt sie ein erstes leises Schnurren von sich. Ein schneller Seitenblick verrät mir, dass sie die Augen geschlossen hat und sich ganz meinen Händen hingibt. Jede Berührung wird mit Entgegenkommen belohnt, was fehlt, sind nur die üblichen Nachfolgereaktionen. Sie greift nicht nach mir, treibt nichts voran, wehrt sich aber auch nicht. Hm.

Um sicherzugehen, lasse ich meine Hand zwischen ihre Schenkel gleiten und verteile ein bisschen Öl in der Gegend. Ihr Becken hebt sich leicht aus dem Sand, und sie gönnt mir ein paar wohlige Seufzer, ansonsten passiert aber nichts. Verstehe. Was hier abgeht, hat nichts mit Sex zu tun, dennoch ist es eine Art Vorspiel.

25. Schicksal

Eine Woche später sitze ich auf der Dachrinne. Weit unter mir der Asphalt, über mir ein blauer Himmel. Der Wind ist wieder stark, aber tragen könnte er mich nicht. Kann er nie.

Neben mir sitzt meine beste Freundin und liest. Die Sonne knallt gelb in Blau auf uns ein und badet alles in einem grellen Licht. Die Dächer flimmern, auf der Straße hecheln die Hunde. Eine Atmosphäre wie in einem mexikanischen Dorf um die Mittagszeit. Siesta. Aber ich schlafe nicht. Im Gegenteil.

Als wir zurückkamen, hatte Max schon verschiedene Angebote eingeholt, und der Vater von der Rothaarigen hat sich bereit erklärt, die Verträge unter die Lupe zu nehmen, um die größten Gaunereien ausfindig zu machen. Anwälte kennen sich da ja aus.

Zwei Boulevardblätter haben über den Gig berichtet. In beiden erschien zu dem Artikel ein Foto, wie HaHa aus der Limousine steigen und mit der goldenen Mastercard in die Kamera wedeln. Kein Bild von uns.

Schimanski und Sabine haben eine Karte aus Spanien geschickt, dass sie heute wiederkommen. Sein Brett hat er mitgenommen. Es gibt noch Hoffnung. Aber nicht für Brunner. Er ist immer noch in Verwahrung und kommt erst heute wieder raus – vorausgesetzt, er gesundet. Er hat sich eine in manchen Revieren vermehrt auftretende Krankheit eingefangen. Als ich ihn besuchte, streckte er mir triumphierend seine unverletzten Hände entgegen.

»D-Die ham se n-nich g-gekriegt«, prahlte er durch die Mullbinden.

Und auch Vivi hat es wieder mal geschafft, sich lächerlich zu machen. Sie hat den Film aus meiner Kamera entwickeln lassen und *»Reden ...«* gefunden. Marco brauchte zwei Tage, um sie davon zu überzeugen, dass wir nichts miteinander haben ... Er und ich, bi und so, Vivi und so. Manno.

Und es kommt noch besser: Karin S. ist was wirklich Dummes zugestoßen. Xxxxxxxxxxxxxxxxxxxxxxxxxxxx xxxxxxxxxxxxxxxxxxxxxxxxxxxxxxxxxxxxxxxxxxxxxxxx xxxxxxxxxxxxxxxxxxxxxxxxxxxxxxxxxxxxxxxxxxxxxxxx xxxxxxxxxxxxxxxxxxxxxxxxxxxxxxxxxx (Auf Anraten des Verlagsanwaltes gestrichen.)

Also, ich war es nicht! Und Brunner hat das beste Alibi seiner Laufbahn. Schimanski ist in Spanien. Und Max? Ach, was, Max doch nicht ... hm?

Fragen über Fragen, und wo wir gerade dabei sind: Die sechste Frage ist geklärt, die allerletzte steht noch aus.

Das Telefon klingelt. Ich schenke Sekt nach. Britta hebt den Kopf.

»Willst du nicht rangehen?«

Ich schüttele den Kopf. Sie versenkt sich wieder in ihr Buch. Ich beobachte, wie ihre Augen langsam über die Seiten wandern und manchmal zurückkehren, um eine Stelle nochmal zu lesen. *Nirgendwo & Hormone.* Seltsamer Titel, aber er bringt unsere Hollandwoche ziemlich gut auf den Punkt, denn sie hat es tatsächlich geschafft, sieben Tage nackt am Meer zu liegen, ohne schwach zu werden. Okay, wir haben ein bisschen geschmust, aber es war nicht so, dass sie mich aufgefordert hätte. Ich denke, sie versucht, mir auf diesem Weg irgendwas klarzumachen, und mittlerweile weiß ich auch, was ich zu tun habe. Sie ist nicht mehr die Einzige, die einen Plan hat.

Das Telefon ist hartnäckig, aber irgendwann gibt es entnervt auf. Ich trinke gerade ein Schlückchen auf den Sieg, da fängt es wieder an zu klingeln. Britta hebt den Kopf, ich schüttele meinen. Jetzt bloß nicht aus der Spur kommen, solche Augenblicke gibt es nicht im Sonderangebot.

Das Telefon hält diesmal länger durch. Britta macht eine fragende Bewegung. Ich halte ihr stattdessen mein Glas entgegen.

»Auf uns.«

Sie schaut mich scheel an, zieht dann eine Grimasse und legt das Buch weg.

»Was wird das?«

»Was denn?«, frage ich unschuldig.

»Da ist doch was im Busch.«

»So, so, im Busch ...«

Ich öffne ihr Hemd und lasse eine Hand über ihre Brüste gleiten. Sie bewegt sich nicht, wehrt sich aber auch nicht. Britta neutral – eine völlig neue Erfahrung. Ich überdenke meinen Plan noch mal.

»Hast du den Faden verloren?«

Ich schrecke auf und merke, dass meine Hand still auf ihrer linken Brust ruht.

»Oh ... nein ... natürlich nicht. Was denkst du eigentlich von mir, he?«

Um ihr keine Zeit zu geben, darüber nachzudenken, schlimmer noch, darauf zu antworten, setze ich zu der allerletzten Frage an.

»Eine Frage hätte ich noch ... aber küss mich besser vorher noch mal.«

»So schlimm?«

Ich nicke mehrmals. Sie gickelt und zieht meinen Kopf zu sich. Ich presse meine Lippen auf ihre, stoße mit meiner Zunge in ihren Mund, lecke über ihr Zahnfleisch. Kann man kaum noch Kuss nennen, eher schon Wink mit dem Zaunpfahl. So scheint sie es auch zu sehen, denn sie gibt ihrer Freixenetzunge die Zügel und verpasst mir ein paar Stromschläge.

Irgendwann lehne ich mich zurück und atme tief durch, um nicht auf halber Strecke liegen zu bleiben. Der Lügendetektor auf ihrer Brust meldet erhöhten Puls. Ihre Augen lachen. Es ist der richtige Augenblick.

»Willst du ...«

DRIIIIINGGGGG! Die Türklingel knallt wie eine Kettensäge in die Stille und bricht dem Augenblick das Rückgrat. Meine Stimme stirbt gleich mit.

Britta runzelt die Stirn.

»Erwartest du jemanden?«

»Ich habe alles, was ich brauche.«

Ihr Lächeln wärmt mich mehr, als es das Gelb je könnte.

DRIIIINGGGGG! DRIIING! DRIIIIING! Die Türklingel kreischt, sägt und jammert. Da hält jemand den Finger drauf, und dieser Drecksfinger wird gleich im Scheißrinnstein liegen.

Ich verbiege mich mal wieder und stecke den Kopf über die Dachrinne, um herauszufinden, wer da so todessüchtig ist. Ein paar Stockwerke unter mir stehen Schimanski und Sabine. Zwischen ihnen steht etwas, was an die Anfangsszenen aus *Die Mumie* erinnert. Ich höre ein leises Klirren, als der perfekte Augenblick in tausend Stücke zerspringt. DRIIINGGG! DRIIIINGGG! DRIIIIIINGGGGGG! DRIIINGGG!

Britta riskiert ebenfalls einen Blick und schneidet dann Grimassen.

»Ich dachte ...«

»Ich auch.«

»Schade«, flüstert sie und schaut mich unendlich an.

Ich streichele ein letztes Mal über ihre Brust, dann klettere ich rein und mache mich auf den Weg zum Summer.

Schimanski und Sabine kommen braun, die Mumie weiß die Treppe hoch. Alle grinsen sie blöde und drängen mich in die Wohnung.

»H-Hier ist ja g-gar n-nichts l-l-los!«

»Was soll los sein?«

Schimanski grinst mich dämlich an.

»Hat Max dich nicht erreicht?«

»Nein, wieso?«

Sie schauen sich gegenseitig an und grinsen dann womöglich noch blöder.

»Was.«

»Das soll er dir selber erzählen«, sagt Sabine.

Wow. Sie hat mich persönlich angesprochen. Ein Durchbruch in unseren diplomatischen Beziehungen.

»Und wo ist er?«

DRIIIIIIINGGGG! Ich wate kniehoch durch die Scherben zur Tür und drücke den Summer. Im Hausflur wird es laut. Hört sich an wie ein ganzer gottverdammter Kegelclub, der die Treppe hochgepoltert kommt.

Max wird sichtbar. In der einen Hand hält er eine Aktentasche, in der anderen einen Koffer, aus dem bei jeder Stufe leises Klirren zu hören ist. Hinter ihm tauchen Brittas Rest-WG und irgendwelche mir mehr oder weniger bekannte Personen auf, die sich fluchend mit der Gesangsanlage und weiteren Getränken abplagen. Endlich wird mir klar, was das alles zu bedeuten hat.

Ich versuche, die Tür ins Schloss zu knallen, aber Max ist schneller und schiebt Schuhgröße sechsundvierzig dazwischen. Hilflos muss ich mit ansehen, wie die Packer Tod und Teufel in die Wohnung schleppen.

»Hallo, hallo, hallo.«

Scheiße, Scheiße, Scheiße.

»Hm«, sagt Max und zieht mich zu den anderen, die im Kreis stehen und auf uns warten.

»Die Verkündung!«, brüllt Schimanski.

Max macht eine Riesensache daraus, die Tasche zu öffnen, und wartet, bis völlige Ruhe eingekehrt ist, dann fängt er an vorzulesen.

»Exklusivvertrag zwischen folgenden Partnern ...«, beginnt er salmvoll, dann folgt eine unendliche Menge an Zahlen und Paragraphen.

Ich blende mich aus und denke an den Exklusivvertrag, den ich jetzt schon unter Dach und Fach hätte, wenn die Jungs nur eine einzige Minute später gekommen wären.

»... ein mit den Tantiemen verrechenbarer Vorschuss in Höhe von dreißigtausend!«, schließt er die Vorlesung.

Jubel bricht aus, Sektkorken knallen, und irgendein Vollidiot leert etwas, was sich schwer nach Ärger anhört, aus dem Fenster. BLAMM! BLAMM! BLAMM! BLAMM! BLAMM! BLAMM! KLICK! KLICK! KLICK! Die Platzpatronen klingen in dem kleinen Raum wie Explosionen. Ich erkenne noch, wie ein paar Tauben erschreckt vom gegenüberliegenden Dach herunterpurzeln, dann fliegt mir eine stotternde Küchenrolle in die Arme und versperrt mir die Sicht.

»J-Juh-h-huuuu!«, mullt sie dumpf und küsst mich.

Ich mache mich spuckend frei und reiße den Mund auf, um sie anzuscheißen, aber bevor ich einen Ton sagen kann, schnippt sie mir eine Pille in den Mund und legt mir eine Hand aufs Gesicht. Ich schlucke würgend. Das Ding bleibt in meiner Speiseröhre kleben.

»Rrrrrr rrrrrrr!!! ... Scheiße, du Arsch, was war das?«

»Tschüüüss!«, mullt die Mumie und macht sich eiligst aus dem Staub.

Ich schaue ihm finster nach, habe einen bösen Verdacht, und das kann ich gerade nicht gebrauchen. Ich bin auf dem Weg zum Klo, um mir einen Finger in den Hals zu schieben, als Max mich festhält und beginnt, mir DRIING! DRIINGG! irgendwas mit Zahlen zu erklären. Verstehe kein Wort.

»Überweis es mir einfach«, rate ich ihm und versuche, mich aus seinem Griff loszueisen, aber er hat da noch ein DRIIINNGGG! wichtiges Detail, das er näher erörtern will.

Ich versuche, mich wegzufloskeln, aber er klammert sich an meinen Arm fest, als wäre er der letzte Strohhalm, also bleibe ich notgedrungen stehen und höre mir seinen DRIINGGG! Vortrag an. Lizenzen, Punkte, Prozente ... Verdammt, das Einzige, was mich interessiert, ist, ob ich noch Single bin.

Jemand drückt mir ein Glas in die Hand, und ab hier DRIING! DRIINGG! muss jemand auf *schneller Vorlauf* gedrückt haben. Der Raum schrumpft im Gleichschritt mit meiner Hoffnung auf einen zweisamen Augenblick mit meiner besten BLAMM! Freundin, aber so ist das hier im DRIIINGGG!! DRIIINGGG! Viertel – nichts spricht sich schneller herum als Freigetränke. Mich befällt plötzlich die totale Panik, die allerletzte Frage *nie* loszuwerden! BLAMM! BLAMM! KLICK! KLICK! DRIIIINGGGG! Eine *einzige* Minute! Sechzig Sekunden, ist das zu viel verlangt?! DRIIINGGG! Ist das Schicksal gegen mich? DRIINGGG! Nein! Selbst ist der Mann! BLAMM! BLAMM! BLAMM! BLAMM! BLAMM! BLAMM! KLICK! KLICK! Max lockert für eine Sekunde seinen Griff, um irgendeinen Zettel umzublättern – weg bin ich. Ich ducke mich vor ein paar BLAMM! BLAMM! BLAMM! KLICK! Gläsern, die wahllos durch die Gegend fliegen, und kämpfe mich durch die Massen. DRIIIINGGG!!! Jemand haut *Alles Lüge* in die Monsteranlage, und der Geräuschpegel kriegt einen DRIIINGGG! Ständer. Ein grinsender Brettspieler drückt mir ein Glas in die eine Hand und schüttelt mir gleichzeitig BLAMM! die andere, während eine kichernde Rothaarige mir auf die Wange gratuliert und sich meinen Drink in den Ausschnitt schüttet. DRIIINGG! Ich befreie mich mit einem Bodycheck und muss dann nur noch Heike ausgrinsen, schon bin ich in Reichweite meiner besten BLAMM! Freundin. Endlich! BLAMM! Ich nehme sie in die Arme. BLAMM! KLICK! DRIINGGG!

»GRATULIERE!«, schreit sie gegen den Lärm an und versucht, mir einen Kuss zu geben. Da meine Lippen gerade zu ihrem Ohr unterwegs sind, erwischt sie mich am Hals. Auch gut.

»WOLLTE DICH WAS FRAGEN!«, brülle ich.

Sie schaut mich erstaunt an DRIIINGGG! und macht eine Bewegung, die die Anarchie umfasst, in der wir gerade stecken. Ich schüttele den Kopf.

»WO DANN?«

DRIIINGGG! BLAMM! BLAMM! Das John-Lennon-Poster an der Wand hat plötzlich kein Gesicht mehr. Scheiße, das gibt es doch nicht!

»DAS ARSCHLOCH HAT JOHN LENNON UMGELEGT!«, brülle ich.

Sofort wirft Brunner sich auf den Irren, macht dabei aber keine glückliche Figur. Ich winke Britta zur DRIINGGG! Seite.

»IN FÜNF MINUTEN AUF DER RINNE!«

Sie nickt. Ich mache mich auf den Weg und komme gerade rechtzeitig, um die Knarre aufzufangen, die Brunner mir zuwirft, während er DRIIINGGG! einen bösen Treffer einstecken muss. Ich versuche, die beiden zu trennen, und fange mir dabei einen verirrten Ellbogen ein. Meine Unterlippe platzt. Scheiße, das reicht. Ich trete DRIING! einen Schritt

DRIIING!! zurück und verpasse dem Irren eine Tankgirl-Spezialität. Er bricht anstandslos zusammen.

»ZUM AUSGANG!«, brülle ich Brunner zu, der wie wild herumhüpft und sich die Nase hält, während er versucht, dem Typen die Rippen einzutreten.

»BIST DU BALD FERTIG?«, schnauze ich ihn an.

Er legt kurz eine Tretpause ein und brüllt mir etwas zu, was im DRIIINGG! Lärm untergeht. Als er weiter auf den Typen eintreten will, verheddert er sich in den Mullbinden und kippt rudernd nach hinten. Ich werfe einen Hilfe suchenden Blick in die Menge und sehe Max kopfschüttelnd an der Wand stehen. Ich schaue genauer hin. *Max lacht!* Keine Zeit, es zu würdigen, wir müssen den Typen wegbringen, bevor die Bullen auftauchen und vor allem bevor Brunner DRIINGGG! wieder auf die Beine kommt und Hackfleisch aus ihm macht. Ich winke Max entschieden zu mir. Er kommt.

»ZUM AUSGANG!«

Er schnappt sich die Beine. Wir schütteln Brunner ab, ducken uns vor ein paar unbekannten Flugobjekten und wehren ein paar zu eifrige Pogotänzer ab, die das Ganze als Herausforderung auffassen, dem Irren die Rippen zu brechen. Irgendwann erreichen wir die DRRIINNGGGG! Wohnungstür und reißen sie auf. Die Leute draußen staunen nicht schlecht, als wir den Typen unsanft die Treppe hinunterstoßen. Nicht dass sie wegen der Brutalität pikiert sind, sie befürchten vielmehr, dass der Typ ausgerastet sein könnte, weil die Getränke alle sind, und stürzen an uns vorbei, um noch ein letztes Glas abzustauben. Der Trottel hat sich verheddert! Nein, nicht Brunner – der andere. Sein linkes Bein hat sich im zweiten Stock im Treppengeländer verkeilt. Max springt die Stufen runter und befreit ihn aus der misslichen Lage. *Kick! Bong! Bong! Bong!* Er poltert in die erste Etage hinunter.

»Sie müssen jeden Augenblick auftauchen. Geh ihnen entgegen und ...«

»Ja«, fällt Max mir ins Wort und verschwindet nach unten.

Ich drapiere den Irren deutlich sichtbar auf Etage eins und stürme wieder hoch. Hinter mir poltern schon die ersten Uniformen die Treppe hoch. Ich knalle die Tür zu, lehne mich von innen dagegen und bete zu den Göttern, dass er es irgendwie schafft, den Aufmisch abzulenken. Mein nervöser Magen bekniet mich, den Ausgang dieser Sache nicht abzuwarten, aber mein Verstand weiß: Auf Max ist Verlass. DRIINGGG! DRIIINGGG!!

»AUFMACHEN! POLIZEI!«

Was?? Was zum Teufel treibt Max da unten? Warum haben sie den Irren nicht gefunden? Sie müssen doch glatt über ihn hinweggestürmt sein! Haben sie denn die Waffe nicht ... *Ich dämlicher Blödmann!* Die Waffe liegt noch irgendwo auf der Tanzfläche! Scheiße, ich hab's vermasselt. Ich lasse Tür Tür sein und werfe mich in die Menge.

»STAMPEDEEEEEE!«

Ich flüchte durch die Prärie und reiße einem Typen im Vorbeirennen eine Flasche Sekt aus den Händen. Das findet er nicht so gut. Bevor es zu Ausschreitungen kommen kann, erreiche ich das Fenster, hüpfe raus und klettere um die Ecke. Britta sitzt auf der Dachrinne. Sie schaut mich merkwürdig an.

»Du blutest.«

»Bullen.«

»Schweine«, sagt sie und zaubert ein Taschentuch hervor.

»Wer?«

»Die Bullen.«

»Wieso?«

Sie wirft mir einen verwunderten Blick zu.

»Na, sie haben dich doch geschlagen.«

»Nee.«

»Du hast doch eben Bullen gesagt.«

»Ach so. Ja, waren sie ja auch, ich meine, sind sie auch, also da, meine ich. Aber die Lippe, das war Brunner.«

Ihre Augenbrauen heben sich.

»Brunner hat *dich* geschlagen ...?«

»Keine Absicht. Ich habe ihn k.o. gemacht«, sage ich und rutsche unruhig hin und her.

Ihre Augenbrauen heben sich noch ein Stück.

»*Du* hast Brunner geschlagen?«

»Nein – den *anderen*!«

»Alles klar«, seufzt Britta. »Jemand hat also Brunner zusammengeschlagen?«

Meine Hände reagieren auf jedes Wort wie eine Lichtorgel auf Töne. Irgendwie klingt ihre Stimme anders als sonst. Irgendwie sind die Farben auch anders als sonst.

»Bekomme ich noch eine Antwort?«

»Was?«

»Brunner.«

Brunner? Muss eine Verwechslung sein. Ach so. Verstehe. Der andere.

»Das war der andere. Also keine Bullen, meine ich. Und Brunner auch nicht. Aus Versehen schon, aber nichts Ernsthaftes.«

Ich beobachte fasziniert, wie meine Hände aus den Worten Luftschlösser formen.

»Kannst du mal aufhören herumzufuchteln?«

»Klar«, murmele ich.

Ich wechsele die Sitzposition und falle fast vom Dach. Britta hält mich fest.

»Was zum Teufel ist mit dir los?«, faucht sie.

Sie scheint irgendwie sauer auf mich zu sein. Kann aber auch Paranoia sein. Oder sexuelle Frustration.

»AU!«

»Selber schuld.«

UNBEKANNTE LEICHE ANGESCHWEMMT! WIE DIE POLIZEI MITTEILTE, LAG SIE SCHON LÄNGER ALS ZEHN WOCHEN IM WASSER. DER EINZIGE HINWEIS, DER ZUR IDENTIFIZIERUNG FÜHREN KANN, IST EIN BLAUER FLECK AM RECHTEN OBERARM. POLIZEIUNTERWACHTMEISTER HEINZ K.: »ZUERST DACHTEN WIR, ES WÄRE EIN TATTOO, ABER BEI DER OBDUKTION HAT ES SICH DANN ALS CHRONISCH BLAUER FLECK HERAUSGESTELLT.« DIE POLIZEI NIMMT HINWEISE ENTGEGEN.

»Brunner hat mir irgendwas eingepfiffen«, nehme ich den Faden wieder auf. War er doch, der Faden, oder?

»Verstehe. Gegen deinen Willen, is klar«, spottet sie. »Hast du ihn deswegen geschlagen?«

»Verdammt, ich habe ihn nicht geschlagen, das war der andere!«

Britta seufzt. Ich stecke den Kopf über die Kante und linse runter auf die Straße. Da stehen drei Dienstwagen. Im ersten sitzt Max. Ich ziehe den Kopf wieder zurück und versuche nachzudenken. Britta zieht ein Taschentuch aus der Tasche und tupft an meiner Lippe. Ich ziehe eine Grimasse.

»Stell dich nicht so an, das ist nur ein Kratzer.«

»Ich versuche nachzudenken.«

Das entlockt ihr seltsamerweise ein Lächeln.

»Tut's weh? Ist doch ganz einfach: Entweder klettern wir rein und verbringen einen gemütlichen Abend auf dem Revier, oder wir warten hier, bis sie weg sind.«

Ich ziehe wieder ein Gesicht, diesmal wegen der Lippe.

»Ich könnte ihn wegen Vergewaltigung anzeigen.«

Sie schaut mich fragend an.

»Den anderen?«

»Nein, Brunner, den Arsch!«

»Den Willigen kann man nicht vergewaltigen.«

Von drinnen dringt ein Aufschrei zu uns. Hört sich an, als würden die Gäste die Bar nicht freiwillig räumen. Meine Hände dirigieren gerade ein Livekonzert von den Peppers, und Britta scheint endlich mit meiner Lippe zufrieden zu sein. Sie lehnt sich zurück und begutachtet ihr Werk.

»Okay, dann mach sie mal auf, Speedy. Aber leise.«

Ich schaue sie fragend an.

»Flasche.«

»Sag, wie *redest* du denn mit mir!«

Sie seufzt.

»In deiner linken Hand, die Flasche, würdest du sie bitte aufmachen?«

Ich *hasse* diesen Tonfall! Und was zum Teufel, oh ... peinlich. Meine Hände hyperventilieren immer noch, aber irgendwie schaffe ich es, den Korken zu lösen. Er schießt davon und landet ein paar Stockwerke tiefer mit einem leisen *Dok!* auf etwas Blechernem. Britta verdreht die Augen. Ich muss lachen.

»Hier ..«, ich halte ihr die Flasche hin, »... auf das Leben ... weißt du ... ja, du weißt, aber dennoch ... man weiß ja nie, oder?«

Sie wirft mir wieder einen schrägen Blick zu und tätschelt meine Hand.

»Keine Panik. In drei, vier Stunden lässt die Wirkung nach«, verspricht sie und nimmt einen Schluck.

Hinter uns sinkt der Pegel langsam, und der Krach verlagert sich hinunter auf die Straße. Hört sich an, als hätten die Uniformierten die Schlacht gewonnen. Ich werfe einen Blick über die Kante. Unten auf der Straße diskutiert eine aufgebrachte Menge in moderner Umgangssprache über veraltete Polizeimethoden.

»Arschlöcher«, setzt Britta in den Sprechchor ein.

Ich ziehe den Kopf wieder zurück.

»Die machen auch nur ihren Job.«

»Die Jungs?«, fragt sie erstaunt.

»Was?«

»Die Jungs?«

»Die Bullen?«

»Was?«

»Wer?«

»Herrgottnochmal! Wer denn? Die *Jungs*?«, faucht sie.

»Ach so, die, na klar, ich meine, wieso?«

Das findet sie aus irgendwelchen Gründen wieder zum Totlachen.

»Deutsche Sprache, schwere Sprache«, gickelt sie.

Meine beste Freundin macht sich über mich lustig. Und alles wegen Brunner, diesem A-A-Arschloch.

»Na sicher, klar, schwer.«

Sie gickelt und wirft einen Blick auf die Straße.

»Geschieht ihnen recht.«

»Den Jungs?«, frage ich.

»Klar, den Jungs! Du erinnerst dich doch noch an vorhin, oder?«

Ich kneife angestrengt die Augen zusammen und versuche auszusehen, als würde ich scharf nachdenken. Das soll jetzt lustig sein, aber das findet sie nicht komisch. Ich sag's ja, irgendetwas stimmt nicht mit ihr.

»*Natürlich* weiß ich, wo wir unterbrochen wurden, es war ja nur eine Pille, keine verdammte Lobotomie.«

»Ich glaube, wir waren ungefähr hier stehen geblieben.«

Sie beugt sich vor. Ihre nasse Zunge bohrt sich in meinen Mund. Nach fünf Sekunden Brittazunge kämpft mein Schwanz einen heldenhaften Freiheitskampf gegen die Baumwolle, und Britta wäre nicht Britta, wenn sie das übersehen würde. Sie greift sofort zu.

»Oh, wen haben wir denn da?«

Ich starre sie an. Was soll denn das jetzt? Hat sie etwa eine Woche am Meer Widerstand geleistet, um jetzt schlappzumachen? *Achtung! Eine Falle!*

»Warte mal ...«

»Was?«

Sie verharrt mit den Fingern an dem Reißverschluss.

»Was ist los?«

Sie schaut mich überrascht an.

»... Na, *das* ist los!«

Sie tippt auf die Beule in meiner Hose.

»Verstehe ich nicht.«

»Seit wann kümmert dich so was?«

Sie zieht den Reißverschluss runter, und ich beobachte verwirrt, wie sie ihn ans Tageslicht zerrt. Sie beugt den Kopf.

»HALT!«, rufe ich und bedecke mich mit den Händen. »Die ganze Woche leistest du passiven Widerstand, und jetzt willst du mir auf der *Dachrinne* einen blasen?«

Sie wirft mir einen Blick zu. Dann seufzt sie und lehnt sich mit verschränkten Armen zurück, um eine erstklassige Schnute zu ziehen.

»Du wirst langsam ein richtiger Spießer.«

»Was ...? Wie kannst du so etwas nur sagen?«

»Ein öder, langweiliger Spießer ...«

»Ach, mach doch, was du willst.«

»Jetzt nicht mehr.«

»Scheiße! Ich werde euch *nie* verstehen!«

»Das merkt man! Oh ja!«, knurrt sie und wirft einen verächtlichen Blick an mir herunter. »Und pack das Ding da besser wieder ein. Ein Vogel könnte vorbeikommen und denken, es sei ein Wurm.«

»He, hör mal ...«

Als die Sonne untergeht, streiten wir uns immer noch herum, aber mittlerweile geht es uns wie der Pille – die Luft ist raus. Wir sind gerade beim Thema Fremdgehen angelangt, und ich finde, es ist ein ganz guter Augenblick, um das Thema zu wechseln.

»... und außerdem habe ich nie gesagt, dass ich monogam bin«, regt sie sich auf. »*Du* hast schließlich damit angefangen, wie ein Verrückter herumzuficken!«

»Ich habe nicht herum-ge-fickt! Ich habe nur mit der Frau geschlafen, in die ich verliebt war!«

»Aber du hast angefangen!«

Da uns schon vor zehn Minuten die Argumente ausgegangen sind, schweigen wir plötzlich. Stille breitet sich aus. Dass sie das letzte Wort hatte, kann ein guter Abschluss sein, ich biete aber vorsichtshalber ein Remis an.

»Komm, lass uns reingehen.«

»Es wird immer öder, sich mit dir zu streiten.«

»Das wurde es erst, als du mit dieser Fremdgehscheiße angefangen hast.«

»*Du* hast angefangen, und *jetzt* gehen wir!«

Sie steht auf und gibt mir ein Zeichen, ihr zu folgen. Wir balancieren uns zum Fenster, nur um festzustellen, dass irgendein Trottel es von innen verriegelt hat.

»Was jetzt?«

»Das Fenster im Treppenhaus.«

Wir hangeln uns um die Ecke und treffen auf ein Fenster, bei dem sämtliche Scheiben eingeschlagen sind. Mutwillige Zerstörung birgt gelegentlich Vorteile.

Ich stecke die Hand durch den leeren Rahmen und öffne das Fenster, dann klettern wir vorsichtig ins Treppenhaus. Ich verharre und horche, kann aber nichts hören, weil Britta hinter mir unruhig herumtippelt.

»Sei mal leise ...«

Sie bleibt abrupt stehen.

»Was ist?«, flüstert sie.

»Ich höre nichts ...«

»Blödmann!«

Die Wohnungstür ist aus den Angeln gerissen und steht an den Rahmen gelehnt. Für den Fall, dass ein schlecht gelauntes Begrüßungskomitee auf irgendjemanden warten sollte, klopfe ich an.

Nach ein paar Sekunden wird die Tür weggehoben, und Marco steht vor uns, nackt, bis auf ein Handtuch um seine Hüften.

»Oh, hallo, Britta, hallo, Tacheles. Hier war vielleicht was los. Die Polizei hat alle mitgenommen, außer Brunner und mich.«

Wir starren ihn an.

»Sie haben Brunner dagelassen??«

Er nickt.

»Na ja, ich musste ihn in die Notaufnahme bringen, weil er eine Platzwunde hatte. Ich wollte ja auf ihn warten, aber er meinte, er würde wegen einer Bessie dableiben.«

Pause.

Ich schaue ihn an. Er schaut mich an. Ich schaue Britta an. Sie zuckt mit den Schultern. Ich schaue Marco wieder an. Zeit vergeht.

»Ich war gerade unter der Dusche ...«

Auch dazu sagt niemand was.

»Dürfen wir reinkommen?«, frage ich ihn schließlich.

»OH! Entschuldige viel...«

»Schon gut.«

Er geht einen Schritt zur Seite, wir gehen an ihm vorbei in die Wohnung. Oder was davon übrig ist. Sieht übel aus. Seltsamerweise ist die Monsteranlage noch da. Vielleicht haben sie sich dieses Mal ausgerechnet, dass niemand mehr da ist, der die Anlage bedienen kann, wenn man sämtliche Gäste mitnimmt.

»Wer ist Bessie?«, fragt Britta, während wir uns durch die Trümmer vorarbeiten.

»Bett-sie«, verbessere ich sie. »Bett und Service. Das Krankenhaus. Brunners heimliche Mama.«

Sie schüttelt den Kopf.

»Junge, Junge ...«

»Und das wird er auch immer bleiben.«

Das Telefon klingelt.

»Ja?«

»Hm.«

Max. Ich drücke die Lautsprechertaste, damit Britta mithören kann.

»Habe gerade festgestellt, dass ich kein Zuhause mehr hab, weil jemand im Hausflur versagte. Wo bist du?«

»Es ist immer gut, mit seinem Anwalt zu telefonieren.«

»Was war los?«

»Kam nicht zu Wort.«

»Und was ist mit dem Müll?«

»Abgeholt.«

»Und wieso seid ihr dann noch nicht wieder draußen?«

»Ich denke, es wäre schneller gegangen, wenn der Müll nicht noch bewusstlos wäre. Irgendjemand scheint ihm richtig was verpasst zu haben. Außerdem wollten sie gerne Widerstand gegen die Staatsgewalt haben.«

Scheiße.

»Jemand verletzt?«

»Nichts Ernstes.«

»Ist Schimanski auch da?«

»Hm.«

»Vivi?«

»Hm.«

»Die Rothaarige?«

»Hm.«

»Hat sie ihren Vater angerufen?«

Kurze Pause. Geraschele im Hörer, dann ist Schimanski dran.

»Wo bist du plötzlich abgeblieben, du feige Ratte? Nein, sag jetzt nichts, aber du schuldest uns eine verdammt gute Erklärung! Was ist mit Brunner?«

»Ist morgen wieder raus.«

Wieder Geraschele. Max ist wieder dran.

»Sie ruft ihren Vater an.«

»Dann ist ja alles in Ordnung, oder?«

Geraschele im Hörer.

»Bestellst du mir 'ne Pizza?«, fragt Schimanski.

»Was wird das – 'ne gottverdammte Konferenzschaltung?«

»Krieg ich jetzt 'ne Pizza, oder nicht?«

»Okay«, seufze ich.

»Warte mal ...«

Stimmen im Hintergrund.

»... zwei Tonno, eine Hawaii und für mich die große Vegetarierpizza mit doppelt Salami.«

Die Logik geht mir mal wieder ab.

»Habt ihr Geld?«

Er legt wortlos auf.

Ich rufe Marios Pizzablitz an und frage ihn, ob er wirklich überallhin liefert, dann, ob wir noch Kredit bei ihm haben. Da er beide Fragen richtig beantwortet, gebe ich die Bestellung durch, Britta hört mit und schüttelt immer wieder den Kopf. Sie erinnert mich immer mehr an Max.

»Alles Irre ...«, murmelt sie.

»Woraus schließt du das?«, frage ich und lege den Hörer auf.

»Och ...«

»Man gewöhnt sich dran.«

»Genau das befürchte ich.«

Wir lächeln uns an, irgendwas regt sich leise. Ein winziger Funken beginnt, fröhlich umherzuspringen. Sie lehnt sich an mich und legt mir ihre Arme um den Nacken.

»Wirkt die Pille noch?«

Ich schüttele den Kopf.

»Das heißt, du könntest jetzt wieder etwas Langsames machen?«

Ohne eine Antwort abzuwarten, presst sie sich an mich. Lippen öffnen sich, Reißverschlüsse knirschen, eine Flamme brüllt auf, greift um sich, schnappt nach Sauerstoff, sucht nach brennbarem Material, um ein Großfeuer zu entzünden.

»Halt mich«, flüstert sie.

Ich halte sie. Fest. Sie zieht sich hoch, umklammert meine Hüften mit ihren Beinen. Ihre Zunge in meinem Mund. Meine Hände unter ihrem Hintern. Zarte Hüftbewegungen.

»Ich ... will ... dich ... so ... fort ...«, flüstere ich und beiße sie in den Hals.

Als Antwort werden ihre Beckenbewegungen fordernder. Ich schaue mich gerade nach einem festen Stützpunkt um, als Marco hereinplatzt.

Britta presst ihr Gesicht an meinen Hals und seufzt leise.

»Oh!«, macht er und erstarrt.

Ich schicke ihm einen Blick. Er steht bewegungslos und staunt, während unser Schweigen auf ihn einprügelt.

»Was gibt's?«, frage ich ihn schließlich, bevor er völlig Matsch ist.

»Ähh ...«

»Ja?«

»Na ja ... ich wollte ...«

Britta stöhnt erstickt.

»WAS?«, brülle ich.

»Es . .«

Er dreht sich um und stürmt hinaus. Ich fühle mich, als hätte jemand die ganze verdammte Nordsee über mich ausgekippt. Die Luft ist raus.

»Schicksal ...«, murmelt Britta leise.

Ich löse meine Arme und lasse sie langsam runter. Sie steht kurz da, dann verschwindet sie kopfschüttelnd in Vivis Zimmer. Wenig später erklingen die ersten Töne von Keith Jarretts *Köln Concert.*

Als sie wiederkommt, stehe ich noch immer regungslos am selben Fleck und starre in die Trümmer. Sie drückt mir einen Müllsack in die Hand.

»Packen wir's!«

Gute Frage.

26. Exklusivrechte

Wieder mal Sonnenlicht, wieder mal Kopfschmerzen, aber da hören die Gleichnisse auch schon auf, denn neben mir liegt eine Frau, auf die ich mich verlassen kann. Gerade wird sie wach und greift im Halbschlaf nach mir.

»Morgen.«

Sie öffnet ein Auge.

»Gut geschlafen?«

Sie nickt und zieht mich an sich. Ein Duft nach warmer Haut dringt unter der Decke hervor.

»Kaffee?«

Wieder nickt sie und schmiegt sich noch enger an mich. Ich lasse meine Hände über ihren Hintern gleiten.

»Kaffee ...«, erinnert sie mich leise.

Ich stürze mich in die Rituale. Teil eins, Teil zwei, schon sitzen wir wieder im Bett und schlürfen das heiße Gebräu. Ich muss an die Tänzerin denken. Morgens neben ihr aufzuwachen war der Preis für die Nacht davor. Mit Britta ist es ein weiterer Höhepunkt.

Als hätte sie ihr Stichwort gehört, rutscht ihr die Decke etwas herunter und gibt eine Brust frei.

»Bist du immer noch scharf auf Exklusivrechte?«

»Kommt darauf an ...«, sagt sie und trinkt noch einen Schluck Kaffee.

So, so, plötzlich kommt es also darauf an ...

»Ich wäre vielleicht interessiert.«

Sie zuckt die Schultern.

»Das sind viele.«

Ich forsche in ihren Augen nach Spaß. Ist auch vorhanden. Ich lasse eine Hand über ihre Brüste gleiten, streichele die Warzen, prüfe die Schwere und lasse die Hand schließlich unter ihrer linken Brust zu Ruhe kommen.

»Dein Puls ist leicht erhöht.«

Sie lacht nur und wartet, lässt mich aber nicht aus den Augen.

»Ich hätte da noch eine Frage ... aber küss mich besser vorher noch mal.«

Tut sie. Mein Puls lässt ihren locker stehen und stürmt dem Infarkt entgegen. Bevor es mir endgültig die Sprache verschlägt, löse ich mich und lasse mich schwer atmend in die Kissen zurücksinken. Britta sitzt still da und wartet. Die allerletzte Frage, und mir fällt schon wieder keine rhetorische Supertaktik ein.

»Willst du meine Frau werden?«

Sie wirft mir einen Was-soll-das-denn-Blick zu, aber ich habe nicht vor, mich jetzt aus dem Konzept bringen zu lassen. Ich wiederhole die Frage.

»Warum fragst du das?«, fragt sie schließlich.

»Weil: ›Willst du mit mir gehen‹ ist mega-out.«

»Me-ga-out?«

Sie lacht, und ihre Brust tanzt dazu auf meiner Hand.

»Square, ex, trash, ätzend, ulp, mega-out«, bestätige ich. »Was ist, willst du, oder willst du nicht?«

Stille.

»Wow! Genauso habe ich's mir vorgestellt ...! Man könnte glatt meinen, du brauchst Bedenkzeit. Was ist, soll mein Anwalt deinen Anwalt anrufen?«

Sie stellt den Kaffee weg, rückt näher und verpasst mir aus nächster Nähe einen dieser Blicke, wegen denen ihr die Typen reihenweise weggerannt sind. Ich greife spaßeshalber nach meinen Schuhen, aber sie ist schneller.

»Au!«

»Leidenschaft?«, fragt sie und knabbert an meiner Unterlippe, während ich mir den Arm reibe.

»Ungezügelt?«, flüstert sie und beißt zielsicher auf die Platzwunde.

»AU!«

»Erst lässt du mich Ewigkeiten schmoren, und jetzt erwartest du, dass ich dahinschmelze, weil du eine Frage hast?«

»Eine *Frage*?«, platze ich heraus und verbreite einen rötlichen Sprühregen.

Sie hält meinem Blick stand und scheint auf irgendwas zu warten. Gut, versuchen wir es plastischer. Ich halte ihr meine Hand hin. Sie legt ihre brav hinein, und ich lege sie auf mein Herz.

»Fühlst du was?«

»Es will raus.«

»Witzig. Und?«

»Was, und?«

Ich starre sie an. Jetzt setzt sie schon meine Rhetorikkünste gegen mich ein.

»Du willst es richtig platt, was?«

»Wie, platt?«, fragt sie und gibt sich keine Mühe mehr, ihr hämisches Grinsen zu unterdrücken.

»Okay, also, Exklusivrechte für alles, mit einer Option auf, sagen wir mal ... die nächsten fünfzig Jahre?«

»Ah«, macht sie und verdreht die Augen. »Leere Versprechungen ...«

»Gar nix ist leer«, verspreche ich und lupfe die Bettdecke.

Sie lächelt, während sie ihre Hand wandern lässt, um das Angebot zu prüfen.

»Charmant, charmant«, lacht sie. »Was ist denn mit der Familientradition?«

»Gebrochen.«

Sie zögert keine Sekunde länger, lässt die Maske fallen und reißt die Decke weg. Ich halte ihre Hände fest.

»Erst die Formalitäten!«

»Die Formali ... hihi ... okay ... ich will«, lacht sie.

Eine halbe Stunde später hat sich meine beste Freundin in meine Frau verwandelt. Ich liege mit meiner Wange auf der zarten Rundung unterhalb ihres Bauchnabels und horche in sie hinein. Es grummelt leise, aber bei dem, was sich da eben noch abgespielt hat, überrascht mich das weniger. Auf ihrem Bauch glitzern ein paar kleine Schweißperlen. Ich lecke sie ab. Ihr Geschmack auf der Zunge, der Geruch in meiner Nase, ihr Lächeln ... Der Augenblick raubt mir die Sicht.

Irgendwann zupft sie an meinen Haaren und visiert mich in dem V zwischen ihren Brüsten an.

»Du ziehst vielleicht ein Gesicht.«

»Nee, alles klar.«

Wir kennen uns schon zu lange, als dass sie mir das durchgehen lässt.

»Wegen deiner Ma?«

Ich schüttele den Kopf.

»Ist was mit dem Vertrag?«

Schüttel, schüttel.

»Wegen ... ihr?«

Dazu sage ich nichts mehr.

»Also meinetwegen.«

»Nein«, lüge ich.

Sie zieht eine Grimasse, und ihre Augen nehmen eine distanzierte Haltung ein.

»Tacheles, wann beginnst du endlich, deinem Namen Ehre zu machen?«

Sie mustert mich. Ich bin dran.

»Na ja ...«, beginne ich und versuche, das Chaos in mir zu überblicken. »Es ist wegen nichts Bestimmtem ... oder wegen allem, ich weiß nicht ...«

Etwas wirbelt herum, will heraus. Kann es nicht orten.

»So, so ...«, sagt sie.

»Nein, nein«, sage ich schnell, bevor sie auf falsche Gedanken kommt, »es ist nur ... ich meine, wir sind endlich zusammen, und es ist gut, und morgen ist ein neuer Tag, und das ist auch gut ...«

Keine Ahnung, was ich rede, aber ich kann auch nicht aufhören. Ein paar Tränen mischen sich unter die Schweißtropfen.

»All diese Dinge, die einfach so passieren, ich meine, das Leben und all das. Der Tod, die Augenblicke. Ich meine, nichts währt ewig, doch jetzt, wenn wir wollen, können wir den ganzen Tag hier herumliegen, während in der Nebenwohnung jemand vergeblich auf einen Anruf wartet und ...«

»Sag mal, hast du dir wieder was eingepfiffen?«

»Nein, ich meine ja nur ... Du hast all diese Scheiße über dich ergehen lassen, und trotzdem bist du jetzt hier, und das macht mich glücklich.«

»Aber?«, fragt sie, und ich höre ihrer Stimme an, dass sie sich für das Schlimmste wappnet.

»Na ja ... ich frage mich gerade ...«

Sie nickt mir zu. Ich atme durch.

»... also, ich frage mich schon die ganze Zeit ...«

Ich atme noch mal tief durch.

»... womit ich dich verdient habe.«

Das war's. Es ist raus. Was jetzt kommt, habe ich nicht anders verdient.

Sie schenkt mir ihr undurchsichtiges Sphinxlächeln und lässt mich ein paar Sekunden zappeln.

»Das hast du nicht.«

In mir zieht sich alles zusammen.

»Aber du hast deine Chance – jetzt.«

27. Und los!

Es ist aus. Aus und vorbei. Wir sind wieder unterwegs. Die tourlose Zeit ist vorbei. Endlich! Die weißen Mittellinien ziehen vorbei wie ein einziger Strich, und durch das offene Fenster knallt der Fahrtwind rein. Die Beastie Boys brüllen uns an. *No! Sleep! Till! Brooklyn!*

Schimanski greift an mir vorbei und killt sie.

»Das ist der falsche Text!«, schreit er gegen den Fahrtwind an.

Ich höre, wie er seinen Gitarrenkoffer öffnet und das Brett grob durchstimmt.

»S-S-Sind wir s-schon d-da?«, kommt es schlaftrunken aus der Ecke, wo Brunner sich ausgestreckt hat.

»Nein!«, schreit Schimanski.

Brunner stöhnt.

»Und w-warum w-weck-«

»Keinen! Schlaf! Für Deutschland!«, brüllt Schimanski und drischt auf sein Brett ein.

»A-A-A ...«

Neben mir schüttelt Max resignierend den Kopf. Ich lache ihn an. Die Tour hat begonnen.

Break

Ich wollte schon immer mal aufhören, wenn es am schönsten ist, daher habe ich die restlichen achttausend Seiten gecancelt. So werden die allerletzten Fragen nie beantwortet werden.

Als da wären:

* Wird es dieses Buch länger geben als Holland?
* Gibt es ein Leben mit dem Tod?
* Kann man mit seiner besten Freundin zusammen sein, ohne seine beste Freundin zu verlieren?
* Wo sind die Häßler-Millionen?
* Wie soll man Charts ernst nehmen, wenn Bands wie *The Klau* oder die *Yeti Girls* nicht drin vorkommen?
* Was ist ein Tabuthema?
* Wann gibt es endlich Sex auf Krankenschein?
* Wie geht's?

rewthcintgarftbielbmmud.

Danke

* Den vielen anonymen Nanosekundenfreundschaften – für alles, was normal sein sollte. Und es nicht ist.
* Den vielen, die mich so akzeptiert haben, wie ich bin – ich liebe euch beide.
* Und dir. Vielleicht liegst du am Meer und saugst die ersten Sonnenstrahlen auf, müde nach einem zu langen Winter, glücklich wegen der Aufbruchstimmung. Vielleicht sitzt du kaputt und ausgelaugt in einem Büro, starrst aus dem Fenster, fragst dich, ob es da nicht noch etwas geben könnte ... oder im Flugzeug, auf der Suche. Oder auf der Flucht ... In einem Bett: schnurrend, satt, zufrieden, mit deinem neuen Lover im Arm oder einem guten Buch in der Hand. Nein, ich weiß nichts von dir, aber vielleicht teilen wir uns irgendwann, irgendwo, einen Augenblick, ein Lächeln, einen Deckel, ein Bett, ein Jahr, ein Leben ...

Und wenn ich dir bis dahin alles Gute wünsche,
dann meine ich:
Immer Wieder Einen Einzigen Glücklichen Augenblick

Jetzt

»Birbæk ist die Antwort auf Bridget Jones & Co., genauso witzig und lange nicht so quengelig.« PETRA

Michel Birbæk
WENN
DAS LEBEN EIN STRAND IST,
SIND FRAUEN DAS MEHR
Roman
432 Seiten
Gebunden mit Schutzumschlag
ISBN 3-7857-1548-x

Ein wunderbares Buch über einen Drehbuchautor mit Liebeskummer, der sich ruhelos durch Großstadtnächte, Promipartys und falsche Betten schlägt, bevor er endlich ans Meer fährt, um *es* wieder zu finden – und dann *sie* findet. Alles an ihr ist richtig. Doch ist sie die Richtige?
Wie erkennt man *Miss Right,* wenn man sie trifft?
Michel Birbæk hat eine witzige und bittersüße Bettlektüre für all jene geschrieben, die es endlich wissen wollen: Wie man herausfindet, wer der oder die Richtige ist.
Ein wunderbares Buch für all jene, die Filme wie *Notting Hill* lieben, schon mal Liebeskummer hatten – und dennoch an ein Happyend glauben.

editionLübbe

»Beaumont ist ein Meister seines Faches, Humor, Wohlfühlfaktor, Spannung … zum Abheben.«

GUARDIAN

Matt Beaumont
STAYING ALIVE
Roman
560 Seiten
ISBN-13: 978- 3-404-15416-6
ISBN-10: 3-404-15416-9

Murray ist verrückt geworden: Er sagt auf Konferenzen, was er wirklich denkt. Er leiht sich Geld von einem Mann mit Pistole, und – was noch schlimmer ist – er tanzt. Zu schlechter Musik. Was alles sehr merkwürdig ist, denn Murray mag eigentlich keine Aufregung. Aber sein Arzt sagt, dass er nur noch wenige Monate zu leben hat. Und jetzt dreht er eben auf. Oder ab?

»Wahnsinnig komisch!« COSMOPOLITAN

»Lebendig, teuflisch witzig und so schnell, wie ein Roman überhaupt sein kann.« MIRROR

Bastei Lübbe Taschenbuch

Von Kleinstadthelden, der Liebe und anderen Neurosen

Jonathan Tropper
DER STADTFEIND NR. 1
Roman
432 Seiten
ISBN 3-404-15267-0

Joe hat es geschafft. Nicht nur der spießigen Provinz den Rücken zu kehren, nein, er hat einen Bestseller geschrieben – ein bitterböses Buch über seine Vergangenheit. Mit sehr vielen beabsichtigten Ähnlichkeiten zu lebenden Personen. Als sein Vater schwer erkrankt, hat Joe ein Problem: Als Stadtfeind Nr. 1 kehrt er an den Ort seiner Kindheit zurück. Alle scheinen ihn zu hassen. Was Joe in den meisten Fällen herzlich erwidert. Vorzugs-weise bei seinen Familienmitgliedern. Doch dann trifft er Carly, seine damalige große Liebe. Und Carly sorgt dafür, dass seinem zweiten Buch doch noch ein Happyend hinzuzufügen ist.

Bastei Lübbe Taschenbuch